La sombra de la memoria

# La sombra de la memoria

Susan Crawford

Traducción de
Julia Osuna Aguilar

**Roca**editorial

Título original: *The Pocket Wife*

© Susan Crawford, 2015

Publicado en acuerdo con Lennart Sane Agency AB.

Primera edición: octubre de 2015

© de la traducción: Julia Osuna Aguilar
© de esta edición: Roca Editorial de Libros, S. L.
Av. Marquès de l'Argentera 17, pral.
08003 Barcelona
info@rocaeditorial.com
www.rocaeditorial.com

Impreso por RODESA
Villatuerta (Navarra)

ISBN: 978-84-9918-953-6
Depósito legal: B-18.176-2015
Código IBIC: FF; FH

RE89536

«Si consideras largo y loco
el viento de banderas
que pasa por mi vida
y te decides
a dejarme a la orilla
del corazón en que tengo raíces,
piensa
que en ese día,
a esa hora
levantaré los brazos
y saldrán mis raíces
a buscar otra tierra.»

PABLO NERUDA, Si tú me olvidas

# Capítulo 1

$\mathcal{A}$ la ambulancia le faltan todavía varios kilómetros para llegar cuando Dana despierta en la penumbra de la noche recién caída. La sirena perfora la nube de humos de la ronda con gemidos finos como el papel mientras ella abre los ojos y se ve echada en el sofá de su casa de Paterson, un barrio residencial a tiro de piedra de Manhattan pero al mismo tiempo un mundo completamente distinto. Se levanta con un libro de la biblioteca abierto a un lado y una jaqueca que le oprime la parte posterior de los párpados. Se incorpora, dobla la esquinita de la página por donde va leyendo y le pasa la mano con afecto al ponerlo sobre la mesa de centro.

Últimamente es capaz de leer una novela en un par de horas. Siempre ha sido una lectora voraz pero lleva una época leyendo mucho más rápido. Los colores, las conversaciones, todo es más estimulante y exhaustivo, como si al abrir un libro liberara genios atrapados en su interior. A menudo las escenas y las gentes entre las tapas le parecen más vivas que en la vida real, con sus personajes bronceados de dientes nacarados, sus conversaciones ingeniosas, el apuesto desconocido que asoma en un vagón de metro atestado o pasea por la calle. A veces, al terminar un libro a velocidad récord, Dana se siente ligeramente decepcionada, como si un buen amigo le hubiera colgado el teléfono en plena conversación.

Desde que Jamie se fue, la casa está más silenciosa que una tumba. Le habría gustado que su hijo hubiera escogido una facultad en Nueva York pero se decidió por la de Boston. Cogió los bártulos y se fue y, aunque en realidad no está tan lejos, para Dana es como si estuviera en la otra punta del mundo. «Tendría que haberse ido a Idaho», le dice su marido siempre que ella se queja, de ahí que haya dejado de hacerlo y, en cambio, se muerda la lengua y se dedique a pintar la casa y renovar el mobiliario; lee, pasa las noches en vela y comprende que no estaba preparada para quedarse sola con Peter en la casa. En aquellas ocasiones en los meses previos a la marcha de Jamie en que se permitió pensar sobre el tema, se dijo que serían como las parejas de la tele, esos padres de nido vacío que pasean de la mano por playas exóticas, cocinan platos sofisticados y hacen el amor. Suspira. La mayoría de las noches Peter llega tarde a casa y a menudo ni siquiera come, y menos aún platos sofisticados.

Se levanta a duras penas del sofá y cruza el cuarto a tientas mientras la ambulancia avanza rauda hacia el barrio, la sirena ahora un clamor en el aire bochornoso del verano en Ashby Lane. La tarde le sobreviene en oleadas breves: la pelea con Celia en la otra punta de la calle, el abuso de alcohol por parte de ambas y un vago recuerdo de volver a casa dando tumbos y caer a plomo en el sofá para dormir la sangría. Si Celia no es ya una alcohólica, no le queda mucho. Últimamente siempre lleva una copa en la mano, con la que va salpicando aquí y allá mientras se balancea en sus zapatos de plataforma como si llevara zancos. Dana se frota las sienes y se dice que no sería mala idea hablarle a su amiga de Alcohólicos Anónimos la próxima vez que la vea; podrían ir juntas a una reunión en Manhattan, que no queda tan lejos y donde seguro pasarían más desapercibidas que en Paterson. Se lo dirá, aunque sin agobiarla: todavía no son tan íntimas.

Le zumba la cabeza, y recuerda entonces el bote de aspirina del bolso, que sigue donde lo dejó cuando salió precipitadamente hacia la casa de Celia. Abre la puerta, que se ha quedado entornada, aparta la mosquitera, coge el bolso del asiento delantero del Toyota y rebusca en su interior hasta que da con el bote. Fuera se oye alta y clara la ambulancia, que taladra el zumbido del tráfico con su sirena, y Dana se vuelve para mirar al otro extremo de la calle, entornando los ojos ante la pálida luz de una tarde noche brumosa. Hay algo que no va bien, se nota en el ambiente, una especie de asincronía. Pero al cabo de unos segundos la sirena de la ronda lo ensordece todo. Se traga la aspirina sin agua allí mismo en el coche, mientras ve a la ambulancia doblar la esquina y pararse en seco delante de la casa de Celia. Tres sanitarios corren hacia la puerta de entrada, donde está el marido de su amiga apoyado contra la mosquitera. Ronald. Cuando abre de par en par la puerta ve que el destello de las luces se refleja en sus gafas. Sin pensárselo dos veces echa a correr, rebasando las tres casas que la separan de la de Celia, con pasos apresurados sobre el cemento caliente. Para cuando llega al jardín delantero va esprintando y, al doblar por el camino de entrada, se le escurren las sandalias en algo mojado, un charco, y sale disparada contra el coche de Ronald, poniendo las manos sobre el capó para amortiguar el golpe.

Cuando sube precipitadamente los escalones de los Steinhauser, a punto está de chocar con Ronald en el umbral. Este la mira sin decir nada, se abraza a sí mismo y deja que Dana se cuele por el umbral, donde están los de la ambulancia arrodillados sobre el parqué del salón recién redecorado. Están cabizbajos, como si estuvieran rezando, estudiando el grano del suelo de bambú, y Dana capta un hedor penetrante en el aire, un olor que reconoce.

—Dios santo… —exclama—. ¿Qué es lo que…? —Y entonces ve a Celia.

—No respiraba —le explica Ronald en un susurro, como si su mujer solo estuviera descansando en medio del suelo de la entrada, con el cabello negro desparramado sobre un charco de su propia sangre, y no quisiera despertarla—. He llamado al 911 —añade mientras descruza un brazo lo justo para señalar a los hombres que rodean a Celia, que está lívida e inerte, con una extraña aureola carmesí formada por la sangre alrededor de la cabeza—, pero ha sido todo muy raro. No me acordaba de la dirección. Solo me salía la de Wilmont, el 3189 de Wilmont, del barrio de Cedar Rapids donde me crié.

La voz recuerda el zumbido de una mosca. Dana se acerca más a Celia y siente una pena tan grande que, por un momento, no acierta a respirar. Su vecina parece pequeña y desvalida allí tirada en el suelo; tiene que estar fría, y debe de sentirse muy sola con tres extraños a su alrededor. Alarga la mano para retirarle el pelo de la cara.

—¡Oiga! —El sanitario que tiene más cerca la coge del brazo—. Llévesela de aquí —le pide a Ronald, pero Dana ya está reculando.

—Había un accidente en la ronda... —musita Ronald—. ¡Por el móvil! ¡Por un puto móvil! Dos horas parado en un atasco mientras mi mujer se desangraba...

—Tiene pulso pero muy débil —informa uno de los hombres.

Ronald se agacha sobre la alfombra con los brazos colgándole a ambos costados. Parece entornar los ojos al ver algo bajo el sofá y se arrastra para cogerlo: Dana ve un móvil, el de Celia, y entonces recuerda con amargura la pelea de ese mismo día con su amiga.

—Será mejor que nos la llevemos al hospital. Estamos perdiéndola.

—¡No! —Ronald se derrumba hacia un lado y a punto está de tirar al suelo a su vecina.

Se arruga como una flor con el tallo roto, y Dana le hace sentarse en una silla, desde donde clava sus ojos llorosos en los hombres que corren con la camilla hacia la puerta. Dana también llora pero como desde lejos, desconectada del presente. Nada de lo que está pasando es real, el charco de sangre que antes era Celia, ese atentado contra un cuarto que ella misma ayudó a redecorar, esos hombres ladrando órdenes y aplastando sus botas embarradas contra el bambú encerado. «¡Fuera de aquí!», quiere gritarles, pero ya están metiendo la camilla en la ambulancia. Ronald pega un respingo y sale por la puerta.

—Yo voy con mi mujer —grita pero nadie le responde.

Las ruedas de la ambulancia chirrían sobre la grava del camino de entrada y la sirena chilla con todas sus fuerzas. Los salvadores de Celia desaparecen a todo trapo por la esquina de Ashby Lane camino del hospital, pero por la forma en que se miran, por esa manera de abordar el tema como si fuera una gestión más, Dana sabe que creen que es inútil.

Los hombres apenas han salido por la puerta cuando a un conjunto de botas viene a sustituirlo otro, en un continuo ir y venir por el porche ensangrentado: agentes de policía de una unidad de investigación que rascan la alfombrilla del salón y rellenan bolsitas de plástico con cosas que Dana ni siquiera ve. La conducen hasta la puerta y toman nota de su nombre, la dirección, quién es y qué está haciendo allí, como si fuera ella la que está fuera de lugar entre todos esos hombres con botas de la Gestapo y aliento a tabaco.

—Nos pondremos en contacto con usted —le dicen.

Dana se queda inerte en el porche de los Steinhauser sin saber qué hacer y da un último vistazo por la cristalera del salón, iluminada por las luces de los coches. Estudia las cortinas y los cojines, como si la prueba concluyente estuviese dentro del respaldo duro y gastado del sillón de subasta o remetida por los bordes del sofá; conociéndola, Celia habría dejado indicios, y de pronto Dana se convence de que solo ella puede encontrarlos. En la casa suena la melodía de un móvil. Un joven policía pelirrojo se lleva un teléfono al oído.

Eran amigas, vecinas que compartían recetas de masa quebrada, cotilleos y mercadillos de jardín, un café con una charla lánguida de vez en cuando o un paseo vespertino al centro comercial con las bolsas en la mano. Pero no secretos... hasta ese día. Al cerrar los ojos se le acumulan en la mente las imágenes de esa tarde: sangría, rojo sangre en un vaso, los zapatos color albero de Celia, el perro despatarrado al lado del fregadero, un pequeño desgarrón en la puerta mosquitera, su propia mano apoyada contra el travesaño de madera, sus pies en la acera, en la calzada, en el camino de entrada de su casa, Celia en un charco de sangre, el jarrón roto junto a la cabeza, el cuchillo de cocina a pocos centímetros de su mano... Pero hay lagunas: los recuerdos son imágenes rápidas y nítidas de visiones y sonidos, como las piezas de un rompecabezas desperdigadas sobre un suelo resbaladizo y cambiante.

—No ha habido suerte —oye decir al pelirrojo cuando lo anuncia al resto del cuarto—. El encargado del caso llegará dentro de cinco minutos.

Se guarda el teléfono y cierra la puerta de entrada con la puntera de la bota. Dana vuelve a toda prisa a su casa, con el latido del corazón retumbándole en los oídos y la respiración

13

acelerada y laboriosa en la asfixiante noche estival. La realidad de la muerte le cala los huesos y le desgarra la piel. Se deja caer en el porche de entrada, se abraza las rodillas y se mece adelante y atrás sobre el basto cemento recalentado, y entonces le vienen a la cabeza los hijos de su vecina: Tommy y John, el pequeño, que están veraneando en Martha's Vineyard con el exmarido de Celia. Ahora tendrán que quedarse allí, claro…, no volverán… Es probable que no vuelvan a pisar Ashby Lane en su vida. Motea con lágrimas el suelo gris del porche. Tanta pérdida, tantos agujeros en el alma, le aceleran el corazón. Últimamente todos los aspectos de su vida se los lleva el viento como pétalos en la brisa. Se siente una espectadora continua, viéndolos volar sin nada entre sus brazos extendidos salvo tallos descabezados de cosas desaparecidas.

Decide llamar a Peter y por un segundo se siente algo mejor. A pesar de lo que le ha contado hoy sobre él, su marido sigue siendo un abogado ejemplar, con los pies en la tierra, por mucho que en los últimos tiempos también se haya convertido en un tallo descabezado más, en otra cosa desaparecida. Dana suspira. Llega tarde de nuevo.

—Hola. —Apenas se le oye entre el bullicio de lo que podría ser un bar de aeropuerto.

—¿Dónde estás? —le pregunta, y se oye un rasgueo cuando Peter se cambia de oído el teléfono.

—En una reunión.

—Ha muerto Celia —le anuncia Dana, que baraja por un momento la idea de colgarle, de dejarlo así sin más, después de soltarle la bomba.

—¿Cómo?

—Que Celia ha…

—No, te he oído. Es que… Dios… ¡¿Que ha muerto?!

—Sí, sí, ha muerto. Ay… Estaba todo lleno de sangre en… —Se le traba la voz y calla.

—Escúchame. Déjame que… Voy a meterte en el bolsillo un segundo hasta que salga de…, vamos, hasta que pueda salir al pasillo y…

—No, ¡espera! —grita pero ya solo oye la fricción de la tela contra el teléfono. Decide colgar.

14

No son los actos mayores de Peter lo que le dan ganas de dejarlo, sino más bien los pequeños, como meterla en el bolsillo en medio de una frase: esas cosas que la degradan y la hacen más pequeña, más trivial que un estornudo.

Deja el teléfono e intenta encajar los momentos de la tarde, ponerlos en orden. Ha estado allí, ha participado en el día de Celia, aunque no tiene claro cómo exactamente. Bebió más de la cuenta. Y luego, ¡bang!, esa muerte increíble..., esa muerte terrible e inconcebible que le ha apuñalado el corazón como una daga. Cierra los ojos e intenta recordar lo último que le dijo a Celia. Si no se equivoca, fue: «No quiero volver a verte en la vida».

# Capítulo 2

*E*l amor es un lío mayúsculo, piensa Dana, sobre todo para matrimonios prolongados y problemáticos como el suyo…, ya de por sí complicado para que los vecinos se entrometan y ahora, para colmo, mueran. Esa tarde, entre charla y charla de borrachas, Celia le había servido en bandeja un chisme de muy mal gusto. Lo arrincona en la mente para asimilarlo más tarde. La noche es asfixiante; los edificios altos del centro atrapan el calor y filtran el aire caliente hacia los barrios residenciales cuando son ya casi las nueve de la noche y unos zigzags de rayones rosas surcan el cielo gris. Apoya las manos hacia atrás en el porche y entorna los ojos al recordar ese verano en Nueva York, cuando contemplaba el divagar del río Hudson contra un cielo rosado.

—Mira —había gritado señalando al horizonte.

—¿El qué? —La acompañaba un serio poeta del East Village.

—¡El cielo! Parece Oz, pero en rosa en vez de verde.

El poeta se remetió el pelo detrás de la oreja, un cabello largo y poético, le dio una calada a la ceniza moribunda, con el dulce calor de su pipa de Chinatown, y exhaló la respuesta entre una nube de humo:

—Es por la contaminación. Nuestra mugre neoyorquina de todos los días.

Al final no se casó con el poeta, sino con Peter, quien, con su buen porte y su rubio de ojos azules, la enamoró y borró de un plumazo las noches pasadas con el poeta moreno y melancólico en su cuarto de paredes resquebrajadas. ¿Dónde estará ahora? A veces se lo pregunta, en noches en las que el rosa pinta el cielo y ella no es más que una esposa de bolsillo. Se queda mirando los trazos de color que todavía penden del cielo y se dice que tal vez relea los libros de Oz de su hijo: *Ozma de Oz*, *Glinda* y *La niña de trapo*... Pero son demasiado tristes, y le recuerdan al poeta, y a Jamie, que se ha hecho mayor y se ha mudado a Boston.

Dos faros rebotan contra la pequeña cuesta del otro extremo de la calle. Segundos después el Lexus de Peter ronronea en el camino de entrada, y Dana lo observa dentro del coche. Cuando la luz del manos libres se apaga, el interior se oscurece del todo.

—He hecho un par de llamadas desde el despacho después de hablar contigo —le dice Peter camino del porche—. Por lo visto Donald casi tropieza con su mujer en la entrada del salón. Menos mal que Jamie está en la facultad. Hasta que averigüen qué ha pasado nadie está seguro aquí. —Le cuesta hablar, la voz se le entrecorta con la respiración, entre jadeo y jadeo. Se para al lado de Dana, que sigue recostada hacia atrás, apoyada en el suelo—. La policía... Hasta que descubran qué ha sido.

—¿Que qué ha sido? Y se llama Ronald, por cierto.

—Lo que ha matado a Celia.

Peter saca un paquete de tabaco del bolsillo y Dana aspira el olor sulfuroso de la cerilla encendida, el humo que ansía esa noche, pese a llevar años sin fumar. Solo piensa en el tabaco cuando se le acelera el cuerpo y la mente le traquetea como un tren descarrilado, y ahora, de pronto, recuerda a Peter a su lado en la cama, ambos fumando tras tener sexo hace trillones de años.

—La cuestión no es qué —contesta Dana—, sino quién. No es que la haya aplastado un meteorito o un tractor en la flor de la vida. Ha sido alguien, estoy segura. —En el eco de la espesura de la noche lo que acaba de decir le parece una tontería y se cruza de brazos. Sacude la cabeza para aclarársela, luchando contra la confusión y la frustración de no recordar con exactitud qué ha pasado unas horas antes. Seguro que Peter lo nota, al fin y al cabo es abogado—. Estuve con ella justo antes de que muriera.

18

Se vuelve para mirarla, y Dana siente los ojos de su marido clavados en su cara.

—¡Qué dices! ¿Y eso?

—Fui a pedirle algo de ropa pero al final no hicimos nada, nos pusimos a hablar y nos… —Respira hondo y contiene el aliento. De pronto una rabia inesperada se le agarra a la garganta.

—¿De qué hablasteis?

—De esto y lo otro.

Está a punto de decirle: «¡De ti!»; de gritarle: «Hablamos de la foto que te sacó Celia en el Gatsby's, cuando estabas mirándole el escote a la fulana de tu secretaria», pero se contiene. «¿Sigue diciéndose "fulana"?», se pregunta. Siempre le ha gustado esa palabra. Le parece que va perfecta para la ocasión.

—¿Qué ibas a pedirle? —Peter exhala unos aros de humo y sube las escaleras del porche.

—Un fular —contesta.

Peter apaga la colilla con la punta de un zapato brillante y caro y se despereza.

—Un momento, que voy a meter el coche en el garaje.

Al principio creyó que Celia estaba loca, que había falsificado la foto llevada por los celos. Ronald siempre le ha parecido aburrido y bastante rarito, un hombre que corre al fregadero a lavarse cuando le presentan a alguien y, al estrecharle la mano, parece una anguila que se te desliza en la palma. Fuera como fuese, y a pesar de la baja calidad de la cámara del móvil de Celia, se veía claramente la avidez en la mirada de Peter, de modo que era inútil negar lo visto, independientemente de cómo o por qué la imagen había llegado a estar entre las fotos borrosas que su vecina pasó hasta la saciedad en la galería de imágenes del teléfono.

—¡Pero míralo! —le chilló esa tarde, contoneándose por la habitación sobre los zapatos de plataforma. A Celia, que apenas llegaba al metro cincuenta y cinco, le había dado últimamente por subirse a esos tacones estúpidos que, en opinión de Dana, todavía no sabía llevar y por tanto debería haber reservado como último recurso.

—Ya estoy mirando —le contestó—. Será una comida de trabajo.

Recuerda vagamente que Celia resopló con desdén y volvió a la cocina entre contoneos.

—Comida es como tienes tú la cabeza…


Dana contempla a su marido desde el porche; ojalá pudiera hablar con él como hacían antes. De ser así le contaría que la aterra no acordarse de lo sucedido esa tarde…, las lagunas que tiene; le confesaría que en los últimos tiempos ha vuelto a sentir esa energía tan familiar y desasosegante de su locura rondándole el cerebro y presionándole por detrás de los ojos; compartiría con él las dudas y las preguntas que la asaltan por dentro. Pero no lo hace, se siente incapaz. En la cabeza le retumba la voz de Celia cuando le dijo a bocajarro, desde la puerta de la cocina: «Peter me miró como si fuera a cortarme el cuello a la menor oportunidad».

Por un momento Dana ve una frialdad en los ojos de su marido que le hace apartar la vista.

# Capítulo 3

*D*ana espera a oír acostarse a su marido. No se molestará en preparar la cena; hace demasiado calor para cocinar y, en cualquier caso, últimamente comer se le antoja un engorro. Tiene cosas mucho más importantes que hacer, y mucho más interesantes; rebosa energía, hay poco tiempo y, la verdad sea dicha, poca necesidad de comer. Y de todas formas su vecina está por doquier, exudando por las paredes y el aire: Celia riéndose en un mercadillo, Celia pasándole un vaso de sangría, Celia yaciendo en silencio en un charco de sangre en plena entrada. Cuando coge el libro de la mesa de centro, un temblor le atraviesa el cuerpo como una corriente eléctrica. Solloza sobre el cojín hundido del sofá, moteándolo con lágrimas, mientras los ronquidos de Peter cortan de raíz el silencio de la casa.

Baja el aire acondicionado, se prepara una taza de té y se sienta a la mesa del comedor con el teléfono de su marido. Tarda solo un minuto en descifrarlo. Aunque está bloqueado, trastea hasta que da con la combinación de números —la fecha de su aniversario— y pulsa la flecha verde. En cuanto desaparece el icono del cerrojo, va a la lista de contactos para buscar el número de la fulana, o tal vez una foto. No está muy segura de qué busca. Las aventuras son secretas por naturaleza, y Celia no estaba precisamente lúcida cuando Dana llegó a su casa.

—¡Daaanaaa! —le gritó desde el porche—. ¡Ven aquí ahora mismo! ¡Es cuestión de vida o muerte!

Chilló de tal manera que Lon Nguyen, el vecino de al lado, dejó de limpiar el coche, con la esponja a medio camino entre un cubo mugriento y el parachoques delantero de su vetusto

Mazda, las chanclas de goma cubiertas de barro. A llegar al umbral, notó enseguida que a Celia le olía el aliento a alcohol y a algo afrutado. Arrastró a Dana hasta una silla y le pegó la foto tan cerca de la cara que al principio no distinguió nada.

—¡Se la está follando! —le gritó Celia.

—¿Y dónde estabas tú cuando hiciste la foto? —Fue lo único que se le ocurrió preguntar, aparte de—: Anda, ponme uno de eso a lo que te huele el aliento.

Dana estudió la foto de su marido mientras se tomaba una sangría tras otra, dando al traste con la botella de vodka. La embargó una calma inusual hasta que las copas la noquearon de golpe y porrazo, la alelaron y la alejaron, y masculló con la boca ardiéndole por el combinado:

—Bueno, y entonces ¿dónde estabas tú? —volvió a preguntarle.

—Al otro lado del bar. Les hice la foto antes de que me vieran.

—¿Y después?

Celia ahogó una risa seca, sin asomo de júbilo.

—Pues me vieron. Peter me vio. Y luego, en el aparcamiento, intentó que borrara la foto. En realidad no llegó a verla, me negué a enseñársela. De haber visto lo mala que era, lo borrosa que está, no se habría molestado tanto. «Estamos aquí por trabajo», me dijo. «Podrías haberte acercado, te la habría presentado.» Estaba medio gritándome y la gente empezó a mirarnos.

—¿Cuándo fue eso?

—El lunes. Pensé en borrarla y olvidarme. No quería contártelo pero luego me…

—¿Te emborrachaste?

—Sí, me temo…

—Pero ¿por qué…? A ver, está bien que te preocupes y eso, pero ¿por qué te lo tomas tan a pecho?

Para entonces la habitación le daba vueltas y se preguntaba cómo iba a levantarse de la silla y volver sola a casa. La cara de Celia era apenas un borrón, y lo único que recuerda después de eso es una perorata sobre mercadillos de jardín y mujeres que deben permanecer unidas, que se incorporó a duras penas del sillón que habían comprado en la subasta, intentó mantener el equilibrio en el salón giratorio y, en algún momento, salió por la puerta de la calle, donde le pegó de lleno la húmeda tarde estival. Lo siguiente que recuerda es despertarse en su sofá con una jaqueca de campeonato y caer en la cuenta de que se había dejado el bolso en el coche.

Sigue hurgando en el móvil de su marido. No tiene nada claro qué busca. Puede que fotos que haya hecho él. Tiembla en la habitación húmeda. Siente un escalofrío, como una sombra que cayese sobre ella, y recuerda por qué dejó de beber hace años: por las jaquecas, las migrañas, la locura… y el miedo a ser en el fondo una alcohólica como su padre.

Va pasando los archivos de la galería hasta que encuentra las fotos de Peter. Hay varias instantáneas de Jamie e incluso un par de ella en el último picnic de la empresa; fotos corrientes, imágenes de momentos mundanos de una vida mundana. Bosteza. Se va a la lista de contactos y baja el *scroll*, mientras intenta recordar el nombre de la fulana. Anna, ¿no era eso? ¿Hannah? Y ve entonces una misteriosa C inicial. ¿De Celeste, de Cynthia? Un impulso le hace marcar el número y acto seguido oye un clic apagado cuando su llamada va a parar al buzón de voz.

«Hola —dice una voz que le resulta extrañamente familiar—. Soy Celia. Ya sabes lo que tienes que hacer.»

Dana le da a la rellamada para volver a oír la grabación, y luego repite una vez más la operación. Peter tiene escondido el teléfono de Celia en el móvil. Nunca se le habría ocurrido buscarlo, ni por esa «ce» inicial ni por nada. Le sobreviene una arcada, como si le hubieran pegado un puñetazo en la barriga; se siente engañada. Cierra los ojos y ve a Celia, ensangrentada y moribunda al borde del salón mientras su dedicado y dócil marido está en pleno atasco, ajeno a todo, y Dana duerme la sangría a cuatro casas de la suya. Ahora comprende la forma de actuar de Celia, y su furia por el flirteo de Peter en el restaurante. Dana sacude la cabeza en un intento por despejársela pero las imágenes permanecen, los sonidos y las visiones, la sangre, el marido sollozante, la voz necia de Celia que tan campante le ha devuelto el teléfono de Peter. Se separan en un caleidoscopio, se distancian y vuelven a juntarse, cada imagen menos atractiva que la anterior.

Y

No se casó con el poeta porque no lograba aminorar la marcha. Acostada a su lado en el colchón roñoso del piso con la pared resquebrajada, era incapaz de relajarse. Pasaba en vela una noche tras otra, viendo cómo salía y se ponía el sol contra su torso velludo, las sombras bajo sus ojos y, al otro lado del callejón, la luz de neón de la licorería, que parpadeaba en el cielo.

—Es una señal, una advertencia —le dijo ella, y el poeta se rio.

—Anda, dale una caladita, verás cómo te relajas y te duermes. —El poeta rellenaba la pipa china con miguitas desmenuzadas de hachís. Pero no la ayudaban a dormir… nada.

A cada semana que pasaba dormía menos, y vagaba del brazo del poeta por los callejones del centro hasta bien entrada la noche, cuando a él se le cerraban los ojos y caía rendido en el colchón, dejándola a ella dar vueltas y escribir. Las clases pasaron volando en un nublado amasijo de voces y manos alzadas y redacciones escritas en plena noche, tan brillantes como esotéricas. «Creo que Dios habla a través de mí —le dijo al poeta, su cuerpo ya apenas un saco de huesos—. Me dice lo que tengo que decir.» Pero los demás no la entendían, ni los profesores ni el resto de alumnos. Solo su poeta moreno la entendía, y al final ni siquiera él lograba captar las palabras que le caían del cerebro a la página con una letra menuda y extrañamente ladeada que a ella misma le costaba descifrar. La noche que el poeta volvió a casa y se la encontró en el tejado, retrepada en el borde con apenas unas braguitas puestas, la noche que Jesús le dijo que podía volar, la noche que lanzó cientos de hojas manuscritas al cielo invernal de la avenida D, él la llevó corriendo al hospital Bellevue en un coche prestado.

El té le quema la garganta. Vuelve a dar al botón de rellamada y a escuchar la voz de Celia, torturándose con la nasalidad y el acento ligeramente sureño de su vecina muerta: «Ya sabes lo que tienes que hacer».

Se deja caer en el suelo del comedor, se queda mirando el

LA SOMBRA DE LA MEMORIA

móvil que tiene en la mano y rebusca en la agenda hasta que da con el número de la residencia de su hijo.

—Celia está muerta —susurra en el buzón de voz de su cuarto, aunque no está segura de que su hijo la conozca siquiera. Calla y cuenta hasta diez en la cabeza—. Da igual, olvídalo... Te quiero. —Presiona el pulgar sobre la flecha roja hasta que la pantalla le hace el favor de fundirse a negro.

Sopla la taza, el té cada vez más frío, y piensa en lo que le dijo Celia: que Peter la miró como si quisiera cortarle el cuello. ¿O es solo lo que Dana cree que dijo? Le da otro sorbo al té y siente una oleada de energía que le es familiar. En esos momentos la necesita, esa fuerza, esa magia que la mantiene con los ojos clavados en el techo tantas noches, que la despierta del sueño y se cuela en sus días. Ahora que se para a pensarlo, allí sentada a lo indio en el suelo del comedor, comprende que empezó cuando Jamie se fue a Boston: tras ese viaje de vuelta interminable y agonizante del fin de semana de visita de padres, salpicado por esas misteriosas llamadas de Peter cada vez que paraban en la carretera de Boston a Nueva Jersey, su exitoso marido apartado en un banco de un área de descanso o en un soto de árboles, la mano carnosa escudando el micrófono del teléfono. «Un cliente —le explicaba luego—, de un caso en el que estoy trabajando.» Pero Dana sabía que era mentira.

Después de su ingreso en el Bellevue no volvió a la facultad. Su paso por la universidad de Nueva York no es más que una nebulosa de voces, metros, cagarrutas de paloma, luces de neón, ventanas con barrotes y su madre llevándola de vuelta a casa con los labios fruncidos en un mohín y una receta de litio en el bolso. Lo único que recuerda con claridad de esa época es al poeta, sentirse querida, sus cuerpos desnudos en verano, suaves y rosados, como melocotones sobre el colchón abultado, y la manta de los Andes, naranja fuerte, en la que se arropaban cuando la nieve caía al otro lado de la ventana.

Trastorno maniaco-depresivo, diagnosticaron los médicos: la gran fuerza mágica que se adueñaba de ella y la llevaba a pensar que podía volar. Episódico, concluyeron. Su madre culpó al poeta y su pipa, a Camus, Nietzsche y Sylvia Plath, pero Dana era más lista y sabía que la locura formaba parte de ella, que le corría agazapada por las venas. A la espera. Durante un tiempo se tomó ese medicamento que desvanecía y marchitaba el mundo que la rodeaba, se dejó acunar en sus brazos holgados y arrugados, hasta que, con un suspiro, caminó a rastras hasta el resto de su vida, en lo que al final supuso una sustitución de la droga por un marido alto y de ojos azules y un mundo más entumecedor que el propio litio.

En los años que siguieron hubo épocas en las que le vencieron los demonios, en las que se ponía carmín más oscuro de la cuenta, rímel más espeso y vestidos demasiado cortos. Cuando se colaban —cuando le susurraban al oído y la despertaban mientras intentaba conciliar el sueño—, cogía el coche, se iba a la ciudad y buscaba al poeta, que ya no estaba allí. A veces creía encontrarlo en rincones de bares oscuros o encaramada en escalones de casas ruinosas cerca de donde vivía él en otro tiempo, y si cerraba los ojos le parecía sentirlo —en una mirada, un roce, una palabra dulce—, pero por la mañana, a la luz del día, siempre se daba cuenta de su error.

26

Deja la taza en el fregadero, va a la puerta de la calle y se queda en el porche, donde las polillas giran alrededor de las luces del jardín. Bailan, cabecean y zumban por dentro del cristal, sus frágiles cuerpos chocando contra los bordes de metal y las puntas de las alas pegándose a las bombillas ardiendo; y Dana se siente una más, con la adrenalina corriéndole como loca por las venas y la nariz pegada contra el cristal.

No va a dormir, reconoce los síntomas. De soslayo ve el comienzo de una larga noche de sombras, que desaparece cada vez que vuelve la cabeza, como ese juego al que jugaba de pequeña con sus primos. Lo llamaban «el congelador», si no recuerda mal. Se le daba muy bien, casi siempre ganaba.

Esa inquietud, esa energía, la nitidez de sus pensamientos y la rapidez de sus reflejos, intuitivos y certeros, no le es del todo desagradable. Pero con el tiempo la claridad dejará paso al caos: esos pensamientos rápidos y lúcidos empezarán a sobrevenirle con demasiada velocidad, chocando entre sí. Pero pedirá ayuda, se dice, la pedirá antes de que las cosas lleguen a ese punto.

Ahora mismo necesita la claridad que le proporciona su enfermedad. En esos momentos el mundo es de una claridad cristalina, una entidad afilada y hermosa que le permitirá resolver el misterio de la muerte de su vecina, que le devolverá esa tarde sofocante y nublada, recuperará los momentos que faltan y rellenará las lagunas hasta que sepa que no tuvo nada que ver con la muerte de Celia.

Todo empezó con la foto del móvil. «Ojalá pudiera verla otra vez», piensa, pero arrincona la idea en el fondo de la mente mientras se calza las sandalias, cierra la puerta tras de sí y se pone al volante del Toyota. Irá a Manhattan, y tal vez se pare a tomar una copa para calmar los nervios, y luego quizá vaya a una librería del centro a hojear libros, a despejarse la cabeza, a encajar las piezas. Piensa en el poeta: en una noche como esa él habría ido a un pub o habría hojeado títulos esotéricos en la librería de la plaza Sheridan. En noches calurosas y sofocantes como aquella tenía que salir del piso asfixiante donde un único ventilador giraba ruidosa e inútilmente junto a la ventana.

Regula el retrovisor; san Cristóbal sigue inerte hasta que se vuelve para ponerse el cinturón. En la penumbra del coche lo único que ve es una lucecita que parpadea brevemente y que cree que puede ser su cabecita de metal al relucir cuando pasa un coche. Sonríe. Ha atravesado muchas veces el puente con ella. El santo ha aguardado pacientemente en su coche mientras bebía, comía o compraba, cuando caminaba por calles poco iluminadas en busca del poeta. San Cristóbal nunca le ha fallado ni ha huido. Al girar la llave en el contacto tiene la impresión de que mira hacia la izquierda, hacia la casa de Celia, y Dana asiente.

—Tienes razón.

Sale por la portezuela del coche y rodea el jardín trasero, casi de puntillas, hasta la casa de los Steinhauser, donde la cinta amarilla rechina en la noche templada y las huellas se ven espesas como la niebla por las paredes mancilladas de la casa de Celia.

Encuentra la llave de los Steinhauser en su llavero y abre el cerrojo de la puerta trasera. Quiso devolvérsela después del fin de semana que les cuidó al perro —cuando fueron a

27

Nueva York a ver una obra de teatro de Broadway y pasar la noche—, pero nunca lo hizo. La casa está húmeda e inerte: una guarida de palabras rabiosas, fantasmas y vino derramado. Repasa la estancia con la linterna que ha cogido de la guantera y deja vagar el haz por todos los rincones: se agacha donde horas antes Ronald se acuclilló y se quedó mirando el teléfono bajo el sofá. Dana se dice que lo cogió, casi lo da por hecho, aunque no está segura: había demasiado ruido y confusión, demasiada sangre. Ilumina bajo el sofá, bajo el sillón de la subasta que ella le ayudó a escoger; ilumina bajo todos los muebles del salón.

Un coche pasa por la calle y se detiene. Mientras la luz rebota por la cristalera del salón, Dana se escabulle de la casa y cierra tras ella la verja trasera cuidándose de no hacer ruido. No se para hasta llegar al coche; arranca y sale a la calle por el camino de entrada de la casa.

28

El poeta iba a verla todos los días al Bellevue. Permanecía a su lado entre el bullicio de voces altas y airadas, la cogía de la mano y le besaba los dedos uno a uno mientras los pacientes hacían cola para recibir su medicación en vasitos de papel, las caras hinchadas, cuentas inexpresivas de una larga y fina sarta de miedo. Ella cogía su vasito, daba las gracias con una sonrisa, le enseñaba la lengua a la enfermera y luego se escupía las pastillas en la mano cuando nadie la veía. Al cabo de unos días su madre la trasladó a un hospital privado de Long Island, donde le prohibieron todo contacto con el poeta. «Deja a mi hija en paz —le dijo su madre cuando este llamó a casa—. Si en algo te importa, no vuelvas a llamarla. Por su bien. Y, por cierto —añadió en un colofón especialmente ponzoñoso y falso—, los médicos dicen que había tanta hierba en el cuerpo de mi hija que no es de extrañar que haya sufrido un brote.» O al menos eso imagina Dana. Nunca supo con certeza qué le dijo su madre; es más, pasó años sin saber siquiera que había hablado con él. Siempre había creído que él simplemente se había hartado, que no había podido asimilar que su novia se hubiese vuelto loca y, en realidad, ¿quién podía culparlo por quitarse de en medio?

Υ

Enciende la radio, cabecea al ritmo de la música y rebusca en el monedero el dinero para el peaje. Peter tenía razón: debería haberse sacado el abono de la autopista de Manhattan hacía meses. Lo comprará esta semana, se dice; no puede usar el coche de él…, ni le apetece.

Atraviesa a toda velocidad el puente, que resbala con la lluvia intermitente. Detrás, un coche hace sonar el claxon en un toque rápido y ligero, un recordatorio de que tiene que avanzar, una sugerencia, poco más. Mira por el retrovisor el coche que tiene detrás y que se le ha pegado demasiado para lo resbaladizo que está el asfalto. La luz de una farola pasa corriendo e ilumina una cara redonda y blanca tras el parabrisas. En la luz tenue y húmeda apenas se distingue, pero para Dana, en el umbral entre la brillantez y la locura, la cara es clara y luminosa, y sin duda alguna es la cara del teléfono de Celia.

El momento pasa y el coche de detrás desaparece en el tráfico, pero se da cuenta entonces de que ya no quiere ir a la ciudad. Da media vuelta aunque no consigue convencerse para volver a casa. Todavía no. Conducirá hasta que se recomponga, hasta que baje el ritmo. El marido roncador en el que ya no confía, la casa que la llena de aprensión, otra noche en la que deambular de aquí para allá hasta que el sol trepe por el cielo e ilumine un día brillante e inoportuno: todo ello, cosas que son malas de por sí sin tener a Celia atrapada tras sus párpados, muriendo en el suelo de bambú, con la sangre saliendo como llamas de las puntas diseminadas y onduladas del pelo.

# Capítulo 4

$E$l asesinato de Ashby Lane no es lo que tiene a Jack Moss con la vista clavada en la pared blanca frente a su mesa en Paterson. El drama de la noche anterior, la violencia en un barrio de clase media de Nueva Jersey, no es algo que llame especialmente la atención de un detective veterano que se ganó los galones en Manhattan.

La razón de que esté hundido en su silla giratoria, con los ojos clavados en el feo verde menta de la pared de la comisaría —en concreto en las manchas negras alrededor de la ventana— es que su mujer lo ha dejado. No ha dormido. Los pensamientos le reptan por el cerebro, cambiando de un sospechoso a otro del caso Steinhauser. ¿El marido? ¿Un amante despechado? ¿Un jefe airado? No hay señales de que se hubiera forzado la puerta, de modo que es probable que conociera a su asesino. En un lateral de la casa había una ventana sin cerrar, aunque en la gravilla de debajo no han visto pisadas. Coge un bolígrafo y garabatea las ideas pero son manchas superficiales y mediocres sobre el folio en blanco.

Llegó a la casa pasadas las once. Ann seguía allí pero más que nada para no quedarse sin el buen sabor de boca de abandonarlo cuando él estaba agachado con su bolsa de pruebas en el salón de los Steinhauser. Si se hubiera ido por la autovía con su pequeño Honda rojo mientras él volvía a casa a toda prisa, la cosa habría perdido la gracia. En lugar de eso, se dedicó a cargar en el coche un surtido de objetos personales bastante aleatorio, en opinión de Jack: una bolsa de viaje, un par de libros, el flexo del cabecero que usaba para leer o la taza de

Unicef con niños de distintas etnias formando un corro alrededor del borde.

—¿Se puede saber adónde vas? —le preguntó entre gritos.

Pero su mujer se limitó a apresurar el paso hacia el coche sin molestarse en darse la vuelta: un pequeño lemming rubio con la vista puesta en el acantilado.

No había planeado que a Celia Steinhauser le abriesen la cabeza con un jarrón en el recibidor de su casa para estropear su aniversario, por mucho que se hubiese ofrecido voluntario para coger el caso. El apellido le sonaba: Steinhauser, igual que la profesora de las clases para adultos a las que iba Kyle. Había llamado a su mujer una primera vez desde el coche, camino de la casa de la víctima, y de nuevo desde el porche de los Steinhauser. La llamó por último desde el vestíbulo de urgencias del hospital, donde el marido de la víctima le informó, entre sollozos, de que habían comprado el jarrón juntos en una exposición; que Celia pensó por entonces que lo extraordinario de su peso era una buena cosa; que así el perro, por mucho que saliera disparado de debajo de la mesa, no lo rompería contra el suelo, y que, para colmo, este había desaparecido después del asalto. Jack le dio una palmadita en la espalda y se coló por las puertas automáticas que daban al calor bochornoso del aparcamiento. «Lo siento, cielo —casi gritó en el buzón de voz de Ann, mientras las sirenas copaban el aire y chillaban rumbo a las urgencias—. Salgo ya para allá.»

En el momento no se dio cuenta de que no había contestado ni al móvil ni al fijo de la cocina, pero, una vez que se hubo ido y él entró en la casa y vio la tarta de la panadería francesa con el «Feliz aniversario» escrito con merengue morado por encima, varias horas más tarde de la cuenta, lo supo. También fue consciente de que su mujer llevaba largo tiempo reconcentrando la ira. Nunca ha entendido esa forma que tienen las mujeres de guardarse las cosas, y se niega a entenderla. Le parece peor, esa manera de moldear lo duro y lo difícil y convertirlo en humo y volutas de noches estivales: fantasmas que se enroscan en los postes de la cama y acechan por la puerta de la cocina. Jack cree que los hombres se enfrentan a las cosas de cara y luego tienen la vida entera para recomponerse y seguir metiendo la pata.

Y

Se levanta de la mesa y se despereza. Se ha pasado la noche dando vueltas, y ahora se muere por un pitillo a pesar de llevar años sin fumar. Va a la sala del café e intenta no mirar la caja medio vacía de donuts que hay encima de la mesa.

—Eh, Rob —le dice a su compañero, que lo saluda con la cabeza, se lleva la mano a la boca y señala luego la caja abierta de donuts.

—¿Cómo va el caso? Lo de la mujer de Ashby Lane.

Jack se sirve un café que parece barro y no sabe a nada.

—La patrulla nocturna me ha dejado un informe en la mesa. Dicen que anoche alguien fue a la escena del crimen cuando nos fuimos.

—¿Quién?

—Ni idea. El patrullero dice haber visto una luz dentro de la casa pero que, cuando fue a comprobarlo, estaba todo cerrado a cal y canto. No había ninguna puerta forzada. Dice que le pareció ver pasar los faros de un coche por la calle de detrás.

—Vaya. ¿El asesino volviendo a la escena del crimen?

—Puede ser. ¿Se sabe algo de la chica desaparecida?

—Han encontrado el coche, con sangre en el asiento delantero, a pocos kilómetros de donde trabajaba. Me ha llamado Lenora, de la fiscalía. Lenora la Leona… —Pone los ojos en blanco—. Quiere que la informemos sobre ambos casos.

—¿Ya? ¡Joder!

Últimamente la primera ayudante del fiscal los ha martirizado más de lo habitual, siempre con sus tacones de aguja a pocos pasos de cualquier caso que tengan entre manos. Jack se bebe el café de un sorbo y a punto está de sentir una arcada. Tiene en la barriga un nudo enorme, entre la marcha de Ann y que solo ha comido unas sobras requemadas que se encontró en el horno en plena noche: los restos de unas patatas chamuscadas y unas coles de Bruselas asadas.

Lo más probable es que la adolescente desaparecida esté en la ciudad con su novio, que es lo que suele pasar, aunque tampoco es que él sea precisamente una autoridad en lo que a críos se refiere. El único hijo que le ha sobrevivido reside en un sitio que hasta los criminales rehúyen si pueden: la pen-

33

sión Rosie, no lejos de la oficina de Jack. Kyle vive con una chica llamada Maryanne a la que todavía no ha conocido y probablemente nunca conocerá. Lo único que sabe de él es por Margie, que no es la testigo más fiable del mundo, ni para eso ni para nada; si tuviera que interrogar a su exmujer en un caso, descartaría casi todo lo que le dijese. Pero no le queda otra: ella es el único vínculo que tiene con su hijo. Y si es verdad lo que esta le contó cuando volvió al programa de Alcohólicos Anónimos hace unos meses, puede que pronto sea abuelo. Hay momentos en que llega a creérselo pero por lo general no le da ningún crédito; al fin y al cabo no sería la primera vez que Margie le miente sobre un embarazo. Unas semanas después de dejarlo le vino con el cuento de que estaba preñada, en una jugada más de las suyas.

Sujeta el bolígrafo entre el pulgar y el índice de la mano derecha, justo como se pasó veintisiete años cogiendo el cigarro. En una ocasión en que Margie lo llamó estando más lúcida —cuando se mostró más vaga respecto al embarazo de Maryanne—, le contó que Kyle estaba a punto de terminar los cursos de secundaria para adultos para los que le habían becado e iba a presentarse al examen para sacarse el título, un mérito que atribuía a la capacidad de la profesora de Kyle para ganarse al chico, la señora Steinhauser. Lo poco habitual del apellido convenció a Jack de coger el caso. Su propia incapacidad para ganarse a su hijo lo atormenta de continuo, en un recordatorio constante de que no estuvo presente en los años que acabaron con la muerte de Joey en Afganistán, donde sufrió un atentado en medio de una misión trivial que nadie recuerda. Y tampoco estuvo para Margie cuando la muerte de su hijo la descarrió tan repentina y rotundamente que también ella podría haber muerto si no hubiera sido porque Kyle volvió justo a tiempo del colegio y se la encontró inconsciente, sin apenas respiración. Después de eso dejó los estudios, recién empezado el instituto, justo dos meses después de la muerte de su hermano. Jack no lo culpa: se culpa a sí mismo.

Deja la puerta de la oficina entornada para poder oír la conversación que llega de la sala de descanso. Lenora, decide cuando oye por el pasillo una voz levemente cantarina.

Frunce el ceño. La ayudante estrella del fiscal es un puño de acero enfundado en un guante de seda, como ha señalado en más de una ocasión Rob, a quien se le iluminan los ojos con la sola mención de su nombre. La mujer sabe manejarse por el distrito electoral: agazapada como una pequeña garrapata desde su nombramiento, se ha ido haciendo un nombre con sus casos —y, a veces, con los de ellos—, con el saber hacer y la precisión del que lleva veinte años trabajando. Aunque es guapa, no es la típica tía buena complaciente. Jack bosteza. A juzgar por su aspecto lozano podría ser su hija, pero no es tan joven como parece: por el arsenal de cremas y potingues de Ann, y los cargos a la tarjeta de crédito, sabe que el dinero sí que puede comprar la juventud. O al menos eso creen las mujeres. Lenora es fría, impenetrable. Le recuerda a un postre del salón de té al que su madre lo arrastró una vez, cuando fueron a ver a su tía y sus primas, las de las risitas tontas, en una visita que fue una pesadilla; le trae a la memoria la princesita de porcelana que coronaba la montaña de helado de vainilla con forma de falda.

Alza la vista cuando Lenora y Rob se acercan al umbral. Sus voces llegan por el pasillo y se quedan pendiendo del aire estanco y húmedo que remueve el vetusto y cutre aire acondicionado. La voz de Lenora sorprende por lo baja, y contrasta con el rápido taconeo de sus zapatos de marca. Tiene un ligero deje sureño, un remanente de su pasado. Alabama, cree recordar que le dijo Rob, o Arkansas.

—Te llamo en cuanto sepa algo de los padres —le dice Rob, y la respuesta queda eclipsada por el repentino boqueo de los estertores del aire acondicionado.

—Buenas, Jack. —Lenora asoma la cabeza por la puerta y apunta su cara acicalada y su nariz perfecta hacia la pila de folios de su mesa—. Rob está metido de lleno en el caso de la adolescente desaparecida. Me ha dicho que estás con el homicidio, que por ahora te encargas tú solo del asesinato de Celia Steinhauser.

Jack asiente y dice:

—Sí, me las arreglo.

—¿Seguro? Mira que los medios están volviéndose locos con el tema: una mujer atractiva, heroína de los oprimidos, maestra de los desfavorecidos. Una Madre Teresa de a pie. Ya están presionándome desde la fiscalía. Quieren tenerlo resuelto cuanto antes…, para ayer, vamos. —Chasquea los dedos. Un ligero olor a flores se queda en el aire húmedo—. Te necesito con las pilas cargadas.

—Lo tengo controlado —Jack vuelve a asentir, con la esperanza de no parecer tan derrotado como se siente. Carraspea y añade—: Esta mañana tengo varios interrogatorios —le dice, y Lenora sonríe con unos dientes que no pueden ser más blancos y que vuelven a recordarle a la princesita de la montaña de helado.

—Rob, que este caso de la adolescente desaparecida no se convierta en otro titular —le dice a su compañero; acto seguido se despide secamente con la mano y desaparece por el pasillo.

Jack no puede evitarlo: la sigue con los ojos.

En cuanto se va, cuando se pierde el traqueteo de sus tacones, Rob abandona su puesto en el umbral y se deja por fin caer ante su mesa.

—Está para…

—Que sí, que está para… Anda, deja de babear.

—Creo que le gusto. —Rob sigue con los ojos ligeramente nublados y la boca medio abierta. Está pillado hasta las trancas, no cabe duda.

—Sigue creyendo… —Jack se levanta como puede de la silla—. Haz el favor de cerrar la boca —le dice, y se va a la sala de descanso para servirse otra taza de café de lodo con las esperanzas puestas en la cafeína.

Revuelve la silla mientras hace otro tanto con los informes del caso Steinhauser. El marido no tardará en llegar. Ronald… Lo vio unos instantes en el hospital, y luego intercambiaron llamadas sobre el perro de la familia, que había desaparecido tras el asesinato. Tiene la impresión de que Ronald esconde algo, por mucho que en realidad la pregunta no sea si la gente esconde algo, sino si lo que esconden es lo que necesita para resolver el caso, sobre todo uno de asesinato como el que tiene entre manos. Sabe que debe mantenerse alerta, aunque siente como si avanzara entre la bruma; el día se le hace espeso como la miel. Va al servicio de hombres y se echa agua fría en la cara. Cuando vuelve a su mesa Ronald ya ha llegado.

—Hola, Ronald —lo saluda, y el otro carraspea y le tiende una mano menuda y temblorosa—. Me alegro de verlo. Gracias por venir hasta aquí.

—No hay de qué —contesta Ronald, y a Jack le sorprende la fuerza del apretón de manos.

—Sígame, por favor —le pide, y van a la sala de interrogatorios—. Siéntese. —Le señala una silla, acerca otra y se acomoda mientras Ronald se deja caer en la que está al otro lado de la mesa. Jack coge el bolígrafo—. Vamos a ver. —Hojea el informe policial en busca de las partes que ha señalado con una erre a lápiz—. ¿Encontró al perro?

—No, pero quiero volver esta noche a buscarlo por el barrio. —Ronald se incorpora y se acoda en la mesa.

—Ayer llegó a casa a las ocho y media, ¿no es cierto, Ronald?

—Así es. —El hombre está casi susurrando. Se ha acercado tanto que Jack le huele el aliento, que todavía hiede al escocés de la noche pasada, en bocanadas pequeñas y rancias.

—¿Y es habitual que llegue tan tarde a casa?

—No, me pilló un accidente. Una colisión en la autovía, como un dominó. Una chica… chateando por el móvil…

—¿A qué hora suele llegar a casa por lo general?

—Depende, pero más o menos entre las seis y las seis y media.

—¿Llamó a su mujer para avisarla de que llegaba tarde?

—No.

—¿Y eso?

Jack se recuesta en la silla y menea el bolígrafo a la altura de la oreja como si fuera un bastón de majorette.

Ronald se encoge de hombros.

—Pues no sé… Ella…, Celia…, mi mujer daba clases algunas tardes, y nunca me acuerdo de qué días son… me acordaba.

—Ah, entonces, ¿creía que podía estar trabajando?

—Me imagino. En realidad no me paré a pensar si esa noche trabajaba o no.

—¿Y eso por qué?

Sin duda hay algo que no cuadra. Si Jack fuese a llegar dos horas tarde a casa ni siquiera pensaría si Ann está en casa o no; habría pulsado la marcación rápida y le habría mandado un mensaje en caso de que no le respondiera. Por un momento se siente superior..., hasta que recuerda a Ann largándose con el Honda y medio dormitorio apiñado en el asiento trasero.

—¿El qué?

—¿Que por qué no se paró a pensar si estaba en casa o no?

—No sé.

—Aventure una respuesta —lo invita Jack, que vuelve a menear el bolígrafo en el aire.

—Se habría cabreado.

—Para mí que se habría cabreado más si no la hubiese llamado. Desde luego mi mujer echaría humo si llego dos horas tarde sin avisar. —Ronald vuelve a encogerse de hombros—. ¿Estaban pasando por un bache? —pregunta Jack.

—Sí, no sé, se podría decir que sí. Pero nada grave.

—¿Había otro?

Ronald se mira la punta de los zapatos.

38

—Que yo sepa no —responde, aunque salta a la vista que miente. Tamborilea con los dedos y luego cruza las manos sobre el regazo.

—¿Tiene su mujer algún enemigo, que usted sepa?

—No. Celia le caía bien a todo el mundo: a sus alumnos, a los vecinos, a todos...

—¿Y qué me dice de usted?, ¿le caía bien su mujer?

—Claro que sí. Yo la quería. Siempre la he querido.

—La mujeres son raras —comenta Jack, que se concentra entonces en los papeles, como si leyera algo—. Enigmas sin resolver.

—No sé muy bien a qué se...

—¿Sabía usted que Celia..., perdón, que la señora Steinhauser sacó cinco mil dólares del banco tres días antes de morir?

—No... No puede... Nosotros...

—¿Tienen una cuenta compartida?

—Sí.

—Pues se ve que ella tenía una aparte, de ahorro. Solo a su nombre, en el mismo banco.

—No lo sabía —responde Ronald, y Jack se lo cree.

—¿Planeaba su mujer algún viaje?

—No…, que yo sepa. Al menos a mí no me dijo nada.

—No sé…, tanto dinero…, ¿tal vez estaba pensando tomarse unas vacaciones? ¿Alquilar un piso en alguna parte?

Ronald carraspea y golpetea nervioso el talón de su reluciente zapato negro contra la pata de la silla.

—¿Debían algo a la tarjeta de crédito? ¿Les había vencido alguna factura pendiente o algo por el estilo?

Ronald entorna los ojos y arruga la cara como si meditara sobre algo.

—Teníamos deudas, sí. Nos quedamos en números rojos en una de las tarjetas, en el… Pero lo hablamos… Bueno, Celia habló de pagarlo poco a poco, o de que ya estaba pagado.

—¿Y les corría prisa?

—No… Bueno, sí. Queríamos hacer un viaje en otoño.

—¿Ah, sí?

—Ella trabajaba de…, ya lo sabrá usted a estas alturas…, de profesora, y tenía muchos alumnos de Sudamérica y Centroamérica. Hablaba un poco de español y teníamos pensado ir a Guatemala, Costa Rica…, por esa zona.

—Vamos, que querían hacer tabla rasa y empezar de cero.

Ronald se ríe entre dientes y apostilla:

—Bueno, por lo menos una tabla un poco más rasa.

Jack sonríe y se recuesta en la silla.

—Para poder volver a acumular otra deuda.

—Eso es. Forma parte de los votos matrimoniales: hasta que la deuda nos separe.

Jack se ríe, vuelve a apoyarse en la mesa y se rasca la cabeza con el bolígrafo.

—Ya, claro, pero ¿no cree que…, la señora Steinhauser…, se habría limitado a firmar un cheque?

Ronald borra la sonrisa de la cara y Jack mira la hora. Dentro de tres minutos tiene cita con un vecino, un tal Lon Nguyen. Se levanta y ve que el otro lo imita y se queda allí parado como un pasmarote en sus zapatos brillantes.

—Gracias por venir hasta aquí, señor Steinhauser… Ronald, si me permites que te tutee.

Le tiende la mano y por segunda vez el otro se la estrecha, aunque esa vez el apretón es flojo y sudoroso.

—Estoy parando en el Murray Hill Suites. Téngame al tanto si surge cualquier cosa…, si averigua algo.

Jack lo mira a la cara y responde:

—Depende de lo que sea. —Le tiende una tarjeta y le dice que lo llame si se le ocurre algo que pueda serle útil para la investigación—. Ah, por cierto, ¿volviste ayer a tu casa por la noche? —le pregunta cuando Ronald está ya en el pasillo.

—No. Me fui del hospital al hotel. Y me emborraché hasta perder el sentido, si le soy sincero.

—¿Podría corroborarlo alguien?

—El camarero. Le conté lo que había pasado. Salió en la tele…, no pudo ser más morboso… Lo pusieron justo cuando estábamos viendo…

—¿Quién más tiene llave de tu casa? —Jack se mete las manos en los bolsillos y escruta a Ronald por encima de las gafas de leer—. ¿Alguna copia?

—Ninguna. Solo yo, y Celia, claro, y los chicos, que no están… Pero… un momento… Una vecina, Dana Catrell, tiene una copia. Nos cuidó la casa hará un par de semanas, cuando pasamos unos días fuera. Supongo que fue un intento por reconectar con mi mujer… Todo un éxito, como verá…

Lon Nguyen es más menudo de lo que esperaba; parece un jovenzuelo cuando sale del ascensor y recorre el pasillo con sus bermudas y sus chanclas. Se queda un minuto en la puerta observando a la gente de las oficinas atestadas donde los agentes interrogan o llegan con informes.

—¿Es el detective Moss?

—Sí.

Jack se levanta y le tiende la mano. Nguyen se la estrecha, en un movimiento breve, para cumplir, y el policía vuelve a la sala de interrogatorios con el hombre a la zaga. Se nota que no le gusta nada el ambiente; hay mucha gente que se agobia en una sala cerrada, que siente claustrofobia.

—Tranquilo, podemos dejar la puerta abierta. Es solo que aquí tenemos más intimidad. —Pasa el primero, se sienta y le hace una seña a Nguyen para que tome asiento—. Bueno, entonces, ¿vio a su vecina el día de su muerte?

Nguyen asiente.

—Sí.

—¿Y cuándo fue eso?

—Por la tarde temprano, estando yo en el jardín. Como en verano hace tanto calor y hay tanta contaminación, lavo más a menudo el coche.

—¿A qué hora sería eso?

Se encoge de hombros y responde:

—Al poco de volver del trabajo.

—¿Como a las cinco?

—Es posible.

—¿Cinco y media?

—Sí, más bien a y media.

—¿Y Celia? —Nguyen se queda mirando el suelo, o tal vez las chanclas, Jack no sabría decirlo—. ¿Qué estaba haciendo la señora Steinhauser cuando la vio?

—Gritando.

—¿Y dónde estaba?

—En el jardín, delante de su casa.

—¿Y a quién le gritaba?

—A mi vecina.

—¿Cómo se llama?

—Dana.

Jack mira sus apuntes.

—¿Dana Catrell?

—No sé el apellido de la familia.

—¿De la familia?

—Dana, su marido y su hijo.

—Ajá. ¿Y qué era lo que gritaba?

—Estaba diciéndole a Dana que fuese a su casa.

—¿Por qué?

Lon vuelve a encogerse de hombros.

—¿Qué dijo Celia..., la señora Steinhauser..., más o menos?

—«Ven ahora mismo. Es una cuestión de vida o muerte.»

—¿Y qué pasó luego?

—Que Dana cerró su puerta y salió corriendo hacia la casa de Celia.

—¿Y después?

—Terminé de lavar el coche y me metí en casa.

—¿Eso es todo?

—Sí, eso es.

—¿Vio a alguien más en la casa de los Steinhauser?

—No.

—¿Por casualidad se fijó a qué hora salió de la casa Dana Catrell?

—No, ya había entrado.

—¿Oyó algo más? Aparte de lo que me ha dicho, me refiero.

—No, nada más.

—Entonces eso es todo. —Jack se levanta y Nguyen hace otro tanto; ya está casi en la puerta cuando se ve capaz de tender la mano—. Gracias por su tiempo, señor Nguyen —le dice, y el otro sale disparado, musitando lo que Jack asume que es una despedida. Para cuando recoge sus papeles y sale al pasillo, a Nguyen se lo ha tragado la tierra.

Jack estira los brazos por encima de la cabeza y bosteza. Llamará a Dana Catrell, la citará en comisaría y verá qué le cuenta. No ha hablado con ella en persona. Uno de los agentes que estuvo en la escena del crimen apuntó su nombre y su número de teléfono…, y le dijo que era una vecina, tal vez una amiga. Está en sus notas. A estas alturas de la investigación es la última persona que vio a Celia Steinhauser con vida, y espera que sea más colaboradora que Nguyen.

—Joder, macho. Ha sido como sacarle las muelas —le comentó a Ann hacía unos días, en la sobremesa de la cena.

—Eres tú, Jack —le respondió su mujer mientras aclaraba los platos y los dejaba en el fregadero para que él los lavara luego. Se volvió entonces, cuando él ya iba camino de la puerta del jardín y lo atrapó con sus palabras—: Eres demasiado duro con todo el mundo.

Jack salió por la puerta y se quedó contemplando la porquería acumulada en el patio del vecino.

Mete todas las notas del asesinato en una carpeta y vuelve a su despacho con la intención de salir luego a despejarse la cabeza. Al llegar al aparcamiento lo recibe un aire caliente y bochornoso. Aparta de la mente las imágenes de Ann largándose a tumbos en su coche y la tarta derritiéndose en la encimera de la cocina. Se dedica, en cambio, a recrear partes de los dos interrogatorios, y piensa que Ronald tiene algo que lo perturba. Sacude la cabeza. Es solo una sensación, aunque comprobará su coartada en cuanto tenga oportunidad. Ya ha llamado para preguntar quién trabajó la noche pasada en el bar del hotel de Ronald. Y luego está esa vecina, la última que vio con vida a la víctima y la única con llave.

43

# Capítulo 5

*D*ana bate huevos en un cuenco azul y añade unas gotitas de nata.

—¿Mamá?

Su hijo la observa desde la silla al otro lado de la mesa de la cocina. Ha vuelto solo a pasar el día; está con el curso avanzado de verano, y es exigente, le cuenta; las clases son más difíciles, con un montón de información concentrada en un par de meses. Según le ha dicho, ha ido para recoger algunas cosas para su cuarto de la residencia, aunque Dana sabe que la razón de su visita ha sido su llamada de teléfono. Nota que la observa. Jamie es el más sensible de la familia, siempre pendiente de cualquier cambio de ánimo, como un médium que tantea con manos temblorosas una casa o un cuarto para sentir las vibraciones.

Dana se da la vuelta.

—¿Qué pasa?

—Nada, que todo esto es muy inquietante.

—¿Lo de la señora Steinhauser?

—Sí... Qué forma más espantosa de morir.

Remueve los huevos revueltos con una cuchara de palo para que no se peguen en el fondo de la sartén grande de hierro fundido.

—¿Van a hacerle la autopsia?

—Me imagino que sí. —Pasa el contenido de la sartén a una fuente grande naranja y la pone delante de Jamie—. Sírvete —le dice, al tiempo que levanta la vista cuando Peter hace su aparición en la habitación y va directo a la cafetera.

—¿Tú qué crees, Peter? —le pregunta sin mirarlo.

—¿De qué?

—De lo de Celia.

—Es un…, Dios…, un… —Peter se sirve el café, se sienta a la mesa y coge la fuente de los huevos.

Dana, que está justo detrás acercándole el plato de beicon, no le ve la cara. Solo ve a Jamie, que la observa, la escruta, y le entran ganas de no haberlo llamado la noche que murió Celia.

Comen en silencio; Peter ojea la primera plana del periódico de la mañana y pasa rápidamente a la sección de deportes cuando un coche toca el claxon en el camino de entrada y Jamie se levanta de la mesa. La silla chirría en la solería y las zapatillas rechinan como cuando era pequeño, hace mucho; Dana siente una punzada de nostalgia.

—Después nos vemos. —Le da un beso en la frente a su madre y luego lleva los platos al fregadero—. ¿Seguro que estás bien? —le pregunta en un susurro, y Dana asiente.

—Estoy bien. Ven a casa para cenar, ¿vale? —Jamie se vuelve en el umbral y levanta el pulgar en señal de asentimiento.

Dana picotea una tira de beicon y, al otro lado de la mesa, Peter parece enfrascado en la sección de deportes. El fino papel del periódico le tiembla en las manos.

—¿Qué piensas de lo de Celia? —Sus palabras resuenan alto y claro en el silencio de la cocina.

—Pues que es un horror. —Peter deja la taza en la mesa y salpica unas gotas sobre el salvamanteles—. Como ya te he dicho varias veces desde que pasó…

—Tú en realidad no la conocías, ¿verdad? —Dana le da un bocado a una tostada—. ¿Me pasas la mermelada?

—Eh…, la conocía por ti, de las veces que vino…, a verte.

—¿Ah, sí? Porque no recuerdo… ¿La mermelada? —Observa el temblor de la mano de su marido al pasarle el bote de conserva, la cara sonrosada bajo su pelo perfecto—. No recuerdo que coincidiera contigo aquí en casa.

—¿De fresa o…?

—Sí, la de fresa me vale. Entonces, ¿cuándo dices que coincidisteis aquí?

—No sé... Por Dios, Dana, ¿qué es esto? No lo tengo apuntado: «Cita con Celia a las seis de la tarde. En la cocina, Dana de anfitriona». —Prorrumpe en una risa estirada y falsa.

—¿La mataste tú?

A Dana se le acelera el corazón. Se seca las manos sudorosas contra las perneras del pijama mientras Peter se atraganta con el café. Lo observa toser hasta que le ruedan dos lagrimones por las mejillas, y desea fervientemente que le diga que sí; ruega por que lo confiese: por ver a un asesino, a un demonio dentro de su marido, escrutándola con sus ojos avellana entornados. Aunque pueda parecer una locura, le gustaría que asintiese, que se encogiera de hombros, que alzara las manos en señal de rendición: porque si Peter mató a la vecina, querrá decir que no lo hizo ella. Saldrá absuelto, piensa decirle, contratarán al mejor abogado del estado.

—¿Qué coño te pasa? —le pregunta Peter cuando por fin consigue hablar en lo que parece el croar de una rana.

Dana se pregunta cómo le quedaría el verde con su perfecto pelo entreverado de canas.

—Tranquilo —le dice, pero el corazón le palpita contra las costillas—. Desde luego lo tuyo no son las mañanas.

—¿Cómo se te ocurre decir algo así?

Dana se encoge de hombros.

—Era broma.

—La gente no bromea con esas cosas... Por lo menos la gente normal...

Ha cambiado tanto desde que se conocieron, cuando Dana tenía veintidós años y trabajaba en un bufete de Manhattan, reinventándose a sí misma; cuando Peter era un cándido recién licenciado ansioso por encajar con los abogados veteranos. O eso creía ella. Ahora piensa que no era ni cándido ni estaba ansioso por nada: solo era un novato inseguro.

—Nos hemos quedado sin azúcar. —Rasca con una cuchara el fondo de un frasco grande de cristal, donde hay pegados unos granos.

Dana asiente. Piensa en cogerle el móvil del bolsillo de

detrás —le ve el bulto cuando se inclina sobre la encimera— y buscar el teléfono de Celia en la lista de contactos, en presionar el pulgar en la pantalla y volver a escuchar el mensaje del «ya sabes lo que tienes que hacer» de la grabación de Celia.

Le da otro bocado a la tostada y nota que se le pega al paladar, más seca que el polvo, y se queda mirando por la ventana, más allá de Peter. Detrás del roble al fondo del jardín pasa por el césped una figura encapuchada y sombreada. La capucha es muy grande y se mueve con la brisa, oscureciéndole la cara, sea de quien sea: solo se ve una forma oscura parapetada por la sombra de los árboles.

Dana da un respingo y vuelca un vaso.

—Hay alguien fuera. ¡Mira!

Peter suspira y ni se inmuta. No se vuelve para mirar.

—¡Que mires! Te pido que... Por el amor de Dios...

Por fin se gira, lentamente, pasando las manos por el pelo, pero la figura encapuchada se ha ido; se ha perdido por los robles que bordean una parcela de tierra, un pequeño huerto vallado al fondo del jardín.

—Tienes que ir a que te vea un médico —le dice Peter—. Estás acercándote al borde. ¡Qué digo!, estás precipitándote. —Dana asiente—. Te lo digo de verdad. Y pronto, antes de que sea demasiado tarde.

Vuelve a asentir. Sabe que su marido tiene razón, por mucho que esté cabreada con él y por muy mujeriego que sea; en esto al menos lleva razón, y se pregunta cuánto tiempo le queda antes de que las puertas empiecen a cerrarse, antes de que sus pensamientos afilados se conviertan en trozos inconexos de visiones y sonidos, antes de que se vuelva más loca que un cencerro. Ojalá tenga tiempo de reconstruir esa tarde aciaga en la que murió Celia.

—«Habrá tiempo, habrá tiempo... —Su voz apenas se oye en la habitación, como un breve destello por la encimera—. Habrá tiempo para asesinar y crear»...

—¿Cómo?

—Nada, T. S. Eliot. Solo una...

Recoge los platos de la mesa, los mete en el lavavajillas y gira el mando reluciente para ponerlo en marcha. Ya en el baño se pone unos pantalones cortos que hay colgados del pomo, se cepilla los dientes y se pinta los labios con perfilador color coral.

—Voy a por eso —dice de vuelta a la cocina. Se pone las sandalias, coge las llaves de la encimera y abre la puerta—. Tengo que comprar otras cosas para esta noche.

—¿Que vas a por qué?

Peter se levanta y se queda allí plantado, como fuera de lugar; un muñeco Ken con brazos de trapo.

—A por el azúcar.

—Dana —dice Peter, y esta se vuelve—. Te lo digo en serio, creo que deberías ir a ver a la doctora Sing.

Asiente. Sabe que es una carrera contrarreloj, que se aproxima a pasos agigantados a un abismo, a un muro de ladrillo, y que cuando llegue ni sabrá ni le importará si necesita o no ayuda.

Cuando se mete en el coche ve pasar a Ronald por delante de su casa, con la cabeza asomada por la ventanilla, escrutando el deterioro de su jardín, antes perfecto. Celia y él solían tener el codiciado cartel de «Jardín del Mes» plantado en el verdor de su césped, pero ahora hasta la cinta amarilla de la policía ha empezado a desprenderse con el viento.

Lo ve pasar por delante de Lon Nguyen, que está lavando otra vez el Mazda, echado sobre el capó enjabonado con una camiseta blanca sin mangas, unas bermudas y las chanclas encharcadas. Dana zigzaguea para incorporarse a la calle mientras Ronald se detiene lentamente detrás de ella. Mete la cabeza dentro del coche, como si quisiera verla desde otro ángulo. Dana ve por el retrovisor que alarga la mano hacia la guantera y saca un paquete de Camel, o al menos se imagina que es Camel. «Ronald antes fumaba —recuerda que le comentó Celia—. Y Camel, ni más ni menos. Pero ahora no tocaría el tabaco ni con un palo.» Lo observa encender una cerilla, lo saluda ausente con la mano por el parabrisas trasero del Toyota y acelera. Cree verlo una o dos veces entre el tráfico y aminora la marcha, pisando el freno hasta que Ronald la alcanza. A lo mejor lleva encima el teléfono de Celia y puede ver otra vez la foto de Peter.

Llega al aparcamiento de Lo Más Fresco, que está lleno de

monovolúmenes deportivos y los coches híbridos tan de moda. Encuentra un hueco fácilmente y atraviesa ligera el asfalto caliente. Entra a paso acelerado y va al pasillo de la verdura y la fruta, donde los compradores hablan de brócoli como si fuera el último éxito literario. Dana piensa a menudo que comprar en Lo Más Fresco es como ir a un spa, con esos tragaluces grandes y numerosos, los chorritos de agua que caen como una llovizna sobre la verdura y el hilo musical de Ravi Shankar por los altavoces.

Cuando termina con las verduras levanta la vista justo a tiempo para ver a Ronald entrar precipitadamente por las puertas de cristal y abrirse paso entre los clientes de cháchara, apuntando la nariz al frente como un sabueso de caza. Desaparece por el pasillo de en medio, y Dana se escabulle en un intento por evitarlo. Una vez se lo encontró allí con Celia, mirando el despliegue de tubérculos tropicales como si fuera el baile privado de una stripper. Se preguntó entonces cómo sería estar casada con alguien como Ronald, al que podías llevar a un T. J. Maxx o a Lo Más Fresco sin que estuviese todo el rato buscando la salida más cercana o se le encendieran los ojos por las ganas de fumarse un cigarro. Le pareció que podía ser divertido aunque pensó que habría necesitado un amante: acostarse con Ronald tenía que parecerse más a una fiesta de pijamas que a una noche de pasión desenfrenada, un pensamiento que ahora comprende que sin duda Celia compartiría con ella.

Cuando llega al pescado se detiene ante una mesa de ensalada de surimi, donde tres mujeres con delantales untan trocitos de cangrejo falso sobre tostas integrales. Alguien estornuda por detrás. «Ronald», piensa. No se vuelve para encararlo. Todavía no. Se abre paso entre el mar de brazos y sombreros, cogiendo esto y aquello con movimientos rápidos e impulsivos. «Coge manzanas, coge la bolsa, abre la bolsa, mete las manzanas.» La presencia de Ronald estropea el ambiente de Lo Más Fresco. Incluso allí, donde siempre se ha sentido lejos de todo, en paz entre las coles y el queso alemán, incluso allí, la muerte de Celia pende sobre su cabeza como una guillotina.

Por un momento desaparece y Dana cree entonces que se

ha librado de él. Quizá, después de todo, no estaba siguiéndola. Coge un racimo de plátanos ecológicos y vuelve hacia el carro, que ha dejado en la sección de la pasta. Y allí lo tiene, con la cara metida en su bolso y rebuscando con sus dedos rechonchos en la cartera.

—¡Ronald!

—¡Ah! —Una franja carmesí se le dibuja por el cuello abierto de la camisa y le sube por las mejillas—. Estaba... Es que te has dejado el bolso abierto de par en par en el carrito.

Dana se queda mirándolo.

—Podría haber venido alguien y...

—¿Hurgado entre mis cosas?

—Sí, eso.

—¿Como estabas haciendo tú?

—No, oye, espera. Te lo estaba cerrando. —Se aparta del carrito de Dana con las manos abiertas, como un guardia de tráfico, y se le desencajan las gafas cuando choca con un expositor de crema solar de hierbas que un encargado de la tienda se apresura a poner bien—. Me había parecido verte en la pescadería. No pude evitar reírme ante lo absurdo de esa mujer cocinando una cosa tan falsa en una tienda que se enorgullece de sus productos frescos, en este campo de minas en el que vivimos, este maremágnum de margarinas que no se derriten ni atraen moscas por mucho tiempo que pasen fuera de la nevera —parlotea alegremente, como de broma, pero en su cara hinchada la mirada es fría y de ojos entornados.

Dana vuelve a mirarlo de hito en hito y pone la mano sobre el bolso como si fuera un chiquillo hiperactivo a punto de escapar. ¿Qué quería, su dinero? ¿Tan necesitado está? No. Buscaba algo, se lo ve en los ojos; está mintiendo como un perro, pero le transmite miedo, no rabia. ¿Estará intentando encubrir algo? La idea le resulta ligeramente reconfortante. ¿O sospecha que ella mató a su mujer? ¿Está buscando pruebas en el bolso?

—Ronald... Lo siento muchísimo. Lo de Celia. Ha sido horrible, no puedo ni imaginarme cómo debes de estar...

—Gracias. Es un detalle viniendo de ti.

Ambos se quedan callados unos instantes.

51

—Hum, ¿por qué lo dices? —Se le quiebra la voz al preguntarlo.

Ronald se encoge de hombros y responde:

—No, por nada…, porque eras muy especial para Celia —le explica, pero Dana no sabe si lo dice con sarcasmo.

—Tampoco es para tanto. Éramos… amigas —termina la frase con una voz apenas audible.

—Sí. —Ronald asiente—. ¿Y dónde está tu marido, por cierto? ¿Se llama Peter…, o Paul?

—Peter. Se ha quedado en casa. —La voz, que ya ha logrado medio controlar, le retumba por el pasillo.

—Ah, qué pena.

—¿Tú lo conoces?

—Bueno…, no, en realidad, no. Pero me gustaría. Sería muy agradable conocerlo.

—Ah.

Dana empuja el carro hasta la caja y empieza a descargarlo sobre la cinta. Se pregunta si Ronald habrá visto la foto en el móvil de su difunta esposa, y se dice que sí, que es probable, que tal vez esté buscando a Peter para ver si es esa cara borrosa que aparece en el teléfono de Celia. Vuelve a sentir una leve oleada de alivio, un par de segundos de respiración normal, hasta que piensa de nuevo que está siguiéndola, observándola, acosándola.

—Entonces, ¿suele estar por casa últimamente?

—No mucho, la verdad. ¿Por qué?

—No, porque… estaba pensando que podíamos juntarnos, pero, en fin…, me olvido de que ya no está con nosotros.

Dana lo observa y se fija en sus ojos medio enloquecidos y en cómo juguetea con los objetos en la mano. Su comportamiento es realmente extraño, por mucho que siempre le haya parecido más para allá que para acá. Al fin y al cabo el marido es siempre el principal sospechoso en asesinatos como el de Celia. Lo recuerda de muchos episodios nocturnos de *Ley y orden*, y se dice que los estereotipos tienen siempre una razón de ser. Se pregunta cuánto sabrá Ronald sobre sus posibles cuernos. Si ha encontrado la foto del móvil, también habrá visto un puñado de llamadas de y para Peter. ¿Habrá presionado también él con su grueso pulgar el nombre de Peter…, o tal vez sobre una simple «P», por eso de la clandestinidad, y habrá dado con el contestador de su marido? ¿Habrá empezado a sumar dos más dos? ¿Está intentando vengar a su mujer? Dana aparta la vista para rehuir esa mirada dura y escrutadora, continuamente escrutadora: por los pasillos, por su cara, escruta que te escruta. Se le antoja fuera de control, como si empezara a enloquecer. Estudia el contenido de su carrito y juguetea con la correa del bolso.

—¿Va a haber funeral?

Ronald menea la cabeza.

—No podemos hacer nada hasta que terminen… —Coge aire—. La autopsia. Ten —le dice y le da su tarjeta de visita.

—Gracias. —Dana la echa al bolso—. ¿Me avisarás?

—Dalo por hecho —contesta el otro, una respuesta que a Dana le suena realmente extraña, dadas las circunstancias. O tal vez sea la forma alegre en que lo ha dicho, mientras pone unos artículos de lo más pederasta en la cinta transportadora.

—¿Esto es suyo, señora? —le pregunta el cajero señalando un patito de goma y una caja de galletitas de algarroba en forma de perro.

—Hum…, no.

—Es mío. —Ronald se adelanta—. Para mis hijastros… —empieza a decir, pero Dana saca la tarjeta de crédito, coge el tique y las bolsas y le pregunta:

—Ronald, ¿no llevarás encima por casualidad el teléfono de Celia?

—¿Cómo? ¿Aquí? —Dana asiente—. No, me lo he dejado en el hotel. ¿Y eso? ¿Por qué lo preguntas?

Cuando se vuelve, tiene la cara roja bajo la luz de parto natural de la tienda. Por un momento parece otra persona, un extraño con ganas de bronca, un conductor enervado que se pone a su altura en plena autovía para increparla.

—Me gustaría ver sus fotos.

Ronald arruga la cara, sus ojos unos circulitos enanos, cabezas de tornillos. Abre la boca para responder pero la cierra de golpe, dejando una burbujita, como un borrachín, entre ambos.

—¿Tienes mis llaves?

—Sí, ¡es verdad! Toma. —Rebusca en el bolso y saca un llavero lleno de llaves. El adorno trenzado de colores que le hizo Jamie en octavo se balancea como loco mientras intenta liberar la llave de Ronald—. Se me había olvidado que la tenía —le dice al dársela.

El otro frunce el ceño.

—¿Estás segura? Porque...

Pero antes de que pueda acabar la frase Dana coge las bolsas, se despide, desaparece por las puertas automáticas y sale medio corriendo al aparcamiento. Si tuviera que pasar un minuto más con Ronald, se vería al filo del abismo. Ahora tiene claro que es un hombre asustado y rabioso, probablemente a milisegundos de acusarla de haber entrado en su casa la noche que murió Celia. Aunque la cuestión es cómo lo sabe. ¿Estaba dentro, escondido tras un sofá o echado en una cama mientras ella vagaba por la casa sin saber muy bien por qué? La idea la hace temblar. Desde el coche lo ve atravesar el aparcamiento con una bolsita de tela de Lo Más Fresco, de la que sobresalen el tique de compra y la cabecita del pato como un espía en miniatura. Mientras lo observa, segura tras las gafas de sol que le tapan media cara, Ronald se detiene para mirar hacia el coche de Dana, al otro lado del mar de asfalto, sacude la cabeza y parece ir hacia ella, antes de apuntar la llave en dirección a su coche, cuyos faros traseros empiezan a parpadear.

Dana se mete en el Toyota e intenta mirar el contenido de su bolso desde la perspectiva de Ronald. Lo que ha comprado él —las galletitas de perro y el pato de goma— no son precisamente la clase de cosas que compraría un hombre desesperado en lugar de pan. De modo que no buscaba dinero cuando hurgaba en su cartera en la sección de la pasta. «Fotos», piensa. Por supuesto. Ronald buscaba una foto de Peter. Pero ¿por qué la mira de esa forma tan rara y pulsa tantas veces la llave del coche, cuyas luces parpadean como Times Square? Arranca el coche y sale del aparcamiento. Por primera vez en varios días se mueve lentamente, las ruedas girando apenas sobre el negro ardiente del asfalto. Quiere poner toda la distancia posible entre su coche y el de Ronald.

Delante el tráfico está casi parado, y Dana tiene la sensación de levitar desde el asiento del conductor y flotar sobre el resto de coches. Siente que los brazos se le desprenden de los costados y puede volar por un momento, en busca de la causa de sus problemas.

—Para —murmura—. Recomponte, Dana.

Respira hondo y enciende la radio. En la NPR un escritor habla sobre su nuevo libro.

—Lo peor de todo es cuando todo el mundo lo sabe menos tú —dice el escritor, y Dana siente que le recorre un escalofrío por la espalda. Se ensaña con la radio, y pulsa el mismo botón una y otra vez, aterrada, con la necesidad de callarla—. Todo el mundo —murmura el escritor cuando por fin da con el botón adecuado—. Es mejor afrontar lo que has hecho.

# Capítulo 6

—Ve con cuidado a la vuelta —le dice Dana después de la cena, cuando el lecho de la barbacoa está lleno de ascuas consumidas y el Nissan de Jamie ronronea ya en el camino de entrada. Por encima, unos nubarrones se extienden en dirección a Boston—. No hay prisa.

Jamie asiente.

—No te preocupes.

—Parece que hay tormenta por el norte.

Mira de reojo la mochila con la bolsa de galletas que le ha metido a hurtadillas y unos libros que Jamie ha cogido del cuarto. Se lo dirá cuando la llame al llegar. «Mira en la parte de arriba de la mochila. Te he dejado un regalito. Tus favoritas: ¡las de avena con chocolate!» Lleva haciéndolo desde el verano aquel en que con nueve años se fue a ver a la hermana de Peter en Nebraska; se ha convertido en una tradición.

—Estoy planeando hacer un *brunch* el domingo que viene para los vecinos, los de la calle. —La idea acaba de venirle a la cabeza—. Me encantaría que vinieras.

—No lo creo, pero gracias —le contesta Jamie, que ajusta entonces el retrovisor pero no arranca todavía. Se le acerca, y cuando Dana se inclina en la ventanilla, pegando el oído a los labios de su hijo, este le dice—: ¿Seguro que estás bien, mamá? Pareces algo…

—Tensa —termina la frase, mientras retrocede un par de pasos—. No es nada, es solo que el asesinato ha sido tan cercano, a alguien que yo…

—A lo mejor deberías ir a la médica de Manhattan.

—Ya lo sé. Puede que vaya esta semana.

Jamie asiente y se quedan así un minuto, parados, y con el coche al ralentí en el camino de entrada, hasta que Peter da un manotazo al techo del Nissan.

—Conduce con cuidado, hijo. Llámanos cuando llegues a Boston.

El coche se desliza hasta la calle y Dana alza la vista hacia los nubarrones, que parecen hilos deshilachados en el cielo.

—Te quiero —le grita cuando el coche se incorpora a la carretera y Jamie la saluda con la mano—. Te quiero —repite en voz baja, mientras dobla por la esquina y Peter se escabulle en el interior, como el enigma en que se ha convertido, llevándose ya la mano al bolsillo para coger el móvil.

Dana se queda mirando el coche de su hijo hasta que desaparece, preguntándose cómo volver a pegar todas las astillas partidas de su matrimonio, y si a esas alturas se merece siquiera un marido…, o si incluso quiere tener uno.

¿La habrá oído ese hombre que hace tan poco era su pequeño? «Cuando te quieres dar cuenta, se han ido de casa —le decía la gente—. Crecen tan rápido…», pero ella no quería creerlo. Pensaba que Jamie sería siempre pequeño, brincando desde una silla para asustarla o colándose en su cama por las noches cuando tenía pesadillas.

—Te quiero —le dice al vacío.

Peter se ha encerrado en el cuarto de baño. Aunque está susurrando últimamente Dana lo oye todo, todo, hasta un alfiler cayendo al suelo. A veces la mantiene despierta el gorjeo de un pájaro en el jardín del vecino o el ladrido de un perro a varias manzanas, y tiene que ir al baño a por algodón para taparse los oídos. Y no son solo los sonidos, también ve las cosas con mucha más claridad que antes. En ocasiones ve los perfiles, las auras de las cosas, no solo los huesos.

—Tengo que verte… —está diciendo Peter, y Dana se detiene en medio del pasillo para escuchar. «Que sitio más tonto para esconderse», piensa; la habitación alicatada tiene tanto eco y tantas paredes y recodos que cualquier voz rebota—. Es importante. Tengo que verte como sea… Ya lo sé. ¿Una locura? En esta misma calle… Mi mujer está… Dana está... Quiere hasta dar un absurdo *brunch* para averiguar quién ha sido... Creyó ver a alguien en los árboles de nuestro jardín trasero... Ya. Es probable. Fantasmas. Escucha —dice tras una pausa—, llámame al móvil. O no. —Calla por un momento y Dana oye entonces algo de movimiento, como si se volviera hacia la puerta y la sintiera al otro lado, a su nuevo ser biónico que capta todos los sonidos—. Voy a apagar el teléfono, así que mejor déjame un mensaje. Ya me dices cuándo podemos vernos... Como te digo, es importante... —Se oye otra pausa y luego añade, al tiempo que Dana pega más la oreja a la puerta—: Cuanto antes mejor. —Calla de nuevo—. Lo mismo digo —dice con una voz más baja y pausada... con afecto. Dana siente como si le abofeteara la cara.

Le oye dejar el móvil encima del váter y arreglarse la ropa. Escucha la mano en el pomo pero, para cuando sale al pasillo, ella ya está en la cocina, pasando un trapo por la encimera y mirando la pila de vasos y platos. Ve a Peter atravesar el pasillo y acoplarse en el sofá delante de la pantalla gigante que compró en Navidad. «Para los dos», le había dicho, aunque ella apenas ve la tele. Tanto ruido, color y risas la ponen nerviosa. Ya tiene pensado que cuando se divorcie se la cederá alegremente a Peter.

—¿Con quién hablabas? —le pregunta desde la cocina—. ¿Quién era?

—Ah, Ted Johnston, del despacho. Quería ver si conseguía algo de información confidencial sobre Celia. A veces viene bien ser abogado.

—Entonces, ¿por qué te escondías en el baño?

—No estaba escondiéndome.

—Sí, sí que te escondías. Vuelve a llamarlo entonces, venga.

—¿A quién?

—¡A Ted Johnson!

Peter se encoge de hombros y le espeta:

—Tienes que ir a ver a tu loquera, ¡pero ya!

Dana se pone a lavar los platos, con los brazos metidos en agua caliente hasta los codos, y se pregunta qué le importa lo que haga Peter. Las lágrimas le queman los ojos y se dice que llora porque Jamie se ha ido, y en parte es cierto pero en gran parte no. Llora por culpa de Peter, aunque sabe que lo que ha hecho —lo que está haciendo— no es nada raro. Los maridos dejan a sus esposas por mujeres más jóvenes y alegres, con mejillas más rosadas. A Leanna, del club de lectura, le pasó; les contó todos los detalles sórdidos entre sollozos en plena sesión de *A Map of Tulsa*; y la pobre Wanda, la vecina de enfrente, perdió al necio de su marido por la camarera veinteañera del bar donde iba a desayunar por las mañanas. Pero, pese a todo, Dana no se lo esperaba.

En parte se culpa; por sus cambios de humor, sus indiscreciones y el estar tan hecha polvo en general, porque Peter ha cambiado, los dos han cambiado mucho desde que entrelazaban las manos en el traqueteo del metro, cuando subían corriendo los cuatro tramos de escaleras de su piso y se desvestían nada más caer en la cama. Sabe que en su vida nadie la ha querido tanto como él, y se pregunta si simplemente se extinguió la pasión —como si el agua se derramara de una gran taza reluciente— y los ha convertido en unos extraños, y a su matrimonio en un «saco de huesos limpios», como en el poema de Dylan Thomas.

A lo lejos resuena un trueno, un zumbido prolongado en la distancia. El viento arrecia y silba entre las hojas, y algo raspa el muro trasero de la casa. Tal vez sea el malvavisco, que trepa como una planta de judías mágicas hasta la ventana del cuarto. Respira hondo, se limpia los ojos con el dorso de la mano y mira por una de las ventanas de la cocina, que tiene un grueso cristal aislante. Contempla el ocaso gris moribundo, escrutando cada palmo del jardín y observando la planta junto a la ventana del dormitorio, que cruje y se cimbrea con el viento. Por fuera todo parece igual —ningún ser con capucha mirando desde los arbustos de detrás de la casa— pero Dana se siente observada, piensa que la miran un par de ojos, ocultos bajo la superficie.

—Creo que Ronald estaba siguiéndome en Lo Más Fresco —anuncia desde el umbral de la cocina con los brazos cruzados sobre el pecho. Le gotea agua jabonosa de las manos a las losas del suelo.

—¿Por qué iba Ronald a...?

Peter suspira y silencia el televisor con el mando. El partido de los Giants se agazapa en la pantalla plana.

—No lo sé, Peter. ¿Por qué crees tú?

—Es que yo no lo creo, no creo nada de Ronald. Ni siquiera sabía cómo se llamaba hasta hace un par de días, y no tengo ninguna opinión sobre por qué el viudo de nuestra vecina iba a querer seguirte por Lo Más Fresco. Tal vez la pregunta sea por qué se te ocurre algo así. Y, te lo repito, vete a ver al médico.

—Compró un pato de goma.

—¿Y?

—Pues que nadie va a Lo Más Fresco a comprar patos de goma, por no hablarte de que sus hijastros ya no son ningunos críos.

—¿Y qué me quieres decir con eso?

—Que no había ido a comprar. Había ido para hablar conmigo.

—¿Y hablasteis?

—Pues sí. Me preguntó un montón de cosas sobre ti. ¿Por qué crees que será, Peter?

De repente el salón se oscurece. Las nubes de tormenta acaban de cubrir lo que quedaba de luz en el exterior. Peter sacude la cabeza y vuelve a fijar la atención en la pantalla, donde los jugadores corren de una punta a otra del césped artificial.

Dana aparta la vista. A veces piensa que él puede leerle la mente, y la asusta que esté haciéndolo en ese momento, en la penumbra, mientras el partido silenciado de fútbol americano parpadea como una luz estroboscópica en el cuarto oscuro y los relámpagos iluminan el cielo por encima de la autovía. Tiene miedo de que vea cómo le asoma la culpa a los ojos, de que la huela como los perros huelen el miedo. Y también está eso otro: el miedo a su propio marido.

No piensa plantarle cara por lo de la fulana ni tampoco por lo de Celia. Ya tiene bastante con lo suyo, con tener que enfrentarse con el detective dentro de un par de días, una cita que no le ha contado a nadie. Cuando la llamó para que acudiera a la comisaría, no quiso ni pensarlo. «Claro —le había dicho, como si hubiera quedado a última hora para comer con Wanda por el centro—. Nos vemos a las diez.» Espera salir bien parada, que no se le note la culpabilidad, que no se le desparrame sobre la mesa del policía y la pinte como la asesina perfecta. Juguetea con el desgarrón del sillón azul, tira del feo relleno amarillo de algodón. La mano se le antoja rara sobre el brazo del asiento, tiene una pinta extraña.

Cuando estaba en su primer año de facultad en Nueva York no conocía todavía a Peter. Tampoco cuando se encaramó al borde de un tejado cerca de la plaza Tompkins e intentó volar. Solo le ha hablado de pasada de su estancia en el Bellevue, de que perdió la beca para estudiar, de cómo desperdigó las páginas de su manuscrito por la Avenida D, de sus muñecas cosidas y vendadas. La chica que intentó volar quedó obnubilada cuando empezó a trabajar en el despacho de Peter, mecanografiando informes para el señor Glynniss o el señor Hudgens, o aquel otro socio mayor cuyo nombre no recuerda ya. Le pareció guapa entonces; le dijo que lo tenía embelesado, con su largo pelo claro, sus ojos, sus dedos delgados sobre el teclado. Le encantaba su fragilidad, le decía. Y ella se enamoró. No del mismo modo que con el poeta: no con ese amor tan desesperado y apasionado que le hacía daño y a punto estuvo de matarla. Con Peter era distinto, y ella era distinta con él: se sentía capaz y estable, sus tacones altos repicando con fuerza sobre los relucientes suelos añejos.

Cuando empezaron a salir hablaban sobre todo del trabajo, ambos imbuidos en la rutina diaria de un bufete de abogados con más edad que ellos. Se apoyaron el uno en el otro. Con el tiempo Peter se hizo su hueco, entre bourbon y bourbon de bares caros a las tantas de la noche, acompañando a los abogados veteranos, compartiendo puros victoriosos con el tercer socio, muerto hace tiempo, en la gruesa caoba de su despacho. La relación pasó de la empatía a la lujuria y, con el tiempo, al amor, hallando su clímax en una boda tradicional en el seno de una vieja iglesia episcopaliana, no lejos del bufete. Dana llevó un vestido blanco largo de Saks y contrató un hotel del centro para la recepción. La tarta tenía tres pisos y estaba adornada con rosas amarillas, su madre lloriqueó, y las damas de honor tiraron alpiste entre la iglesia y el coche.

Pero al final volvió, la joven que Dana creía haber enterrado, la estudiante de palabras desperdigadas. La niña rota de los años de facultad volvió cuando Jamie apenas tenía unos meses. Perdió los kilos que había ganado en el embarazo y unos cuantos más, y se quedó en los huesos. No podía dormir, no comía y vagaba por el piso comprobando a cada rato que Jamie estaba bien en su cuna; bebía café y fumaba en cadena.

Una noche Peter se la encontró en posición fetal en el suelo del cuarto del niño, a oscuras, con los ojos clavados en el monitor al lado de la cuna, despeinada y con olor a sudor y miedo. Llamó al vecino de abajo para que cuidara del crío y se llevó a su joven esposa, frágil y con la mirada perdida, al hospital, a un breve trayecto en taxi; una vez allí un residente les explicó que la fluctuación hormonal le había desencadenado un episodio maniaco. El médico escrutó la delgada figura de Dana en su cubículo minúsculo. Le inyectó varios medicamentos, le recetó otros cuantos y la mandó a casa con una lista de psicólogos y médicos para que fuera a terapia y le hicieran un seguimiento y unos análisis, así como unas recetas garabateadas en papelillos blancos.

Siguió con el litio varios meses hasta que con el tiempo se le pasó la tristeza; la chica canija y frenética del Bellevue volvió al pasado y Dana se hizo más fuerte. Pero entre ellos cambió algo fundamental; algo irrecuperable desapareció para siempre. Sentía que Peter no volvería a quererla con la misma entrega que antes del brote: que nunca se fiaría de dejarla a solas con el niño, con la casa, en sus vidas, igual que antes. Y si, en las largas noches oscuras que siguieron, se incorporaba sobre un codo para besarla suavemente en la mejilla, no lo hacía llevado por la pasión, sino por curiosidad o miedo, por la necesidad de asegurarse de que su mujer desequilibrada estaba bien, para medir su capacidad de mantenerse en el frágil castillo de naipes en el que vivían.

Peter podría haberla dejado en varias ocasiones a lo largo de su matrimonio, cuando la energía de Dana se convertía en algo irracional y aterrador, cuando cogía el coche en plena

63

noche y salía por ahí, dejándolo a él solo para explicarle lo inexplicable a Jamie, para aplacar al crío que lloraba por culpa de una madre que relucía, centelleaba y ardía como una estrella fugaz: la misma que volvía a casa encogida y lloraba en un cuarto a oscuras. Regresaba como un juguete roto, hasta el punto de que ni Jamie podía arreglarlo con sus regalos obstinados y frenéticos a lo largo de los años: su mano hecha en arcilla en la guardería o el dibujo a ceras de los tres juntos, Dana, un palillo entre ambos, con un sol sonriente en la esquina de la hoja.

Fue Peter, siempre fue Peter quien la llevó al médico y la trajo de vuelta a casa con otro taco de recetas en el bolso. Era Peter el que aguardaba, vigilaba, en épocas en que los días iban y venían, rechinando como un acordeón que se cierra y se abre, dentro, fuera, dentro, fuera, chirriando hasta que volvía a ser ella. Siempre le ha estado agradecida por los sacrificios que ha hecho. Y por eso mismo nunca dejará de sentir algo de amor por él. Incluso en ese preciso momento, cuando el engaño de Peter pende como una cortina entre ambos.

Suspira y se incorpora en el sillón sin apoyarse en los reposabrazos. De pronto resuena el teléfono por la casa y se dirige hacia el sonido, tiesa como los soldaditos de Jamie, que estarán ahora en el fondo del armario.

—¿Diga? —Se pega el teléfono a la oreja y da la espalda al salón y al bullicio del partido—. ¿Te ha pillado lluvia? ¿Has visto las galletas?

Cuando Dana cuelga Peter se ha quedado dormido en el sofá y el telediario de las once ha sustituido al partido. La noticia de cabecera es una entrevista con un jugador de fútbol que cojea en dirección a la cámara con un tendón de la corva salido. Dana coge el mando de la mano de Peter, lo deja en la mesa de centro y lleva el vaso de él a la cocina mientras en la televisión presentan a la primera ayudante del fiscal, que va a comentar una noticia del viernes. El caso del asesinato de la señora Steinhauser es su máxima prioridad, asegura la entrevistada, no dejarán piedra sin remover. Trabaja codo con codo con el detective Jack Moss, y no tardarán mucho en hacer un arresto. Dana deja el vaso vacío en el fregadero y se queda a la escucha. Se agarra a la encimera; la cabeza le zumba y le da vueltas. Se le hace un nudo en la barriga y piensa en que el pescado que ha hecho Peter para cenar estaba malo..., tal vez Ronald le haya echado algo cuando hurgó en su carro. Cierra los ojos y cuenta lentamente hasta diez para intentar recuperar el equilibrio mientras termina la entrevista.

# Capítulo 7

*L*a primera ayudante del fiscal Lenora White está en la oficina cuando Jack llega a trabajar, nada menos que veinte minutos temprano. Una auténtica adicta al trabajo. La observa desde el pasillo. Hay que reconocer que es atractiva, sobre todo con la silueta perfilada por la luz que se cuela a través de la ventana mugrienta, y por unos instantes se olvida del cabreo que se pilló al verla ayer en la televisión. Está al otro lado de la mesa de Jack con la vista clavada en el gris de los edificios, las nubes ominosas y el sol que remonta a regañadientes por el cielo, con el bullicio del tráfico de fondo.

—¿Qué puedo hacer por ti, Lenora?

—Perdona, no quisiera parecer una entrometida pero le dije a Rob que nos viéramos aquí antes del trabajo. Tengo algo sobre el caso Mancini.

—¿La desaparecida?

Asiente y le explica:

—Han salido a la luz unos asuntos familiares y quería pasarle la información, solo eso.

—¿Un café? —Jack oye el sonido de la máquina al resurgir a la vida al otro lado del pasillo—. Está malo pero es cafeína.

—Vale. ¿Te importa que me siente?

—Claro que no, mujer. —Jack le señala una mugrienta silla giratoria al lado de la mesa—. Estás en tu casa.

—¿Cómo va lo del homicidio? —le pregunta, mientras

coge con cuidado la taza de café que le tiende Jack al volver y sopla para enfriarla.

El policía deja la suya sobre la mesa junto a unos paquetitos de azúcar y de leche y se encoge de hombros.

—Tirando.

—Nos están presionando mucho... Se pasan el santo día poniendo la dichosa fotito..., la de la señora Steinhauser..., ¿Cynthia?

—Celia.

—Eso, Celia. ¿Alguna novedad?

—No, la verdad. Al parecer entró alguien en la casa la noche del asesinato. La policía forense está haciendo los análisis pertinentes pero todavía no hemos recibido los resultados. Te tendré al tanto.

—¿Te importa acelerar el asunto?

—Eso está hecho.

—Estupendo. Este café está cargado como él solo —dice, y añade tres botecitos de leche y lo remueve con el índice—. Os hace falta un toque femenino.

—¿Es una oferta?

Lenora alza la vista y dice:

—Depende... Tendrás que compensarme de algún modo.

Jack sonríe. Al otro lado del pasillo las puertas de la calle vuelven a su sitio de un portazo.

—Ese va a ser Rob.

—Justo a tiempo.

Lenora mira su reloj, uno sencillo, barato incluso, se fija Jack, nada rocambolesco ni ostentoso, como cabría esperar de ella.

—Es un buen poli —comenta Jack, y Lenora le da un sorbo a su café lechoso.

—Ya lo sé. —Mira hacia arriba a través de una gruesa capa de pestañas—. Rob es un tío estupendo..., aunque... le falta ese aire de James Dean, la verdad.

—¿Y a quién no? —Jack coge su maletín y hace ademán de salir; los dejará solos para la reunión.

—Pues a ti —responde la ayudante del fiscal, que le da otro sorbo al café.

Υ

Lenora está ejerciendo presión para resolver ambos casos, el homicidio y la desaparición, pero Jack sabe que no es bueno trabajar con prisas, que tiene que solucionarlo a su ritmo, aunque eso suponga frenar a la fiscalía. Es un caso grande, complejo. Hojea sus notas. A la mañana siguiente de que el agente creyera haber visto luz dentro de la casa de los Steinhauser mandó a un patrullero, por si acaso se habían dejado algo en la oscuridad, y este encontró unas pisadas alrededor de la puerta, aparentemente recientes. Las fotografió y se las mandó al despacho ayer por la noche. No son las mejores tomas del mundo, y lo único que distingue es que son huellas pequeñas: de una mujer o un hombre menudo. Una vez más todo apunta a la vecina que tiene la llave. Por mucho que resultase ser mentira que pasó la noche emborrachándose en su hotel, Ronald tiene una altura considerable. Lon Nguyen es bajito pero no tiene llave. Lo más probable es que las huellas pertenezcan a Dana Catrell, la vecina de cuatro casas más abajo.

Cuando Jack repasó los antecedentes de los sospechosos, la búsqueda no arrojó grandes resultados. No había nada sobre Dana, solo una antigua detención de su marido —por posesión de cocaína en la facultad—, y además acabaron desestimando los cargos. La ficha de Lon Nguyen estaba más limpia que una patena. La primera mujer de Ronald murió en un accidente de coche poco tiempo después de la boda pero no hubo nada sospechoso. La que dio la campanada fue la propia Celia: la habían arrestado de joven en Virginia Occidental, al parecer por conducir el coche de la huida cuando su novio atracó una gasolinera con una pistola de pega; a él le cayeron tres años mientras que Celia se libró por cooperar con la policía. La imagen de Madre Teresa se tambalea...

Jack se levanta y se sirve otro café. Las huellas, el marido mentiroso, la maestra ex Bonnie & Clyde desangrándose en el vestíbulo, Ann cortándolo de cuajo de su vida y la presión de la fiscalía para dar carpetazo cuanto antes al asesinato. Ya se barrunta que el caso va a ser peor que un dolor de muelas. Aunque le sentaron mal las declaraciones de Lenora en televisión no ha querido mencionárselo durante su visita. Se dice que iba a hacerlo pero justo ha llegado Rob. «Virgen Santa, siempre fastidiando», piensa.

69

# Capítulo 8

*D*ana da media vuelta en la cama, se queda mirando la pared mientras oye a Peter ducharse y vestirse y se incorpora cuando este enciende la cafetera en la cocina. Apenas le oye hablar cuando este usa el teléfono. «Mediodía», le oye decir, pero entonces la cafetera cobra vida y empieza a echar café. Dana vuelve a echarse en la cama hasta que oye cerrarse la puerta y el Lexus ruge camino de la calle.

Contempla las nubes esponjosas y blancas por la ventana del salón y luego corre los visillos. La luz del día la pone nerviosa. Ya tiene bastante con las noches, con el insomnio y no parar de rondar por la casa y leer, pero la claridad de la mañana es aún peor. «Mediodía», ha dicho por teléfono, seguramente a la fulana. Piensa en ir a Manhattan en coche, en llegarse a la oficina de Peter a mediodía, o un poco antes, para seguirlo y ver con quién se cita, para ver a la fulana a plena luz del día.

Poco después de las diez se pone en marcha y se dirige lentamente a las oficinas de Glynniss, Hudgens & Catrell, en un edificio de ladrillo visto a solo unas manzanas de Central Park. Callejea, aparca en un garaje caro y coge el tique.

Ya es casi mediodía cuando entra por una bocacalle y encamina sus pasos hacia la oficina de Peter; se acuerda entonces de un parquecito en medio de unos edificios que hacen esquina con el bufete: dos bancos de madera en un césped cuidado, un guiño a lo verde en medio de la contaminación y el barullo de la ciudad. Al bajar la acera ve algo por el rabillo del ojo, un coche que dobla por la calle y reduce la marcha unos segundos, como si estuviera observándola y el vehículo fuera un animal vivo en busca de su víctima: como si se sorprendiera al ver allí una presa apetecible salida de la nada. Acelera hacia ella en el anonimato de la bocacalle, una callejuela del centro, y por un segundo el miedo la paraliza. No hay nadie que pueda verla ni ayudarla: nadie que sea testigo de cómo la atropellan. Pega un grito, da media vuelta y regresa corriendo a la acera, los pies apenas rozando el suelo. El vehículo acelera y pasa de largo y Dana desaparece tras unos coches aparcados y se escabulle detrás de un furgón.

—Cinco dos, cinco dos —dice en voz alta en un intento por concentrarse, por mantener a raya el terror que amenaza con engullirla. Solo consigue recordar un 5 y un 2 de la matrícula.

Se quita el pasador del pelo y se lo suelta a ambos lados de la cara. Se pone las gafas de sol y se quita la camisa que se ha puesto encima de un top palabra de honor; sus brazos son de una palidez enfermiza en el soleado día veraniego. Mete la camisa en el bolso y cruza la calle, buscando con la mirada un sedán impersonal, un coche oscuro que atraviese la calle o doble chirriando una esquina.

Llega al banco a las doce menos tres minutos, se sienta y se queda mirando la puerta de Glynniss, Hudgens & Catrell, al otro lado del parquecito. Apenas unos segundos después se abre y sale Peter, que se dirige apresuradamente al borde de la calzada parapetándose los ojos con la mano al mirar a derecha e izquierda, como si buscara un taxi, aunque no hace ninguna seña cuando pasan un par de ellos, aminorando la marcha al verlo en medio del tráfico del mediodía. Dana lo observa con el pelo aún en la cara y ve entonces que un sedán negro se para junto a su marido, que se apresura a montarse. El tráfico se resiente ante la inesperada interrupción, ante ese coche que se detiene en medio de la bulla típica de esas horas. Dana se levanta y va a la otra punta del parquecito. El viento le aparta el pelo de la cara y la hace sentirse expuesta y desvalida mientras entorna los ojos para mirar la parte de atrás del sedán, con el 5 y el 2 en la matrícula.

Vuelve corriendo al garaje, tomando grandes bocanadas de aire contaminado. Se tropieza con una grieta de la acera y mira hacia los árboles apiñados entre los edificios, que están en flor y con las hojas verdes, más vivos y lozanos que los olmos que había antes. Se oye el bullicio del tráfico, las bocinas que pitan; la ciudad es una burla, una broma descarada. Ahora es la de Peter, no la suya. Una vez segura en el coche, no quiere moverse, se niega a salir del garaje en penumbra por miedo a que la vean entre el tráfico. Sin embargo, tras lo que parece una eternidad, arranca el coche.

—Allá vamos —le susurra a san Cristóbal. Paga y acelera en dirección a Paterson, con los ojos clavados en la carretera.

Ya en casa se bebe una copa de vino y se sienta unos minutos en el sofá con los visillos corridos contra la luz del día. Por fin se decide a coger el teléfono para llamar a Peter, aunque no está segura de qué va a contarle sobre los extraños acontecimientos de la mañana. Por lo que ella sabe, él podría querer verla muerta, o loca. ¿O acaso sus torpes intentos por ocultar su aventura lo hacen parecer más culpable de lo que es?

—Hola —le dice cuando le coge el teléfono—. ¿Has vuelto ya?

—Estoy en la oficina —contesta con cierta perplejidad—. ¿Por qué?

—Te llamé a eso del mediodía —miente—, y me dijeron que habías salido.

—¿Quién te ha dicho…?

—Pero ¿adónde has ido?

—A comer, me imagino. Con Josh, ¿Josh Reinhardt? Un cliente que quería charlar sobre su juicio. Es dentro de poco.

—¿Por asesinato?

—Por evasión de impuestos —dice Peter, que se echa a reír.

Dana cuelga. Una luz titila por el pasillo, por el vestíbulo y la mesa, un parpadeo diminuto, un guiño de luciérnaga, pero cuando se vuelve para mirar, la bombilla está apagada bajo la pantalla opaca, y Dana sabe que está quedándose sin tiempo: siente que la locura llama a las puertas de su cerebro.

# Capítulo 9

*A*l principio la idea del *brunch* no era más que un intento improvisado para que Jamie volviera a casa por segunda vez en una semana pero, tras meditarlo, Dana decide que es un buen plan pese a las dudosas razones originales. No cree que ningún vecino tuviese una relación muy cercana con Celia pero, aun así, debe de ser un palo enterarte de que a alguien que vive en tu misma calle le han abierto la cabeza y lo han matado en la puerta de su casa; tiene que suponer una gran conmoción para toda la zona perder a una de sus vecinas de una forma tan brutal y desconcertante. De momento el funeral sigue postergándose, seguramente debido a la investigación y a la autopsia y, como tampoco ha habido ningún otro acto en su memoria, para los vecinos que realmente conocían a Celia el *brunch* tendrá un doble propósito.

Abrirá las puertas de su casa para que puedan charlar sobre lo ocurrido, para que vayan de una habitación a otra picando cruasanes y mermeladas sin tener que sentirse acorralados en torno a la mesa del comedor. Así podrán hablar más abiertamente sobre sus relaciones con Celia; soltarán la lengua y podrá reconstruir el día en que su vecina murió, comprender los dóndes y los quiénes y encajar por fin las piezas.

Todavía tiene el número de Ronald. En el fondo del bolso guarda un montón de papeles con teléfonos garabateados de personas que le han parecido graciosas o brillantes, gente a la que le habría gustado volver a ver y con la que no le habría importado tomarse un café por el centro. En la fase resplandeciente que precede al desencadenamiento de la locura, se vuelve magnética, sensual, atractiva, y la gente se siente atraída por ella. Antes de hundirse en lo más profundo cabalga sobre una ola de efervescencia. Es sociable, divertida, una amiga inteligente, una amante liberal y la compañera ideal. En un cúmulo de tiempo breve y luminoso resplandece y traba amistades profundas pero pasajeras con gente que conoce en la cola de correos o mientras espera a que le arreglen el coche. Cuando al cabo de los días se encuentra los papeles en el bolso, con los móviles o los correos electrónicos, a menudo no es capaz ni de recordar las caras que se corresponden con los datos.

Da por sentado que no va a acudir toda la gente a la que ha invitado. Doce, imagina, catorce como mucho. No está muy segura de querer que los vecinos charlen entre sí, que mencionen de pasada que Peter nunca está en casa o que lo vieron salir de tapadillo por la puerta de atrás de la víctima. Sin embargo los ha invitado a todos; ella pondrá la baraja y dejará que las cartas caigan en el tapete por su propio peso.

Pasa el trapo por los asientos impolutos de las sillas de madera y hojea *Aperitivos adictivos*, un recetario que descubrió hace unos meses en un mercadillo de jardín con Celia. Camino del supermercado se para en una panadería y compra unos cruasanes, unos bollitos de canela y, en un impulso, unas cuantas rosquillas trenzadas de frambuesa. Hará huevos revueltos, decide, y tal vez un poco de beicon. ¿Comerán carne sus vecinos? Opta por unas salchichas vegetales y unas tiras de beicon de pavo, zumo de naranja y los pastelitos que ha comprado en la panadería. Al fin y al cabo no se juntan para comer. La cuestión es la transparencia. La claridad.

Ronald es el primero en llegar. Peter le da la mano y lo invita a sentarse en el sofá del salón mientras Dana brega en la cocina, batiendo huevos y tostando cruasanes en un hornito. El zumo de naranja está ya en una jarra de cristal tallado sobre la mesa del comedor, junto a un gran ramo de margaritas.

—¡Buenas, Ronald! —lo saluda desde la puerta de la cocina. Tiene unos ricillos de pelo repegados a la frente por el sudor; el aire acondicionado zumba animosamente.

—Dana —dice, pero parece negarse a apartar la vista de Peter.

—Bueno, por fin os conocéis.

—¿Y eso?

Peter se lleva la mano a la oreja, como si no la hubiera oído bien, en un gesto que le recuerda amargamente al viaje de vuelta de Boston, a su mano blanca escudando el teléfono, escudando a la fulana, con esa vocecilla titilante y confabuladora.

—Ronald me preguntó el otro día por ti en Lo Más Fresco. Creía que te lo había dicho… En fin, el caso es que estaba deseando conocerte.

—¡Pues ya me has conocido! —dice Peter con voz jovial y vecinal, pero incluso desde la cocina Dana nota que le tiembla la mano cuando se inclina para poner bien los cojines del sofá.

—Sí. —Ronald se incorpora en el sitio. Se queda mirando la cara de Peter con los ojos guiñados y oscuros, como pasas sobresaliendo de un bollo—. Yo te he visto antes —comenta, en voz baja y tensa, ligeramente amenazante.

—¿Ah, sí? Supongo que por el barrio —emplea otra vez esa voz extrañamente alegre que Dana nunca le ha oído.

—No lo creo. —Ronald sigue escrutando a Peter—. No, fue en otra parte —insiste, mientras su marido va a la puerta, por la que se ve a Wanda y a sus dos hijos al otro lado de la mosquitera.

—Buenas —dice con algo menos de alegría en la voz—. Me alegro de verte, Wendy.

—Wanda —le corrige esta, que pasa a su lado para saludar a Dana, plantada en la puerta de la cocina.

Los siguientes en llegar son Lon Nguyen y su mujer, que no habla inglés, y ambos debaten un rato en vietnamita antes de que Lon se decida a coger un bollito de canela y servírselo en un plato. Va con chanclas, como siempre. Dana no le ha visto antes ese par y se pregunta si tendrá unas para cada ocasión, y en tal caso si esas serán sus chanclas de *brunch*, un modelo festivo con una tira azul celeste. Bate otra tanda de huevos y la echa en la sartén mientras la puerta de la calle vuelve a abrirse.

—Hola —saluda.

La gente entra a borbotones por la puerta y Peter da un paso atrás, se inclina y hace un gesto de bienvenida con el brazo cuando los vecinos de enfrente de los Steinhauser aparecen en tropel por el umbral. Dana ha calculado mal. Hay al menos veinticinco personas dando vueltas por la casa, asomándose por la cocina, donde está ella sacando una fuente tras otra de huevos revueltos y muriéndose por tomarse un bloody mary. Lleva años sin dar un *brunch* y, después de esto, se promete que nunca más.

Aparta la vista de la sartén y ve que Peter está en la puerta, con el pelo encrespado por la coronilla; le pasa por la cabeza la imagen fugaz de un gallo.

—¿Qué pasa?

—Eh, no, nada. Han mandado a alguien de la oficina con una nueva prueba de un juicio en el que están trabajando.

—¿Y ha llegado ya él... o ella?

Peter da un paso atrás y mira de reojo al salón.

—Ella. Está en el sofá, hablando con Wanda. ¿Puedes arreglártelas unos minutos sola mientras yo voy a ver..., a asegurarme de que lo han traído todo?

—¿Qué juicio es, si puede saberse? —le espeta Dana, pero los huevos empiezan a chisporrotear y a pegarse por los bordes y tiene que volver a los fogones.

Para cuando los saca de la sartén y los pone en la mesa Peter se ha escabullido y Wanda está sola en el sofá. Lon Nguyen se abre paso entre la muchedumbre y Dana recuerda entonces los carteles que este pegó por los postes de la luz y metió en los buzones hace unos meses. «Lon Nguyen, capitán de la calle», rezaban, y había un teléfono, el suyo seguramente, que Dana no se había molestado en apuntar antes de tirarlo a la bolsa del papel. No es el mejor exponente de la patrulla de vigilancia nocturna: desde luego no en ese velorio improvisado por una vecina muerta y aporreada en su propia calle.

Le da un bocado a una salchicha falsa. «Salchichas de pega», como las llama Jamie, piensa mientras mastica el trozo gomoso y lo baja con un chorrito de zumo de naranja, que es todo lo que ha quedado tras la avalancha inesperada de invitados. Ve a Ronald hojear un libro junto a la estantería del pasillo y se le acerca; está a solo unos centímetros del dormitorio, y no tiene los ojos en el libro. Una vez más escrutan, como en busca de algo.

—¿Has comido bastante?

—Sí. —Corrobora con la cabeza—. Están buenas las salchichas.

—¿Has probado los huevos?

—Es que soy vegano. Tienes unos libros muy interesantes.

—Ya. —Dana mira de reojo el título que tiene en la mano—. Pero *Insectos de jardín* no es precisamente uno de ellos. ¿Te apetece un bloody mary?

—Sí —dice volviendo la vista al libro—, me encantaría.

Dana encuentra en el fondo de la nevera un cartón de zumo de tomate que lleva un tiempo abierto y le añade un buen chorro de vodka, rábano y algunas hierbas y especias de la despensa. Cada vez hay más ruido en el comedor. Remueve con el índice la mezcla de las dos copas y se abre camino lentamente por el gentío de las tres habitaciones que la separan de Ronald, quien parece concentrado en la búsqueda de algo más interesante en la estantería.

—Gracias. —Le da un sorbo a la copa—. ¿Conoces a toda esta gente?

—No, en realidad no. —Dana repasa el salón desde la pared donde está apoyada—. Solo conozco a Wanda y sus hijos y a Lon Nguyen, poco más.

—A mí me suena de vista el hombre de los pantalones chinos, el que vive enfrente de nosotros... de mí. Y Nguyen, claro. Es el que organizó la vigilancia vecinal.

Dana asiente.

—Y al que no le vendría mal... vigilar mejor.

—Sí.

—Por cierto —dice Dana prácticamente susurrando al oído de Ronald—. ¿Tienes contigo el teléfono de Celia?

—No —responde este, volviendo al libro—. ¿Por qué? ¿Se puede saber qué perrera te ha entrado con el teléfono de Celia?

Dana ve que ha dejado de leer y tiene los ojos enrojecidos y congelados en la página; la mandíbula le tiembla y empieza a asomarle una rojez en zigzag por el cuello. Aun así sigue sin mirarla.

—No, por nada. —Dana retrocede un par de pasos—. De verdad —musita, y tropieza con el borde de la alfombra—. Cielos, yo solo quería… En realidad… —Carraspea y habla con lo que espera que sea un tono autoritario, pese al repentino cambio de humor de Ronald—. Me preguntaba si todavía tendría alguna foto de las dos. Había varias —miente— de las dos haciendo tonterías delante de la cámara. ¡Es que éramos amigas, ya lo sabes! Me gustaría verlas, para tener un recuerdo.

Ronald se encoge de hombros. Al otro lado del salón Peter está acompañando a alguien al porche…, la ayudante, se imagina. ¿Estará tirándosela también? Dana se acerca para ver mejor, pasando por en medio de un grupito de vecinos mientras la puerta se abre. Atisba entre el gentío cuando Peter sale con la visita y Dana observa como puede la nuca de la cabeza que se aleja, en medio del grupo numeroso que la separa del umbral: la de una mujer morena y alta.

Lon Nguyen le tira de la manga con las yemas de los dedos.

—Nos vamos —anuncia.

Su mujer se despide con la mano, sonriente, desde la puerta de la calle. Wanda también está saludándola y musita un «gracias» entre dientes y le hace un gesto de «te llamo» con el pulgar y el meñique mientras sus niños salen disparados por el jardín.

—Gracias por venir —les dice Dana.

Roza un vaso de cristal con la punta de una cucharilla y un repiqueteo llena la casa, que se ha sumido de pronto en el silencio. Al cabo de unos minutos Ronald sale precipitadamente hacia el coche, hacia la calle llena de vecinos con coloridas ropas veraniegas, y Dana cierra la puerta y se va al fregadero, que ya ha llenado de agua con jabón.

—Voy a echarme un rato —le grita Peter desde el salón—. Menudo espectáculo, por cierto —comenta unos minutos después—. ¿Qué me dices de Donald? Valiente personaje.

—¿Ronald?

—Eso, el marido de Celia. ¿Has visto qué manera de mirarme? ¡Como si le hubiera atropellado al perro!

En las últimas palabras la voz de Peter languidece y, cuando mira desde la encimera, ve que se ha dormido, con los zapatos perfectamente alineados a los pies del sofá. Dana enjuaga los vasos y los mete en el lavavajillas. Es evidente que Peter también se ha fijado en el extraño comportamiento del viudo, y eso sin tener en cuenta lo de la foto del móvil, que Ronald claramente sí ha considerado. Está claro que si quiere volver a verla, tendrá que arreglárselas ella sola, y para cuando enciende el lavavajillas, ya ha decidido que tendrá que ir a Manhattan a encontrar ese teléfono móvil.

# Capítulo 10

Son casi las dos cuando Dana mete en la lavadora el delantal, los manteles y un trapo. Va al salón, donde los ronquidos de Peter perturban el aire de toda la casa y eclipsan la música del reproductor de CD que hay junto a la entrada. ¿Habrá oído alguien la selección ecléctica de música de los años setenta y ochenta que con tanto esmero ha escogido, las idas y venidas del blues antiguo y el jazz moderno? Peter no ha escogido nada. Es más, salvo por su anuncio en la puerta de la cocina y su presencia los primeros minutos, no tiene ni idea de dónde habrá pasado gran parte del *brunch*. Por lo que ella sabe, ha podido estar en el jardín trasero, agachado con el teléfono junto a la mesa de picnic.

Bosteza. Ve que alguien se ha dejado la puerta de entrada ligeramente abierta y empuja el pomo para cerrarla. Coge la novela que está leyendo de la mesita de la entrada y, al abrirla, caen unos papeles de dentro; una lista de la compra, se dice de entrada, o un viejo recibo del banco, lo que usó para marcar la página. Pero hay algo escrito en letra muy pequeña, apenas legible: «Una comida muy rica, pero no pienses que con tu *brunch* vas a librarte de pagar el pato. Ándate con ojo».

El miedo la embarga, la envuelve con un terror asfixiante y estrangulador. Arruga en la mano el trozo de papel, cierra el libro y lo deja en la mesa de centro como si un sonido o un movimiento demasiado rápido, cualquier cosa, fuera a hacer estallar una represalia explosiva y letal. Se levanta como puede de la silla y se acerca a Peter, que sigue roncando en el sofá. Lo menea ligeramente para despertarlo, sin hacer ruido; el ronquido para por unos segundos antes de volver a resonar.

—¿Peter? —Lo llama con suavidad. Mira de reojo por la sala para ver si quien ha escrito la nota sigue allí, escondido en algún rincón—. ¡Peter! —grita ya.

El ronquido se detiene y su marido abre los ojos de par en par.

—¿Qué pasa?

—¡Ha entrado alguien!

—Ha entrado mucha gente.

—No. —Se le quiebra la voz y repite—: No, alguien más, alguien que está enfadado conmigo.

—Mujer, prácticamente los hemos echado —dice Peter incorporándose con un gruñido exagerado—. Lo superarán. —Tiene los ojos gachos y parece que una vaca le hubiera lamido su pelo perfecto.

—No —insiste Dana. Lo zarandea del brazo y le pone la nota delante de la cara—: ¡Léela!

—¿Que la lea? Pero si no se ve nada. ¿Dónde están mis...?

—Ten —le dice pasándole las gafas de leer.

—«Una cocina muy roca.»

—No, joder. —Le coge las gafas y se las pone—. «Una comida muy rica, pero no pienses que con tu *brunch* vas a librarte de pagar el pato. Ándate con ojo.»

Peter bosteza y pregunta:

—¿Y qué leches significa eso?

—Significa que... —Dana calla. En realidad no lo sabe pero es evidente que estaba en lo cierto: alguien está espiándola, amenazándola, alguien la odia. Se muerde las uñas—. Pues significa que me están acosando y quieren matarme. ¡Significa que tengo un miedo de muerte!

—Pero, a ver, ¿le has hecho algo a alguien? ¿Has volcado su contenedor? ¿Has puesto la radio del coche demasiado alta?

—Bueno, sí, a ver, está claro que a alguien he tenido que ofender. De hecho lo mismo a quien he ofendido está todavía en la casa escondido.

—¿Quién iba a hacer algo así? —Vuelve a bostezar.

—¿Y quién iba a querer matar a Celia?

Al cabo de uno o dos minutos Peter se levanta y vaga de cuarto en cuarto.

—Tienes que mirar bien —le dice Dana dando puntapiés por las cortinas. Mira entre todos los abrigos del armario del pasillo y detrás de las cortinas de ambas duchas. Oye que Peter arrastra los pies por el dormitorio de ambos y, cuando lo oye tropezar con el cable del amplificador, sabe que está mirando en el cuarto de Jamie.

—Nada —dice Peter de vuelta al sofá—. ¿Te importa si sigo con mi siesta?

—No..., bueno, sí que me importa. Tenemos que averiguar quién ha dejado la nota —insiste, pero por única respuesta recibe un rumor de un trueno lejano y un murmullo indescifrable de su marido.

Relee el mensaje para ver si hay algo más escrito, algún distintivo, un número: cualquier cosa que pueda abrirle una ventana al mundo de quien lo escribió y se lo dejó en el libro. Hay algunos números: un recibo, demasiado arrugado para ver de dónde es. Piensa en Ronald en Lo Más Fresco, en su extraño comportamiento y en cómo la acorraló en el pasillo; piensa en los vecinos que han recorrido toda la casa, en esos rostros que le eran desconocidos. Piensa en la culpa que la reconcome por dentro, que la levanta de golpe del sueño insuficiente, y recuerda entonces la silueta de la capucha que la miraba desde el otro lado de la ventana de la cocina, en el jardín trasero, y en los rasgueos por el muro trasero que atribuyó a la planta de malvavisco; en cómo escrutó el jardín sin resultado alguno pero aún sabiéndose observada, sintiendo aún los ojos en algún punto bajo la superficie, aguardando, odiando.

Se pregunta de quién será la cara de la figura encapuchada del jardín, oculta entre los pliegues removidos por el viento, de haber podido desenmascararla. ¿La Parca? ¿Un macarra adolescente que buscaba una ventana abierta o un coche sin cerrar? ¿El asesino de Celia? O peor: ¿vio la cara fantasmal y agónica de Celia acechando o, peor todavía, la suya propia?

Dana va de puntillas hasta el coche mientras Peter ronca en el sofá. La nota no es lo único que la aterra, al día siguiente tiene también la cita con el detective que lleva el caso de Celia. «Estamos interrogando a los vecinos —le explicó este por teléfono—. Pura rutina.» Pero lo duda. Últimamente no hay nada rutinario en su vida; nada es lo que parece. No se lo ha contado a Peter, aunque sabe que se prestaría a acompañarla y haría las veces de abogado. Pero ¿por qué? ¿Podrá averiguar cosas sobre su marido si se encuentra a solas con el poli, un tal Jack Moss, cosas de las que no se enteraría si Peter asistiese al interrogatorio? Unas nubes de tormenta acechan en el cielo, convirtiendo el día soleado en una tarde gris. Agarra con fuerza el volante y se dirige al centro, donde aparca apresuradamente delante de un bar que abre toda la noche. Se queda un momento en la cálida humedad del asiento delantero. Por encima parpadea y zumba un letrero que baña el salpicadero y el san Cristóbal con una luz fluorescente ligeramente azul. LA CANTINA DE JESSIE, reza, con las dos últimas letras averiadas por algún espíritu malintencionado o una pelota de béisbol que se extravió del descampado de al lado.

Lleva años yendo al Jessie cuando no logra dormir, en esas noches en que le vibran las entrañas y la zarandean como si hubiera metido el dedo en un enchufe. Suele ir en épocas como esa en las que no tiene ya amigos a los que recurrir en plena noche —¿quién iba a estar dispuesto a escuchar su interminable parloteo a las tres de la madrugada?—, cuando lo único que consigue al darle un codazo a Peter es que tire de las mantas, se arrope y se dé media vuelta. Va al Jessie cuando está maniaca y nerviosa. Es mucho mejor que un bar de copas, se dice —y se lo cuenta a Peter cuando se molesta en saber adónde ha ido—, y mejor que emborracharse hasta perder el sentido, por mucho que lo haya hecho más veces de las que pueda contar. Pero la asusta, la bebida la aterra, y también la idea de convertirse en una alcohólica como su padre, que murió con cuarenta y un años, y encima de esa forma tan extraña y desconcertante. Se pasaba la vida viajando y había cogido muchas veces ese tren de Filadelfia.

Son ya casi tres años los que lleva yendo y sentándose en el mismo reservado de plástico rojo rechinante, con la mesa llena de manchas, las rayaduras de los bordes y la pobre iluminación, que agradece enormemente. Coge una servilleta y saca un bolígrafo del bolso sin fijarse en que la camarera se acerca a su mesa. Le sonríe. Glenda es un faro en una noche oscura, una isla en un mar somnoliento de humanidad, los borrachos, los sintecho, los desamparados, los corazones rotos y los solitarios. Los locos. Glenda la Bruja Buena...

—¡Muy buenas, Dana! ¡Hace siglos que no te veía por aquí!

—Ya. Es que he estado...

«Cuerda —piensa—. He estado demasiado cuerda para venir al Jessie.»

—¿Qué te pongo? —Glenda recoge una propina de la mesa de al lado y vuelve la vista a Dana—. ¿Un descafeinado?

—Sí. Vaya, tienes memoria de ele...

—Gajes del oficio.

—Mi vecina... La han asesinado.

—¡Dios Santo? ¿La de Ashby Street? Ha salido en todos los telediarios.

—Ashby Lane, sí.

—Ahora vuelvo.

La chica suspira mientras vuelve a la caja registradora, donde se han juntado varios clientes bajo la escasa luz verdosa de la entrada. Dana presiona el pulsador de la punta del boli una y otra vez.

«Notas», escribe en la servilleta. La divide en dos con una raya. «Lo que sé —escribe en la primera columna—; lo que no sé», garabatea por encima de la segunda y subraya ambos encabezados. Siempre ha sido muy organizada. Cuando Jamie se mudó a Boston, fue ella quien lo ayudó con los preparativos, dejando a un lado sus sentimientos ante la decisión de su hijo de irse lejos en lugar de a la facultad de Nueva York. Fue ella la que se leyó todos los folletos, la que investigó todas las facultades en un radio de tres estados, la que imprimió una página tras otra de estadísticas, las grapó ordenadamente y las fue poniendo por estados sobre la mesa de Jamie. Se concentró en los detalles y cerró los ojos a la realidad; para cuando lo dejaron en la facultad, en una triste caravana, con Peter y ella siguiendo el Nissan de su hijo, estaba rendida. En la cena de orientación —una auténtica tortura— bebió más de la cuenta y rio estrepitosamente, abochornando a su hijo con sus desvaríos. A la vuelta tuvo que apoyarse en el brazo de Peter, medio comatosa cuando el taxi los dejó en el hotel cerca de la plaza Copley, donde durmió bien por primera vez en semanas.

Bajo el primer encabezado escribe «Yo estaba allí, enfadada y borracha». Mordisquea el extremo del boli y añade: «No me acuerdo de partes de la tarde; Ronald tiene el teléfono de Celia; Peter y Celia juntos; Peter y la fulana juntos». Y, en un impulso final: «¡Peter es un capullo!».

Bajo el segundo encabezado escribe: «Si me acusarán y cuándo del asesinato de C.». Se detiene y busca con la mirada a Glenda, que está acercándose. «Estoy en el tren rumbo a Locura —añade en la primera lista y, luego, en mayúsculas—: ¡SOY LA ÚLTIMA PERSONA QUE VIO CON VIDA A CELIA!»

—Aquí tienes. —Glenda deja dos tazas de café entre ambas—. Este es el descafeinado.

—¿No tienes que…, no estás…?

—Descansando. Todo el mundo necesita un descanso de vez en cuando.

—Incluso Glenda la Bruja Buena.

—¡Glenda la Bruja Buena! Me gusta. Eso es de *El mago de Oz*, ¿no?

—En realidad es Glinda —apunta, pero la camarera no dice nada—. Me alegro de verte por aquí. —Dana se incorpora sobre los codos—. Pensaba que a lo mejor librabas.

—Yo nunca libro. —La camarera le da un sorbo al café—. ¿Por qué?

—Mi vecina —ataja Dana, que mira a su alrededor antes de añadir—: Creo que la maté yo.

Glenda abre un sobrecito de azúcar y lo echa en la taza.

—Nunca me ha gustado la sacarina. Más vale lo malo conocido que…

—¿Has oído lo que acabo de…?

—Tú no la has matado.

—No lo entiendes. Estuve allí. Yo… no me acuerdo de la mitad de la tarde.

Glenda abre un paquetito de leche, la echa en el café y lo remueve.

—Mira, querida. —Le da un sorbo a la taza y se echa hacia delante hasta que sus narices casi se tocan por encima de las manchas desvaídas de la formica—. Hace un par de años creías que eras María Magdalena.

Dana se para a pensarlo y luego dice:

—Pero eso es distinto. Me sentía… culpable o algo así…

—Todo lo contrario que ahora, ¿no? —Glenda le da otro sorbo al café y Dana remueve su taza—. También creíste que eras Judas Iscariote encarnado en mujer. Hay cierto patrón…

—Pero esta vez…

—Escúchame. —Glenda se levanta, le da un último trago al café, se arregla el pelo y vuelve a ponerse el delantal—. Si de algo sé en esta vida es de la gente. Y tú no eres ninguna asesina.

—Gracias. De corazón. Creo que me quedaré un rato y anotaré un par de cosas más.

Le da un sorbito al descafeinado. «Gracias, Dios, por Glenda.» No juzga, nunca, pero siempre está ahí: mucho más real que el resto de sus amigos, en momentos como esos en los que el cerebro le da vueltas y brincos, cuando sus amigas parecen medio drogadas, tonteando, bregando y llevando unas vidas sin pena ni gloria. Glenda solo ha dicho lo que Dana necesitaba oír.

89

Anota todo lo que le viene a la cabeza en una segunda servilleta, cosas que no creía recordar. Escribe con letra pequeña y ladeada, apenas legible, muy distinta de la suya habitual, que es pulcra y cuidada, con las «os» cerradas y el rabito de las «tes» bien puesto. Cree estar sintonizando con una parte profunda de su subconsciente, donde el maquillaje exagerado de Celia espera que lo rescate de las arenas movedizas del día que murió, con esa profunda brecha de carmesí que se pintó borracha y que le dejó la boca como un gran óvalo torcido. También recuerda un olor que le resulta ligeramente familiar pero que no acierta a ubicar. Lo anota también. Y el jarrón…, esa pieza pesada y gruesa. Lo había tocado de pasada y hasta lo había cogido y había comprobado que pesaba incluso vacío; de un azul muy bonito, cobalto como el cielo cuando se precipita hacia la noche… Y entonces un recuerdo la atenaza, uno perturbador e intenso. Deja de escribir y suelta el bolígrafo como si quemara. Se mira las manos y las cruza bajo la mesa cuando dos policías se sientan a la barra y la miran desde el otro lado del bar, con una mirada prolongada y penetrante. Emite un murmullo insulso y atonal para ahogar el recuerdo que ha rescatado del lodazal de su subconsciente.

Dobla con cuidado las servilletas y las guarda en el bolso evitando hacer contacto ocular con los policías, que se han girado en sus taburetes para mirarla de frente. Deja un billete de cinco dólares en la mesa y se apresura a pasar por delante de los agentes al tiempo que saluda en dirección a Glenda, que está en la caja. Produce otro murmullo, más sonoro, al meterse en el asiento delantero y girar el contacto. El san Cristóbal reluce bajo la luz del letrero roto mientras Dana se esfuerza por olvidar cómo miró el jarrón del mercadillo justo antes de que le subiera la bebida. Pero los recuerdos están ahí, en su claridad y su crueldad, y piensa en las polillas que batían las alas en los focos del jardín, recuerda el momento en que miró el jarrón azul, en que tuvo clarísimo por qué Celia estaba tan disgustada y por qué tenía una fotografía de Peter y la fulana en el teléfono. Le vuelve también la rabia que la embargó antes de que el alcohol le pegase, antes de que nublara sus pensamientos y dejara lagunas ralas en su mente: cómo había querido coger el querido jarrón de Celia que tenía al alcance de la mano y estrellárselo en la cabeza.

Intenta aprisionar ese recuerdo tan poco bienvenido. Se concentra en el tráfico, en contar los ladrillos de los edificios. Piensa en la nota, en la caligrafía extraña: tal vez solo una broma cruel de un vecino desagradable.

—Glenda la Bruja Buena —dice en voz alta, y lo repite—. Glenda la Bruja Buena, Glenda la Bruja Buena —dice como un mantra durante todo el camino de vuelta a casa.

# Capítulo 11

Cuando las puertas se cierran tras ella en la comisaría, Dana ya ha recorrido la mitad del pasillo. «Formación reactiva», cree recordar de una de sus innumerables sesiones con la psiquiatra, ese precipitarse a la oficina del detective cuando lo que en realidad quiere es dar media vuelta y salir corriendo o meterse debajo de una mesa. La aterra el encuentro pero está deseando que pase.

Se coloca bien la falda, que se le ha quedado grande y le baila por las caderas; su falta de interés por comer ha empezado a pasarle factura. Hace una parada en el lavabo de señoras y hurga en el bolso en busca de un imperdible, que se coloca en la cinturilla para ceñirse la falda. Se mira en el espejo y se apresura a apartar la mirada, por miedo a verse demasiado cerca, a ver a la asesina que acecha en el cristal. Se pinta los labios con un tono discreto y anodino, inclinándose sobre el lavabo y cuidando de mirarse solo los labios. Cuando queda satisfecha se los retoca con un pañuelo y se aleja del espejo concentrándose en la respiración hasta que vuelve al pasillo.

Las paredes son grises y enormes, y procura no mirarlas. Clava la vista en el suelo y los recuadros de linóleo la asustan.

—¿El detective Moss?

Está en el umbral de una habitación grande frente a una mesa escuálida que le recuerda a las del colegio. El nombre del policía está grabado en un rectángulo de madera.

—Sí.

El hombre se levanta y se inclina sobre la mesa para estrecharle la mano. Dana se apresura a apartar sus dedos sudorosos, como un cangrejo que se agazapa, piensa.

—Gracias por venir —le dice, a lo que Dana sonríe—. No será mucho rato. Podemos quedarnos aquí si se siente más cómoda —añade señalando la habitación vacía. Dana asiente.

Jack Moss rebusca entre unos papeles y la mira por encima de las gafas, un modelo de farmacia, imagina Dana, y piensa en su marido, que se gastó cientos de dólares en las suyas, y en las que tiene de sol graduadas en un estuche de cuero tan sobrio como caro, y en las suyas propias, un modelo grande y liso de Foster Grants que compró en el Walmart.

—He hablado con su vecino, Lon Nguyen. Me dijo que estuvo usted con la señora Steinhauser el día de su...

—De su fallecimiento. Sí, así es.

—¿Podría contarme algo sobre esa tarde?

—A ver, pues hacía calor... mucho calor. Aunque estaba nublado.

El detective se recuesta en su silla con un lápiz entre los pulgares, removiéndolo en el aire como si fuera una baqueta.

—El tiempo que hacía no es lo que más me interesa...

—Ya. Yo solo quería retratar todo el..., en fin..., el ambiente de esa tarde.

El policía aprieta más el lápiz entre los pulgares.

—¿Y su vecina, la señora Steinhauser?

—Justo salía de casa para ir a la biblioteca a recoger unos libros que tenía reservados y me... Total, que me llamó... Celia. Estaba en el jardín balanceándose sobre las plataformas esas tan feas que se ponía. «Es una cuestión de vida o muerte», me dijo. Así que me acerqué para ver qué quería. Supongo que se lo habrá contado el señor Nguyen.

—Así es.

Dana calla por un momento. Nota que se acelera por dentro; mira a Moss, al otro lado de la mesa, su ceño fruncido, el vello negro de los brazos, los ojos castaños, el pelo que probablemente era moreno antes de encanecer. Tiene algo que la tranquiliza pese a la razón del encuentro y que le recuerda misteriosamente al poeta. Se inclina sobre el escritorio y Dana siente el calor que despide su cuerpo en la oficina asfixiante; quiere tocarlo con las yemas de los dedos. Cruza las piernas y balancea el pie de arriba abajo. Siente el sudor que empieza a manifestarse en sus axilas.

—Hace calor.

El policía asiente.

—No hay nada como Jersey en verano. Bueno, ¿y qué quería?

—Quería enseñarme una cosa.

Por primera vez desde la muerte de Celia, Dana se siente visible, transparente. Tiene la sensación de que Moss la ve de verdad, con sus imperfecciones, sus bordes entrecortados y rasgados, sus pensamientos afilados e incesantes.

—¿Qué quería enseñarle?

Dana respira hondo y aguanta la respiración. El corazón se le acelera, le late con fuerza en lo que parece un único latido prolongado, como las contracciones antes de parir. ¿Le habrá enseñado Ronald la fotografía? ¿Sabe lo de Peter y la fulana?

—Tenía unas fotos de sus... sus hijos —le dice—. De ella con sus hijos. Uno acaba de terminar el instituto... Tommy..., y había... hecho fotos de la graduación. Y luego había una de dos personas en una mesa, un hombre y una mujer. El hombre se parecía a Peter..., mi marido. «Mira», me dijo.

—¿Estaban en su teléfono?

—Sí, en el móvil. ¿La ha visto?

—¿Que si he visto qué?

—La foto. Si la ha visto sabrá, bueno, más o menos, qué aspecto tiene mi marido. Es muy guapo, rubio, con un pelo de anuncio... Se parece a John Edwards —añade, y comprende la ironía. Se le ocurre además que tal vez Peter y la fulana tengan por ahí escondida alguna hija rubia, igual que el político.

—No, no la he visto. ¿Y qué era de vida o muerte? —Jack mordisquea la punta del lápiz.

Dana se encoge de hombros.

—Estaba... Celia estaba un poco achispada. Bueno, un poco mucho.

—¿Y eso?

—A saber... —Dana se reclina ligeramente en la silla—. Había tomado más sangría de la cuenta.

—¿Estaba celebrando algo?

—No lo sé..., a lo mejor. Siempre hay algo que celebrar cuando quieres tomarte una copa. Y si eres profesora de español, siempre tienes una buena razón para tomar sangría —comenta Dana, y el detective Moss levanta la vista—. Un momento..., eso no ha sonado muy bien —dice, pero no tiene ni idea de cómo salir del entuerto.

Se concentra en la pared justo detrás de la mesa. Quiere contarle todo lo que sabe de la muerte de su vecina, levantar los momentos de ese día como unos naipes sobre la mesa, librarse de la culpa que le cuelga del cuello como un albatros. Quiere contárselo todo: entre lo que él sabe del caso y la energía de ella seguro que lograría solucionar...

—¿Discutieron?

—Pues... yo también tomé sangría. De hecho también me pasé. En realidad no recuerdo bien de qué hablamos. De las fotos, sobre todo, en particular de esa, de si era Peter o no el que salía.

—¿Y discutieron?

—La gente hace todo tipo de tonterías cuando está borracha. Aunque yo no recuerdo que nos peleásemos. A ver, es evidente que ese día no coincidíamos en todo...

—¿Y eso?

—Ella me llevaba ventaja. Ya se había bebido su media botella cuando llegué.

Jack Moss se incorpora como si hubiera recordado de pronto que llega tarde a una cita.

—¿Estaba viva cuando usted se fue? —le pregunta.

Dana asiente y dice:

—Me quedé de piedra. —Se recuerda que al menos eso es una verdad innegable. Si Moss insiste en someterla al detector de mentiras, esa pregunta la superará—. Pero de piedra, cuando la vi allí tirada en el suelo. No daba crédito.

—¿Quiere añadir algo más? —El detective Moss se quita las gafas y juguetea con ellas en la mano—. ¿Algún dato que pueda arrojar luz sobre la muerte de su amiga? —Los ojos parecen mucho más sensuales sin las gafas, más tiernos, incluso con la luz impertinente del techo.

—En realidad no éramos tan íntimas. Íbamos de compras juntas, a los mercadillos del barrio y esas cosas.

94

—Comprendo. ¿Volvió usted por casualidad a la casa de los Steinhauser la noche del asesinato?

—No. —Dana se agacha para coger el bolso, que se le ha caído en el suelo sucio de linóleo—. ¿Por qué?

—¿Tenía una llave? ¿La tiene?

—Hum... —Dana arquea la ceja derecha, como si fuera la pregunta más difícil de las que le ha hecho—. Sí, de cuando les cuidé el...

—¿Pero no estuvo en la casa la noche del asesinato?

—No. Y se la devolví a Ronald. Me lo encontré en el supermercado y se la di.

—¿Pudo tener alguien acceso a la llave durante ese tiempo? ¿Su marido? ¿Algún miembro de la familia o amigo?

—En realidad, no que yo... Bueno, Peter..., mi marido, sí que podía haberla cogido, pero no fue... a ninguna parte esa noche. Llegó tarde a casa y se fue directo a la cama.

Jack Moss asiente y vuelve a consultar sus notas.

—¿Alguna otra cosa?

—No —contesta Dana, y una vez más se dice que está siendo sincera. Mira a Jack a los ojos y repite—: No, nada.

El policía anota algo que Dana no acierta a ver y se pone en pie. Ella hace otro tanto y le tiende la mano, ahora ligeramente temblorosa.

—Si recuerda cualquier cosa, aunque le parezca insignificante... —Se lleva la mano al bolsillo y saca una tarjetita blanca con una letra muy recta. En negro. Sencilla, como se dice Dana que serían las suyas en caso de hacerse unas—. Cualquier cosa, me llama —le dice tendiéndosela—. Y gracias por venir.

—Gracias por recibirme... Esto... Cielos.

Siente que se le encienden las mejillas. Le da la mano en lo que espera que sea un apretón sereno y andrógino, sin ninguna connotación.

—Siempre que quiera —responde el policía con una sonrisa.

—Ah. —Está ya casi en el pasillo cuando lo recuerda. Un detalle, algo nimio—. Había un olor raro en casa de Celia.

—¿Cuándo?

—Cuando volví y estaban con ella los de la ambulancia;

95

cuando estaba desangrándose en el… Me fijé sobre todo en ella, por eso no me acordé hasta más tarde pero era un olor muy característico, y muy familiar en realidad.

—¿Qué podía ser?

—No sé…, era como perfume, pero del malo. Y otro olor, como a alcohol.

Moss garabatea algo en su libreta.

—Eso es lo que quería, ese tipo de cosas. De modo que si recuerda algo más…

Dana asiente y lo saluda levemente con la mano. Se concentra en andar lentamente hasta que está a salvo, en el pasillo, y entonces atraviesa casi corriendo el resto del camino hasta la puerta pesada y el coche en el aparcamiento. Cuando ya está segura en la autovía y ha completado su misión imposible, no se siente como esperaba. Para su sorpresa no tiene ganas de celebrar haber superado ese obstáculo con el policía veterano, ni de que incluso hubieran bromeado al final del encuentro, sus dedos sudorosos y fríos en la mano cálida de él, sus ojos castaños clavados en ella. Más bien se siente deprimida; como si hubiera atracado un banco, hubiera conseguido escapar y llegar hasta un hotel en el Caribe y estuviera contando billetes de mil dólares, pero lo único que ve es la cara de la cajera tras el cristal, asustada, conmocionada, mientras una clienta con el pelo azul se agarra el pecho.

El Toyota sortea el tráfico y acelera por la autovía. Por un segundo Dana piensa en su padre, un breve fogonazo que se apresura a dar de lado: su cuerpo enclenque siempre en movimiento, siempre acelerado. Hasta en el coche siempre iba con prisa, corriendo hasta esa última noche, cuando su cara angulosa atravesó el parabrisas, la bota apretando el freno con fuerza, el traqueteo del tren, su energía frenética contenida, detenida. Finiquitada.

Una sandalia de tiras suelta el acelerador. Se cambia al carril de la derecha, deja pasar al resto de coches y estira los dedos del pie, que tenía apretados, mientras se pregunta por qué quería que el detective Moss descubriera todos sus secretos, ese hombre que ha hablado con ella sin ver esa oscuridad que como una espesa tinta negra se esconde por sus venas, tras sus ojos, agazapada y a la espera de engullirla viva.

Y

Ve a Peter recorrer a toda prisa el camino de entrada de la casa, y va hablando cuando llega al comedor y deja el maletín en el sofá; todavía tocado y con un aspecto cómico, allí parado despotricando con la gorra de caza sobre su pelo perfecto. «Pega con el Lexus», dijo cuando se la compró en una sombrerería al lado de la oficina, aunque es mentira; le va con el descapotable que pensaba comprarse pero que al final decidió cambiar por un Lexus negro más sobrio.

—¿Qué decías? No te he escuchado…

—Que hoy me ha llamado un detective. —Está parado en la zona de madera sin tratar que hay entre el salón y el comedor—. Jack no sé qué.

—Moss —dice, pero es apenas un susurro—. Se apellida Moss.

—Moss, eso. Quiere interrogarme sobre la muerte de Celia.

Dana siente que le da un vuelco el estómago.

—Tal vez deberías comprarte un plastrón —le dice desde la puerta de la cocina. Respira hondo mientras trocea una patata.

—¿Para qué?

—Para que te vaya a juego con la gorra.

—Te cuento que soy un posible sospechoso de un caso de asesinato ¿y me dices que me compre un plastrón?

Dana se encoge de hombros. Echa las patatas en el agua hirviendo y se queda mirando el borboteo.

—Bueno, tampoco es para tanto. Están interrogando a todo el mundo, a todos los vecinos. Yo he estado hablando con Moss esta tarde.

—¿Y no se te ha ocurrido contármelo?

—No quería que te preocupases. —Coge una botella de vodka y se sirve uno doble—. ¿Una copa? —le pregunta, y Peter asiente.

—¿Qué quería?

Le da un sorbito a la copa y se la pasa a su marido.

—Nada en especial. Solo quería saber si había visto algo raro esa tarde… o sea, algo fuera de lo normal.

—¿Y qué le has dicho?

—Que no, que en realidad no. Le dije que estuve ese día en casa de los Steinhauser.

Le tiemblan las manos en los costados y cierra los puños cuando Peter va al baño. Ojalá no hubiera mencionado la fotografía del móvil, pero ¿cómo iba a saber ella qué información le había llegado al detective y cuál no? Peter se pondrá furioso. Piensa que tal vez el cabreo le haga largarse, coger sus cosas e irse a un hotel de Manhattan, donde podrá pasar todas las noches que quiera con la fulana, volver la cara hacia ella mientras la pantalla reluce con el béisbol y contarle que su mujer lo ha traicionado, que ha dado su nombre y ha sacado a la luz su aventura. Siente que le recorre un escalofrío por los brazos y se le pone la piel de gallina, aunque hace un calor como para que los charcos se evaporen en las aceras. Solo de pensar que Peter la abandone le da miedo. Se pregunta vagamente si se derrumbaría sin el pegamento que es su marido, sin su cuerpo dentro de la casa, más tarde —al cabo de unos días, unas horas o semanas—, cuando su mente empiece a astillarse como antes, cuando la locura tome las riendas de su vida.

Quiere llamarlo. Le gustaría que aliviara sus temores, que hurgara con su cerebro de abogado hasta saber con certeza si es una asesina o no. Quiere apoyar la cabeza en su regazo, cerrar los ojos y dormir mientras la lluvia cae en el horizonte. Pero Peter se ha convertido en un misterio, en un hombre con fulanas y teléfonos de vecinas escondidos en el registro de llamadas de su móvil, un hombre que asustó a Celia hasta el punto de que esta le dijo: «Me miró como si fuera a cortarme el cuello a la menor oportunidad», con la cara tan pegada a la de Dana que le vio las venillas de debajo de la nariz.

Le queda muy poco a lo que aferrarse. Cierra los ojos y escucha el borboteo del agua, y el sonido de Peter al cerrar la puerta del baño. Piensa en Jack Moss, recio como una roca tras su escritorio enorme, ese hombre de ojos amables y sensuales que podría acabar con su matrimonio a la mañana siguiente, cuando meta las narices en la dichosa foto de Peter y la fulana.

# Capítulo 12

*D*e camino a la oficina Jack se para a comprar café en un local de la calle Market; se tomará un minuto para intentar centrarse, como diría Ann, para poner en orden las ideas que se le escapan en todas direcciones, un modus operandi que no le es nada propio. Le gusta tener un plan, estar seguro, y suele ser lo habitual en él, al menos normalmente, pero las variables cambian sin parar. Y para colmo está esa primera ayudante del fiscal demasiado eficiente en las escaleras del ayuntamiento, con todas las cámaras enfocándola, su cara maqueada en las noticias. «Estoy trabajando codo con codo con el detective Moss. Muy pronto procederemos a hacer un arresto.»

Salvo que no es verdad.

—¿Jack? —Cualquiera diría que la ha traído hasta la cafetería con la mente, piensa al ver a Lenora a su lado, junto a las jarritas de leche. Sonríe. Tienes los ojos grandes y grises, y mirada tierna.

—Buenas. ¿Tienes un minuto?

—Solo uno —dice ella mirando el reloj—. Tengo una cita.

—Vale, no llevará mucho tiempo. —Retira una silla para ella, deja los cafés y los bagels en una mesa de dos con las patas tomadas por unas enredaderas, entre dos sillas iguales—. Te vi la semana pasada en la televisión cuando hablaste del caso Steinhauser. Iba a comentártelo el otro día en la oficina pero justo llegó Rob y…

—Hablé de ti. —Lo mira de reojo desde detrás del vaso de cartón. El vaho se le arremolina alrededor de la cara.

—Exacto. Me fijé.

—Codo con codo con el detective Moss. —Sonríe.

—¿Y Frank dónde queda en todo esto? ¿No tendría que ser él quien informara a los medios? Normalmente es el fiscal el que...

—No llegó a tiempo. Ese día fue a la capital y tuve que cubrirle como habría hecho cualquiera.

—Yo no lo tengo tan claro —comenta frunciendo el ceño.

Se la veía en su salsa en la entrevista, actuando ante las cámaras. «Se abrirá camino hasta la cima aunque para ello tenga que empalarnos a todos con sus tacones de mil dólares», le dijo Frank hace unos meses.

Lenora le da un bocado remilgado a su bagel.

—Sé que eres amigo de Frank.

—Yo no diría tanto. Lo que sí creo es que ha sido un fiscal estupendo. Me cae bien y le tengo mucho respeto.

Lenora asiente.

—Lo sé. A mí también me parece una buena persona, y tiene un gran sentido del humor. Es inteligente pero demasiado blando con el crimen. Si miras las estadísticas, hace años que la tasa de criminalidad sube en el condado de Passaic, en gran medida por culpa de la..., ¿cómo te diría?, de la actitud demasiado laxa de Frank. Estamos perdiendo credibilidad. No tenemos buena prensa. Si alguna vez se va..., si lo deja..., a mí la verdad es que me gustaría... tener la oportunidad de arreglar las cosas.

Jack le da un bocado al pan y se queda mirando por la ventana a una panda de chavales que pasan por la acera con los pantalones por las caderas. Le recuerdan a Kyle.

—Dijiste que no tardaríamos en cerrar el caso Steinhauser.

Lenora se encoge de hombros y contesta:

—Es verdad, en cierto modo.

—Ya. —Jack dobla en cuatro la servilleta de papel y vuelve a desdoblarla—. Pero tenemos bastante que hacer antes de darle carpetazo.

La mujer se reclina ligeramente y lo mira por encima del café.

—No te caigo muy bien, ¿verdad, Jack?

—Eso no es cierto —le dice; mira un cuadro que hay en la pared detrás del hombro izquierdo de ella—. Para nada.

Lenora juguetea con la taza, le da un mordisco al bagel y aparta unas migas del plato.

—Mi padre era juez —comenta al cabo de unos segundos sin venir a cuento, como si fueran amigos y tuvieran por costumbre charlar con un café por delante—. En un pequeño condado perdido de la mano de Dios, al sur de Alabama. La gente lo respetaba. Todos lo querían, y cuando digo todos es todos, y se lo ganó a pulso. Era un hombre justo, amable. Un..., ¿cómo te digo yo?, un hombre de campo. Sabía de cultivar la tierra como nadie, pero se hizo abogado y, con el tiempo, juez.

—Ajá.

—Yo lo tenía en un altar, y quería ser como él. Todas las noches lo esperaba en la ventana. Fuera invierno o verano, brillara el sol o en plena noche..., lo esperaba hasta que lo veía llegar en el coche. «¡Es papá!», le gritaba a mi madre. «¡Ya está aquí!», y salía corriendo a la puerta de la entrada. Me dejaba llevarle el maletín y yo pensaba que era muy importante, un honor casi, llevar ese cuero baqueteado...

Se detiene y se termina el café en un par de sorbos.

—¿Y le alegró que siguieras sus pasos?

Lenora arruga la taza con la mano, mira hacia la puerta y se queda con los hombros gachos.

—Será mejor que vuelva. Se está haciendo muy... —Se levanta, remete la silla metálica bajo la mesa y se queda parada un minuto—. Murió. Un infarto cuando yo tenía veinte años. Dejé la facultad, me casé con un perdedor y me divorcié al año, pero siempre he pensado..., bueno, no lo sé seguro. Mi padre ya llevaba un tiempo con problemas de salud, años en realidad..., de modo que no fue solo por eso... Pero el caso es que no ayudó, lo que hice..., lo decepcioné. No ayudó mucho.

—Lo siento —dice Jack, que se dispone a levantarse, pero Lenora le hace una seña para que no lo haga.

—No, soy yo la que lo siente. No debería haberme... dejado llevar. Haber removido la mierda.

—No pasa nada, de verdad.

Coge el bolso de la mesa y esboza una sonrisa forzada.

—Sigue con el caso. Hablamos pronto.

Sale disparada por la puerta, con la luz del sol iluminándole unos mechones dorados.

Un minuto después Jack retira la silla, deja unos billetes en la mesa, sobre la forja falsa y el cristal, y por unos segundos ve algo en Lenora que no había visto antes. Sonríe y menea la cabeza. Es extraño lo que le ha contado, esas pinceladas que ha lanzado desde el otro lado de la mesa, esos destellos de la niña de Alabama que se enamoró del hombre equivocado y le partió el corazón a su padre. ¿Es eso lo que la alienta, lo que la mueve? ¿La culpa? ¿El remordimiento? ¿La expiación? ¿La ambición? ¿Todo junto? ¿Será posible que Frank vaya a dejar el cargo? Se lo mencionó no hará ni dos semanas. «Estoy pensando en tirar la toalla», le dijo, pero Jack se limitó a reír y a decirle que solo se lo creería cuando lo viese. Está claro que a Lenora no le disgustaría ocupar su puesto.

# Capítulo 13

*J*ack está listo para interrogar al marido de la vecina cuando vuelve a la comisaría. Le suena el nombre, y de hecho tal vez lo conozca de antes, de algún acto institucional o del tribunal. En su opinión la mayoría de los abogados tienen algo turbio, algo comprometedor, aunque sabe que es un prejuicio, que su educación tardía y ganada con el sudor de su frente le hace mirar con recelo a la gente que lo ha tenido más fácil. Para cuando empezó la universidad ya tenía dos críos y un matrimonio fallido, aparte de un trabajo en los muelles por el que cobraba una miseria. Terminó el instituto por los pelos, se casó joven, tuvo un hijo, consiguió un trabajo de soldador y tuvo otro hijo. «Mi vida es una canción de Bruce Springsteen», solía bromear, pero todo se vino abajo cuando Kyle tenía solo dos años y Margie empezó a comportarse de forma extraña con él, a beber todas las noches mientras él iba a trabajar, y a coquetear con las drogas, supo años después, cuando ya sus hijos habían salido perjudicados. Margie lo puso en la puerta cuando Kyle era todavía pequeño, y aunque volvió un par de veces para intentar que la relación funcionara, por el bien de los niños, al final recogió lo poco que le quedaba en la casa y se fue.

Lleva mucho tiempo viviendo en Paterson. A veces se le acercan desconocidos por la calle para darle la mano. «Usted ayudó a mi hijo —le dicen—. Le dio una oportunidad cuando más lo necesitaba», y él sonríe, aunque en el fondo sabe que le ha fallado a sus propios hijos, tanto al que murió como al otro para el que está muerto.

Ve a Peter Catrell asomar por la puerta y, a pesar de que no hay nadie más en la oficina, se lo lleva a la sala de interrogatorios. Con un tipo así es mejor seguir el protocolo punto por punto.

—Sígame —le dice cuando terminan con las formalidades y se han presentado. El abogado hace un gesto desdeñoso y lo sigue por el pasillo.

Se toma su tiempo para abrir la puerta y colocar bien las sillas. Observa de reojo al hombre al otro lado de la mesa e intenta averiguar de qué le suena; lo ubica en distintos escenarios, cócteles y juzgados, pero no logra encajarlo. No ha sido hace mucho, en las últimas semanas.

—Siéntese —lo invita, y Peter hace lo propio, colocando el maletín al lado de la silla. Deja caer la mano para tocarlo, como si fueran unos chapines de rubí que pudieran devolverlo al mundo donde es alguien, y alejarlo del de Jack, donde no es nadie—. Seguramente estará usted preguntándose por qué le he hecho venir.

Peter se encoge de hombros.

—Estoy convencido de que va a decírmelo, detective Moss. Un listillo.

—¿Dónde estuvo la tarde en que murió su vecina? —le pregunta, y Peter ni se inmuta.

—En el trabajo.

—¿Lo vio alguien allí, entre las cinco y las ocho, más o menos?

—Sí. Varias personas.

—¿Quiénes? —Jack saca un bolígrafo y juguetea con el pulsador; el sonidillo de la punta al salir y entrar resuena en la habitación en silencio.

—Pues resulta que... —Peter se inclina hacia delante— pasé parte de ese tiempo en la oficina de la ayudante del fiscal.

—¿Lenora White?

Jack pulsa el bolígrafo varias veces más y se pasa los dedos por el cuello de la camisa para aflojársela. Después de lo que Lenora le ha contado, y de lo vulnerable que se ha mostrado, la idea de que ese hombre trabaje con Lenora en cualquier cosa le molesta.

—Sí.

—Bien. —Anota su nombre—. La conozco. ¿Y vio a alguien más el resto del tiempo?

—¿Soy sospechoso?

—Todo el mundo es sospechoso hasta que deja de serlo.

—¿Culpable hasta que se demuestre lo contrario?

—En absoluto. —Jack se recuesta y se retrepa sobre dos patas en la silla.

—Gail Lawson, Phil Brewer, John Hillman. Y Frank, ¿Gillan? El fiscal. Estaba con su ayudante, Lenora White.

—Vale —Ha garabateado los nombres—. Gracias.

Peter vuelve a tocar el maletín, pasando los dedos por la cerradura.

—Cuénteme lo de la foto.

—¿Qué foto?

—La del teléfono.

Está tirándose un farol pero a veces salen bien. No aparta la vista de Peter, que no para de mover los ojos en las cuencas, alrededor de la habitación, buscando la puerta inconscientemente. ¡Bingo!

—¿Qué teléfono?

Pero Jack ha visto en sus ojos que ya sabe de qué le habla.

—El de Celia Steinhauser.

—¿Qué clase de fotografía?

—De usted —dice Jack, que calla por un momento para juguetear con el lápiz y mirar a Peter directamente a los ojos—. De usted y su secretaria.

—¿Cómo? —Las cejas de Peter se juntan—. ¿Una foto? ¿Un móvil?

—La señora Steinhauser tenía una foto de usted en su móvil —le explica Jack aunque el otro parece perdido.

Peter se encoge de hombros.

—Si es así, a mí nunca me la enseñó.

—¿La conocía mucho, a la fallecida?

—No la conocía de nada. Es mi mujer la que la conocía.

Se recuesta en la silla sin parar de toquetear el maletín, observa Jack.

—¿Eran amigas?

—Sí, lo eran. Creo que bastante íntimas.

—¿Ah, sí? Porque su mujer, ¿Dana, no?, me ha dicho otra cosa. «Fuimos a un par de mercadillos juntas», me dijo.

Jack levanta la vista de las notas.

—Mujeres... ¿Quién sabe cómo les funciona la cabeza?

Y Jack recuerda el nerviosismo de Dana, la forma en que balanceaba el pie en el aire, su mirada, como de animal salvaje acorralado que buscara una escapatoria. Así y todo la creería más que a su marido, como y cuando fuera. Ese tío no ha dicho más de cinco verdades desde que se ha sentado, y una de ellas ha sido su nombre. Al igual que Ronald, tiene algo que lo desconcierta, aunque no sabría muy bien decir qué. Moss está a ver qué pesca, y Catrell lleva muchos años siendo abogado para no darse cuenta. Está empezando a relajarse, echado en la silla, observando a Jack, sus zapatos, calibrando lo que le habrá costado el corte de pelo y mirándose la manicura de las manos.

—Ahí me ha cogido —dice con una sonrisa—. ¿Lleva muchos años casado?

—Más de veinte.

Jack piensa: «Vale, ya van seis verdades». Hojea sus notas y le pregunta:

—Su cara me suena. ¿Nos hemos visto en alguna parte?, ¿en el juzgado tal vez?

Peter sonríe.

—Puede ser. Últimamente es como mi segunda casa.

—O tal vez en una fiesta, en la inauguración de la galería de la mujer de alguien. Podría ser en cualquier parte.

—Los mismos círculos.

—Yo no diría tanto. Más bien círculos que se solapan.

Jack revolotea el bolígrafo en el aire. Vuelve a tener esa extraña sensación, un recuerdo justo en la punta de la mente. Los nombres no se le dan bien pero tiene una memoria extraordinaria y nunca olvida una cara.

—Pues nada —le dice mientras se levanta—, le agradezco que haya venido.

—Cómo no... —El otro lo imita y se dan la mano en un apretón tenso y rápido.

Jack vuelve a sentarse y escucha el sonido amortiguado de los zapatos del abogado por el linóleo gastado del pasillo, el ruido de las puertas al abrirse a la sala de fuera y el chirrido al cerrarse. Cierra los ojos y están por doquier, las imágenes de sus hijos, de Margie, de su primer matrimonio, y no entiende por qué... —por qué ahora—, pero quieren transportarlo a alguna parte. Solo tiene que dejarse llevar… La noche del parto de Joey, con la jerga de las clases de parto, el «¡Inspira, inspira, suelta!» todo el rato en la boca, y esa forma en que lo miró, como si fuera capaz de matarlo, cosa que luego en cierto modo hizo; solo que se tomó su tiempo. Nunca se ha perdonado no haber luchado por los críos, no haberlos apartado de Margie, y es probable que nunca se perdone. Abre los ojos, mira a la pared y ahí están otra vez, en el funeral, con la lluvia arreciando, Margie hecha una pena y Kyle comportándose como un auténtico desconocido. Ya estaba mayor, más alto que Jack, y fuerte; se lo vio en la mandíbula aquel día, en la forma de fruncir los ojos y en cómo cogió la bandera plegada que su madre no pudo sostener.

Después del funeral lo intentó todo para conectar con él pero Kyle nunca le cogía el teléfono ni le devolvía las llamadas. Ahora sigue intentándolo, y lo hará hasta el día que muera. Hace un par de meses hizo otra intentona: averiguó dónde tenía las clases nocturnas y lo esperó en la puerta del aula de adultos como un puto psicópata, acechando en la oscuridad del pasillo, pero le daba igual. Con Kyle tenía que olvidarse del orgullo.

Se incorpora en la silla de respaldo duro. Cierra los ojos y evoca esa noche, la última vez que vio a su hijo, la última vez que este lo rechazó, y hay otra figura esperando…, otro padre, pensó en ese momento, a unos metros en el mismo pasillo, apoyado contra la pared gris institucional del centro. En su recuerdo la figura se vuelve, saca un móvil del bolsillo y pasea de aquí para allá hablando ante la puerta cerrada del aula, y Jack sabe entonces que fue allí donde vio a Peter, bajo esa pobre luz del pasillo del instituto la noche en que estuvo esperando a su hijo, contra las paredes amargas, con las piernas cruzadas por los tobillos y los brazos en el pecho, sobre la placa, sobre el corazón.

O sea que Catrell sí que estaba liado con Celia; Jack no dejará una prueba sin remover hasta que averigüe qué pasó. Y más si afecta a su mujer. Menea la cabeza; mete la libreta en el maletín y lo cierra. Le ha gustado Dana, tiene algo misterioso. «Eres el tonto de las almas perdidas», le decía siempre Ann, y es cierto. Además Dana le pareció graciosa, y eso le gusta en una mujer, el sentido del humor. Pero también es verdad que no hay nada peor que una mujer despechada. Si su marido estaba liado con Celia, a saber lo que pudo hacer… Dana volvió a la escena del crimen por la noche; lo sabe, lo supo en cuanto le respondió. Ahora la cuestión es por qué volvió y por qué mintió.

Llama al número de Kyle y casi puede ver el teléfono de su hijo sonar en una habitación de pensión. En la de Rosie. La conoce bien, con sus aires acondicionados del paleolítico parándose cada pocos minutos y escupiendo aire rancio. Entre las veces que ha tenido que ir estando de guardia y que él mismo vivió allí una temporada, sabe que las habitaciones están manchadas con una mugre que no sale, que no puede ni barrerse ni limpiarse, una pátina de menudeo y melancolía, de humedad, hierba y vino barato que rezuma de los tejidos y de los colchones abultados tirados sobre suelos sin fregar.

—Soy yo, Kyle —le dice Jack al buzón de voz—, tu padre. Llámame en cuanto oigas esto. Es un asunto policial. Necesito preguntarte un par de cosas sobre tu profesora. Llámame al móvil. —Repite su número tres veces y cuelga.

Se pregunta si será verdad que va a tener un hijo, si Margie le ha dicho la verdad…, y si han decidido seguir adelante con el embarazo. Sí, sí, sí… Se pregunta cuánto recuerda Kyle de él, de un padre que se fue cuando no era mucho mayor de lo que es su hijo ahora: si recordará a Margie volcando sillas, con la piel fina como el papel, los ojos sin pupilas, cogiendo todas sus camisas, vaqueros y ropa interior cuando él se fue a trabajar, tirándolas al patio, los montículos de ropa diseminados por el césped: sus secretos, su familia, su vida reducida a camisetas desgarradas y calzoncillos desvaídos destiñéndose al sol.

Le suena el móvil; la pantalla se ilumina con un «Kyle», a pesar de que este nunca le ha dado su número. Jack lo anotó cuando Margie se lo dio en el funeral y se lo guardó en el bolsillo a la salida del cementerio, con Kyle varios metros por delante de ellos, encorvado como un anciano por el duelo. «Tal vez te necesite», le dijo ella.

—¿Kyle?

—Sí. —Oye el restallido de una cerilla al encenderse y la inspiración de su hijo al dar una calada.

—¿Cómo estás?

—Bien —responde, y echa el humo—. Estoy bien. ¿Qué decías de mi profesora?

—Sí, es verdad. ¿Cómo se llamaba?

—Celia Steinhauser. La señora S., la llamábamos nosotros.

—Ajá, eso creía recordar.

—Ha muerto.

—Ya, estoy trabajando en su caso y quería saber... ¿notaste algo distinto los días de antes de su muerte? ¿Cualquier cosa fuera de lo normal?

—No. —Kyle echa el humo al otro lado del teléfono.

—¿Y qué me dices del tipo que esperaba en el pasillo el día que fui a verte? Uno que hablaba por el móvil, con zapatos relucientes y un traje bueno.

—Ah, sí, me acuerdo. Vino varias veces a recogerla. Pero eso fue hace tiempo. Luego... dejó de venir sin más. ¿Eso es todo?

—Supongo que sí. Gracias. ¿Hijo?

Suena un mechero y oye cómo prende la llama.

—¿Sí?

—Llámame —le dice.

Kyle gruñe algo indiscernible y Jack cuelga, dejando a su hijo echado sobre un colchón en el suelo, mientras mira un techo mugriento y le cuenta o no a su novia lo que quiera que sepa de la profesora a la que encontraron muerta en su salón. Y el instinto le dice que su hijo sabe algo; por su manera de hablar Jack diría que sabe mucho...

# Capítulo 14

*A* veces Dana cree estar sintonizando con los muertos: su amiga de la facultad, vencida por un cáncer de útero a los cuarenta y uno, su tía favorita, su profesor de lengua de la secundaria. En ocasiones oye la voz de su madre como si estuviera a su lado en la habitación. Le sobreviene como un pensamiento, y siempre es mucho más simpática que cuando estaba viva. «Bien hecho», le dice a veces cuando Dana termina el crucigrama del viernes, cuando es más difícil de lo habitual, o «¿No tendrás por ahí la vieja receta de tartaletas de limón que hacía la tía Julia?», en ocasiones en que no es capaz de decidir qué preparar para llevar a casa de alguien. La relación con su madre ha mejorado notablemente desde que esta murió pero con su padre es otro cantar: rara vez se cuela en su cabeza, donde ni su voz ni su recuerdo son bienvenidos. No es tanto por quién era sino por la locura que le susurró al oído, que le transmitió hasta la médula, la enfermedad que a él le legaron a su vez un padre despótico y una mujer melancólica del Medio Oeste. Y si se cuela en sus sueños, nunca son buenos. Nunca caminan juntos por el parque, con su manita rosada en la manaza de él; nunca dan de comer a los patos del estanque que había al fondo de la calle donde se crio. En sus sueños su padre está siempre cabreado.

Las circunstancias de su muerte la perturban, lo repentino y lo desconcertante de un tren atropellando un coche en la vía de Nueva York a Filadelfia. No quedó nada, gimió su madre por teléfono a todo el que llamaba. «Ni siquiera podrá estar de cuerpo presente.» En su momento Dana se preguntó qué sentido tenía un ataúd si no había nada que meter dentro. ¿Enterrarían la colección de viejas fotografías en blanco y negro que guardaba en el último cajón de la cómoda?, ¿o la alianza?, ¿o la poesía que escribía en la mesa del salón, con una lamparita iluminando las palabras que garabateaba con frenesí y que rompía luego al día siguiente y tiraba como confeti por la alfombra? Se preguntó si lo enterrarían con las botellas de ginebra que guardaba bajo el asiento del coche y en el armario de la cocina, detrás del azúcar moreno, o con esa rabia que explotaba a veces los domingos si Dana tardaba en vestirse para ir a misa. Se preguntó si rellenarían el ataúd con el amor que ahorró durante tantos años y que no tuvo oportunidad de dar.

Cree que estas cosas funcionan al revés de lo que deberían, las cosas relacionadas con la muerte. De haber tenido una relación más cercana, de haber disfrutado de charlas padre-hija, de excursiones por el campo o de la liga infantil de béisbol, lo habría añorado más a su muerte, sin duda, pero al menos habría tenido unos momentos que conservar y evocar, instantáneas tiernas que esparcir por su vida como un rastro de migas de pan. Sin embargo siempre ha sentido remordimiento, un gran vacío en lugar de amor. Si pudiera volver atrás en el tiempo, haría las cosas de otra manera. Habría entendido su urgencia, su celeridad; habría visto que intentaba escapar del gran nubarrón que lo dejaba varado con la mirada perdida como un muñeco roto, las manos inquietas y entrelazadas bajo la mesa de la cocina. La ausencia de su progenitor no empieza en un punto concreto: su padre es una ráfaga de viento.

Con todo, últimamente se le cuela en la cabeza, su padre en las vías del tren con su viejo Pontiac, e intenta decirle algo, se lo ve en la cara, en esa forma de pegarse al cristal todavía intacto del parabrisas; segundos antes de su muerte intenta avisarla. No es la primera vez. Antes de que su enfermedad repunte siempre ve la cara de su padre. Distingue el Pontiac y a veces, a lo lejos, oye el silbido del tren, aunque muy vagamente; nunca lo ve morir.

Y si no fue un accidente, que el coche azul de su padre estuviera resollando sobre las vías del tren a la salida de la ciudad, cuando llevaban horas esperándolo en casa; si, como aseguró un testigo, pareció esperar a que viniera el tren; si finalmente la rabia y el alcohol lo arrastraron hasta allí para morir, Dana no quiere saberlo.

Le sirve una copa a Peter y reprime el deseo de darle unos sorbos. Es su favorita, un martini con dos aceitunas de un tarro que lleva un tiempo en la nevera pero que es de la variedad verde que a él más le gusta. Lo espera en la mesa del comedor, temerosa de lo que tenga que decirle, de que el detective Moss le haya contado lo que dijo sobre la fotografía del teléfono. Mira de reojo el reloj de la cocina y ve que llega ya dos horas tarde. Cuando oye abrirse la puerta del garaje se levanta, respira hondo varias veces y remueve la copa con el meñique. Mete un pescado en el horno y echa una bolsa de brócoli medio congelado en una olla con agua mientras Peter franquea la mosquitera con paso incierto; le caen gotas de sudor por la frente y la mandíbula.

113

—¿Un martini?

—Gracias. —Se bebe la copa como si fuera agua, sin comprender que no le calmará la sed.

—¿Otro? —le pregunta, y Peter asiente; Dana vuelve a la cocina y rebusca por el fondo del tarro alargado de aceitunas para sacar una bien verde—. Bueno, ¿cómo te ha ido con el detective Moss?

—Bien.

—¿Qué quería? —Intenta que no la traicione la voz mientras vuelve al comedor con el martini y lo deja en la mesa; se concentra en el grano del tablero de madera y evita los ojos de su marido.

—Encontrar al asesino de Celia. —Peter le da un sorbo al martini. Tiene la cara colorada y su pelo perfecto está graso y mustio.

—¿Te pasa algo?

Se queda mirándola y Dana tiene que apartar la vista y clavar los ojos en la pintura descascarillada del techo, por donde tuvieron una gotera alrededor del tragaluz. Le da un vuelco el corazón.

—¿Cómo se te ocurre? —la increpa, y Dana mira entonces hacia la ventana detrás de él.

—¿El qué?

—Decirle a Jack Moss que yo estaba liado con la vecina.

Dana no responde y en cambio coge la copa vacía de Peter y se la rellena por tercera vez, cargándola más que la anterior. La aceituna se hunde en el líquido como un guijarro y le recuerda a Virginia Woolf, cuando se metió piedras en los bolsillos y se sumergió en el lago. La escritora inglesa siempre le ha parecido una heroína, con esa forma tan elegante y digna de quitarse de en medio.

—¿Cómo se te ocurre decirle que Celia tenía una foto mía en el móvil?

—Yo no le dije eso.

—Pero casi, ¿no? ¿Eh, me equivoco? ¡Lo suficiente para que me pusiera en evidencia esta tarde!

—Lo único que le dije es que esa era la razón por la que fui a su casa esa tarde, que ella quiso enseñarme una foto que había hecho, y que yo no sabía bien si eras tú o no porque tenía muy mala calidad.

—¿Y por qué? ¿Cómo le dices eso?

—Porque es verdad —dice con un débil hilo de confianza, ignorando la duda que la embarga, el ligero arrepentimiento, la sospecha de haberlo dicho llevada por la furia… por el dolor de haber sido engañada.

—¿Celia tenía una foto mía?

—Sí, tenía una foto. —Dana no está segura de querer seguir por esos derroteros—. No sé si eras tú o no.

—Entonces, ¿para qué se lo dices? —Peter apura el martini y levanta la vista. Tiene el ceño retorcido y parece dolido.

Dana vuelve a la cocina, donde el brócoli cabecea ya entre las ondas del agua en ebullición. Cuando cierra los ojos la voz de Celia le susurra al oído izquierdo: «Me miró como si fuera a cortarme el cuello a la menor oportunidad»… Ahora entiende a qué se refería su vecina: está tan acostumbrado a salirse con la suya, a ganar, que cuando algo se escapa de su control se ofusca.

—Es que no sé qué te pasa, vamos —la sermonea Peter desde el comedor. Hurga en el fondo de la copa para coger la

aceituna, se la mete en la boca y se queda mirando hacia la cocina—. Tienes que ir a ver a la doctora Sing. Mañana mismo...
—Hace una pausa, se remueve en la silla y clava la vista en los zapatos como si no los hubiera visto antes—. No duermes. Cuando me despierto nunca te veo en la cama.

Dana se muerde una uña y la desgarra ligeramente, sorprendida de que su marido se haya dado cuenta de que se levanta de la cama, de que haya notado su ausencia mientras resuella, ronca y se revuelve entre las sábanas sudadas.

—Y ahora vas y le cuentas al detective encargado de un caso de asesinato que estaba liado con...

—Yo no he dicho nada de eso.

Lo mira y ve sus ojos nublados y legañosos, y se pregunta si no fue eso precisamente lo que dijo, si no lo insinuó aunque fuese con otras palabras.

Peter la mira mientras mastica la aceituna.

—No tuve más remedio..., entiéndeme..., necesitaba darle una razón real para justificar mi presencia en su casa.

—¿Y te inventaste lo de la foto?

Dana no responde. Si Peter sabe ya que Celia le enseñó la foto, supondrá que conoce la existencia de la fulana. Se pregunta si piensa ofrecerle alguna explicación, pero comprende entonces que no puede porque sería como admitir que existe la foto. Ojalá los martinis lo tumben y deponga su juego, le nublen las ideas y le hagan hablar. «Surtid efecto, vamos», piensa mirando la copa vacía, la aceituna varada en el fondo.

Peter resopla y menea ligeramente la cabeza.

—Voy a ver cómo va el pescado. —Dana se levanta y se apresura a abrir el horno, donde el fletán se ha requemado y se ha encogido por los bordes—. Bueno, y ¿qué le dijiste al detective sobre la foto? ¿Que me lo había inventado?

En el último momento decide ponerle otro martini y dejarlo junto a la comida en la mesa del comedor.

Peter gruñe. Tiene los hombros hundidos, la cabeza gacha y los ojos apenas abiertos. Se ha pasado con la dosis. Su marido clava el tenedor aquí y allá, ensartando trozos de comida, de brócoli duro y pescado quemado. Al cabo de unos minutos Dana se levanta y retira los platos, que apenas han tocado; echa las sobras en el cubo del compost, que luego vaciará en el jar-

115

dín sobre la montaña fecunda de basura y podredumbre; removerá, cavará y cubrirá las raspas, el verde luminoso de las cabezas de brócoli con las manos y lo meterá bajo el desbroce variado mientras piensa en Celia enterrada en la tierra o en sus cenizas volando de las manos de sus seres queridos sobre un montículo de arena en Martha's Vineyard.

—¿Un café?

—Noo —dice Peter con voz espesa, un goteo sobre la mesa. Se levanta como puede y se arrastra hasta el sofá.

—Espera. —No lo quiere allí con esas puñaladas que tiene por ojos y mirando a las musarañas; sería un obstáculo en medio de su noche.

—Déjame que te ayude —se ofrece, y se acerca adonde está su marido tirado en el sofá como una carta descubierta—. Vamos a llevarte a la cama para que eches un sueñecito. Ya verás como se te pasa enseguida —le dice, aunque espera que sea mentira.

Lo ayuda a ponerse en pie y va tirando de él por el pasillo hasta el dormitorio. Lo deja caer en el borde de la cama y lo desviste, le mulle la almohada y le coloca la cabeza encima, con las plumas hundiéndose bajo el peso, y luego le coge el móvil del bolsillo. Su marido la mira entonces con algo en los ojos, una mirada acusatoria, le parece a Dana, pero se vuelve de cara a la pared y en cuestión de segundos empieza a roncar; le surgen pequeñas bocanadas de vodka por las aletas de la nariz en el aire cerrado y viciado del dormitorio.

Va a sentarse en el sofá y se queda mirando por la ventana, donde la tarde de bochorno ha derivado en otra noche lluviosa. Piensa en lo que dijo Peter —que ha estado comportándose como una loca, que no ha dormido—, y eso no puede rebatírselo. Está quedándose sin tiempo. Si no lo sabía ya, la visión de su padre en las vías del tren se lo ha confirmado.

La lluvia empieza a arreciar, en una colosal tormenta de verano que sacude las ventanas y el cielo y golpea la puerta; la recorre un escalofrío al pensar en Jack Moss y en esos ojos tan parecidos a los del poeta. Mueve nerviosa el pie sobre el parqué; el corazón se le acelera pero de vez en cuando se le para, como si se saltara un latido y luego corriera para recuperar el ritmo; su corazón, una máquina averiada. Al menos ahora. Un relámpago centellea en la calle e ilumina una figura con un grueso chaquetón oscuro que segundos después la noche engulle. Se agacha tras el respaldo del sofá, por debajo de la cristalera, para que no la vean. ¿Ha vuelto el monstruo que quiere arrebatarle lo que le queda de cordura? Por unos segundos duda entre correr a despertar a Peter o llamar a la policía, pero al final no hace ni lo uno ni lo otro; se va a la cocina y se echa una copa de vodka, apurando casi la botella, y se queda mirándola, sabiendo que la tranquilizará, que le calmará los nervios.

Deja la copa sobre la mesa de centro mientras el viento silba entre los árboles y levanta algo suelto, una teja o un canalón que produce crujidos y temblores, y sabe que esos sonidos, esos chirridos, gruñidos y murmullos son producto de la tormenta aunque, de pronto, no está segura. Todo la asusta, todo constituye una amenaza. Vuelve a extender la mano hacia la copa, pero no la coge. No se beberá el vodka. No volverá a probarlo, se dice, hasta que sepa a ciencia cierta lo que hizo o no hizo la última vez que bebió.

Coge el teléfono de Peter y repasa la lista de nombres y números del registro de llamadas en busca de las de Celia, ese flujo continuo de llamadas perdidas de «C». Pero no hay nada. Siente el terror como una cinta que se le ciñera por la frente; confundida, vuelve a comprobarlo pero siguen sin aparecer las llamadas, masacradas como la propia Celia. ¿O acaso nunca existieron? ¿Se las habrá imaginado? La ansiedad se apodera de ella, una mano helada por la nuca. Mira de reojo el vodka de la mesa, a solo unos centímetros, pero aparta la mirada y vuelve a la lista de contactos. Cuando encuentra la «C» respira aliviada y presiona la letra a la espera de escuchar el tono reconfortante del teléfono de Celia. Se pregunta si Ronald habrá cambiado el mensaje, o por qué no lo ha desconectado, o si lo estará utilizando él y algún día uno de los hijos de Celia se lo llevará a Martha's Vineyard, con el registro de llamadas eliminado y las fotos intactas, salvo la de Peter y la fulana.

—Bufete Catlin y McCaffey —responde una voz masculina—. Por favor deje su mensaje después de la señal y nos pondremos en contacto con usted a la menor brevedad.

Se dice que no puede ser, que se ha equivocado. Vuelve a la lista de contactos y pulsa la C pero una vez más la voz del

117

hombre le dice que ha contactado con el bufete Catlin y McCaffey. «Debe de saberlo», se dice. Peter debe de saber que ha estado hurgándole el teléfono; o por lo menos habrá pensado que se lo miraría en algún momento. Ella… o la policía. Ahora que el detective está al tanto de lo de la foto, es muy posible que le pida el teléfono, el registro de llamadas y todo eso. Es normal que haya querido eliminar ese vínculo evidente con la víctima…, la víctima casada. ¿O fueron imaginaciones suyas, lo del número de Celia en el teléfono de su marido, su voz fantasmal volviendo de entre los muertos para atormentarla?

Apaga el móvil. La lluvia empieza a amainar; sigue cayendo pero ya apenas corre el viento. Se concentra en respirar lentamente, con las palmas de las manos sobre las rodillas. «Está lloviendo a cántaros», decía su madre, y se repite la frase en la cabeza: «Está lloviendo a cántaros». De pequeña la expresión le daba pesadillas, se imaginaba unos cántaros gigantes cayendo del cielo y estrellándose sobre las cabezas de los vecinos del barrio. Nunca ha entendido a qué mente perturbada, a qué clase de sádico, se le ocurrió una imagen tan retorcida y atormentada. Abre la ventana desde el sofá y deja que la lluvia caiga más cerca, en un intento por perderse en el sonido, ese goteo suave y relajante.

Un relámpago vuelve a cruzar el cielo y de nuevo una figura acecha en la calle; está mirando hacia su porche, a la ventana del salón, pero, en lugar de asustarse como antes, experimenta una rabia que le sale de dentro: rabia por la forma en que ha desperdiciado su vida, por el padre que la abandonó, por el marido enigmático y mentiroso, por la enfermedad cruel que la incapacita y pelea con su mente. Esa vez Dana se pone en pie y sale a la puerta de la calle. La mosquitera da un portazo y vuelve a abrirse con una ráfaga de viento pero ya ha bajado al porche y ha recorrido medio jardín antes de que se cierre de nuevo y el cielo haya vuelto a oscurecerse.

# Capítulo 15

*E*n un par de zancadas llega a la calle. La figura se dirige hacia la casa de los Steinhauser, a través de los patios laterales, de los céspedes impecables, hasta los arbustos desaliñados de Ronald, en un jardín con rosas sin coger; se mueve por la noche húmeda como vapor.

—¡Espera! —le grita pero un trueno retumba y ensordece la voz; la forma prosigue, cada vez más rápida, con los faldones del chaquetón revoloteando—. ¡Para!

La rabia la impulsa a seguir, y echa a correr por la calle con la intención de descubrir a la figura encapuchada, de demostrar que es real. La figura misteriosa se vuelve y ambos se quedan mirándose en la negrura de la noche cubierta y sin luna.

—¿Dana?

—Sí.

Baja el ritmo pero no se detiene hasta que llega a la figura, que chorrea bajo la lluvia.

—¿Qué haces?

—¿Lon?

—¡Sí, soy yo! —le grita por encima del sonido de la lluvia—. ¿Qué haces aquí fuera?

—¿Qué haces tú?

—Estoy patrullando el vecindario —contesta, todavía en voz alta y atiplada. Un relámpago centellea sobre el tejado al otro lado de la calle—. Si hubiera hecho mejor mi trabajo, tal vez Celia no…

—No. —Dana se detiene y, bajo la luz de la farola, distingue la cara de su vecino, con las cejas arqueadas, su boca un rayón fino bajo la capucha—. No ha sido culpa de nadie. Y menos tuya.

—La culpa es del asesino —dice, y Dana asiente.

—Entonces, ¿por qué has salido en pleno chaparrón?

—Estaba mirando por la ventana y vi a alguien en tu jardín.

—¿En el mío? ¿En nuestro jardín? —Lon asiente—. ¿Cuándo? ¿Ahora?

El hombre se encoge de hombros y responde:

—No encontraba el chubasquero y por eso he tardado en salir.

—¿Y lo has…?

—No. —Sacude la cabeza—. Mi mujer dice que estoy de los nervios desde lo del asesinato, que debería apartarme de las ventanas…, que veo fantasmas.

—Pues no eres el único —musita Dana—. Yo también los veo.

Lon parece perplejo. Se adelanta un paso y se quedan nariz con nariz. Dana piensa que si fuera una película, se darían un beso.

—¿A quién has visto?

Dana se encoge de hombros y vuelve la vista hacia su casa, donde ha dejado la puerta abierta de par en par. Detrás, el salón está iluminado como un escenario.

—No lo sé. Una figura con capucha, en el patio trasero. O eso me ha parecido.

—¿Con capucha?

—Sí, con un chaquetón parecido al tuyo.

Se enciende la luz del porche de la casa de Nguyen y Dana ve a la mujer de su vecino asomar la cabeza por la puerta y gritar en vietnamita bajo la lluvia.

—Te acompaño —se ofrece Lon, pero Dana se despide con la mano y corre de vuelta a su jardín, a través de los rayos que surcan el cielo como bombas en miniatura.


Cuando casi ha dejado de llover y una fina neblina pende del aire en una delgada capa de bruma que recubre los setos y la hierba descuidada y sin cortar del jardín trasero, Dana se sume en una modorra agitada. Tiene sueños brillantes y coloridos, con cántaros que caen y coches, en los que vaga por un mundo verde y frondoso donde los troncos de los árboles son traslúcidos, con la corteza de cristal; ve las raíces, como venas por dentro de los árboles, llevando el agua hasta las ramas, hacia las hojas relucientes con forma de piruleta, redondas, afiladas y transparentes. Oye el murmullo de las flores, el silbido del viento, el repentino cimbreo de la hierba. En el sueño mira al otro lado del seto de árboles de piruleta, a través de los campos vacíos, y ve el jarrón azul que mató a Celia surgiendo de entre las flores. En los breves segundos entre el sueño y la vigilia siente la pesada suavidad del jarrón en sus manos: un recuerdo que hace que se levante rígida como una piedra, e intenta rememorar cuándo exactamente cogió entre sus manos esa adquisición que con tanto orgullo le enseñó su vecina. «Me ha costado un ojo de la cara», le dijo Celia de la pieza de galería que la mató, cogiéndola con cuidado de un estante al lado del vestíbulo. ¿Fue entonces cuando lo cogió Dana, cuando sintió su superficie lisa y fría? ¿O fue la tarde en que Celia murió?

121

Se levanta de la cama sin hacer ruido. A su lado Peter ronca. El reloj de su mesilla marca las tres y diecisiete. Vuelve al salón, coge el *New York Times* y vuelve las páginas hasta el crucigrama del final de la tercera sección. Va a la cocina a por un lápiz bien afilado y se sienta en el sofá con las piernas cruzadas por debajo. Las soluciones le vienen a la cabeza fácilmente, como si tuviera el cerebro igual de afilado que el lápiz y los sueños la hubieran vuelto más inteligente. Rellena rápidamente las cuadrículas y pasa a las palabras desordenadas, que termina en poco tiempo. Mantenerse atareada le sirve para concentrarse. Los crucigramas, los sudokus, las palabras desordenadas, todas esas cosas triviales, la ayudan, la mantienen cuerda, a salvo del terror que acecha espeso como el humo sobre su ceja derecha. Cuando deja los pasatiempos terminados en la mesa de centro, fuera ladra un perro, que viene corriendo por la calle y se detiene delante de su puerta. El ladrido va a más, se vuelve amenazador. Gruñe y gime, y Dana cree oír pasos por la hierba mojada y resbaladiza. Se tapa los oídos. Tiene la esperanza de que sea Lon Nguyen, con sus chanclas, haciendo la ronda, o que el chico de los periódicos se haya parado para echarse un cigarro prohibido, con los codos apoyados en el manillar de la bici.

# Capítulo 16

*P*eter no se molesta ni en despedirse cuando sale para el trabajo. Una vez está segura de que se ha ido, Dana se levanta de la cama y se da una ducha. Al salir observa su cuerpo enclenque, sus pechos menudos y sus piernas largas y delgadas como palos. Se sienta en la tapa del váter y se mira en el espejo, concentrándose en una zona tras otra —pestañas, labios, mejillas—, mientras se maquilla para llevar a cabo el plan que se propuso el día del *brunch*.

Cuando se ve bien, vuelve al dormitorio y estudia el armario, en una ojeada rápida, hasta detenerse en el vestido corto negro que se compró en Macy's llevada por un impulso; para un día que su marido la llevara a cenar, se dijo en su momento. Ahora suspira al pensar lo distintas que eran las cosas antes, o al menos eso le parecía. Se pone el vestido, dejándolo caer por encima de las rodillas, y nota que le bambolea por las corvas cuando se mira en el espejo de cuerpo entero que hay en medio del cuarto.

Va hasta la tercera habitación del pasillo, donde siguen la guitarra eléctrica y los amplificadores de Jamie, así como partituras en montoncitos solitarios por encima de todo. Ahora que se ha ido a la facultad lo odia, el silencio del cuarto, ese santuario vacío de su hijo. Va al ordenador de Jamie, que sigue sobre el viejo escritorio de la esquina, y busca en Google hoteles en Manhattan. Espera mientras aparecen miles de opciones. Ronald no se quedaría en cualquier parte; tendría que ser un sitio muy limpio, con un cero por ciento de chinches. «Habla en haikus», le comentó a Peter el día que conoció a Ronald, por la forma en que ordenaba las palabras en un sonido breve, nítido y colorido.

Cuando va por la mitad de la lista, lo encuentra en el Murray Hill Suites, donde un recepcionista acelerado se ofrece a pasarla con la habitación.

—Gracias —dice Dana—. La habitación veinti...

—Las quinientos veintidós —le informa la voz, y Dana anota el número en una libreta, rasga el papel y lo pliega en cuatro.

Cuelga cuando el teléfono suena ya en la habitación vacía de Ronald —está convencida de que habrá vuelto ya a trabajar— y se guarda el papel en el bolso. Una vez en la cocina se sirve una taza del café que ha dejado Peter y mordisquea un gofre congelado a medio tostar, que va bajando con varios sorbos del café, amargo y fuerte, como le gusta a su marido.

Cierra con llave la puerta y se detiene unos instantes en el camino de entrada, donde el sol cae en picado sobre su coche, que reluce en su esplendor granate deslucido y el parachoques salpicado de pegatinas, en la claridad de un día que ha dejado atrás las tormentas de la noche pasada. Se incorpora a la calle y pasa por delante de las cintas de la policía que rodean los setos amarillentos del jardín antes perfecto de los Steinhauser. No hay nadie, ni coches, ni policías. Se pregunta si el perro habrá vuelto por su cuenta y, en tal caso, si sabía qué hacer. «Si matan a Celia —se imagina a Ronald diciéndole de antemano—, casa del vecino, puerta, aullido, gimoteo... Galletita. Buen chico.»

124

Hace unos años Peter le regaló por su cumpleaños un fin de semana en un hotel caro del Midtown; el Marriott, cree recordar, aunque no está del todo segura. Se deleitaron con el lujo del servicio de habitaciones, del desayuno en la cama, de las vistas imponentes. «Como en los viejos tiempos», le dijo Peter, aunque ambos sabían que no era así. En cualquier caso, fueron unos días de celebración, una escapada romántica a una séptima planta con vistas de turista. «Es alucinante», exclamó sobrecogida pero luego la cosa cambió, cuando Peter, a su lado, empezó a señalarle el Moma, el Saks y otros monumentos como si ella no los reconociera, como si fuera tonta, una niña pequeña; le pareció muy pedante, con esa risilla suya tan despreciativa e inimitable. Después hubo otro momento…, una fiesta en una sala grande de una planta baja, la fiesta de su empresa. En Navidad, cree recordar, aunque no recuerda en qué hotel fue. Enciende la radio y el coche pasa por un charco y salpica agua por toda la acera. El corazón le martillea las costillas.

No debe beber café, y menos el de Peter, que es más denso que la miel. La radio está demasiado alta, la música demasiado confusa y el sonido demasiado vibrante, y decide apagarla pero Michael Jackson sigue cantando en el coche. *This Is It*. Mira suplicante y desesperada al san Cristóbal, que parece asentir cuando la voz de Michael Jackson se desvanece y el salpicadero succiona un rastro de luz azul.

Se muerde las uñas. Le tiembla el pie sobre el acelerador y se quita un zapato y luego el otro, las dos sandalias negras de tacón, y se imagina a Celia codiciándolas, probándoselas, haciendo aspavientos sobre ellas por la habitación, meneando el móvil con las fotos de Peter y la fulana, gritándole: «¡Están follando!». Y se imagina diciendo: «Quédate las sandalias, Celia. Te las regalo». Ve el hotel por encima de su cabeza y pisa el freno hasta que el coche apenas avanza.

—Pero a mi marido no —dice ahora completando sus cavilaciones—. A Peter no te lo regalo.

Sabe lo que tiene que hacer cuando deja el coche en un párking a unas manzanas del hotel, aunque todavía no ha decidido cómo. Improvisará. Dana siempre ha pensado bien en acción, al vuelo, como se dice, guiándose por el instinto. Últimamente, al darle tantas vueltas a las cosas, ve todos los ángulos, demasiados, demasiados posibles resultados, y pierde la confianza. Se ofusca, tira la toalla y fracasa en sus intentos.

Se cuelga el bolso por el hombro desnudo y sale a la calle. Tiene que entrar en la habitación de Ronald, aunque hoy en día son muy estrictos con la seguridad, sobre todo en el centro. Se coloca bien la falda y piensa en Gwyneth Paltrow saliendo y entrando de taxis y vestíbulos, pasando por delante de porteros y conserjes entrometidos. Se yergue, más recta, y se sacude el pelo sobre los hombros. Las gafas de sol le tapan gran parte

125

de la cara. Podría ser cualquiera avanzando desde la acera hasta las puertas pesadas. Para ellos bien podría ser una estrella… Gwyneth en persona.

Cuando se acerca al edificio sale un portero, que la saluda con un «buenos días», le abre la puerta y se hace un lado para dejarla pasar. Le sonríe y le dice:

—Bienvenida.

Dana pasa de largo y se dirige a la recepción, entre grupitos de hombres y mujeres. Se le antojan extraños, caricaturescos, y sabe que es un sueño; es el mismo de la noche anterior, con los árboles con hojas de piruletas, pero no sabe cómo ha llegado ahí dentro. Está atravesándolo; tiene que encontrar el teléfono. Si la fotografía está allí, tal y como recuerda, será la prueba de que esa tarde estaba cuerda: que las cosas ocurrieron como cree, al menos las partes que recuerda. Si por el contrario se ha imaginado toda la tarde que empezó con Celia enseñándole la fotografía en el móvil, entonces significa que ese día estaba totalmente ida; podría haber hecho cualquier cosa, incluso matarla. Primero tiene que encontrar la foto y, en cuanto sepa que ese momento de la tarde es real, empezará por ahí; tendrá un punto de partida que le servirá para despertar sus recuerdos y cubrir las lagunas. Y ya que va a la habitación de Ronald, verá qué más puede sacar en claro.

Se detiene.

—¿Sí? —Un joven la mira al otro lado de unas lentes oscuras y gruesas. Tiene la sensación de que van a salirle disparadas y los ojos le saltarán de las cuencas.

—Siento mucho molestarlo. —Se coloca bien el vestido y se quita las gafas—. Me da un poco de vergüenza.

El joven se inclina sobre la suavidad del mostrador en curva. Tiene unos ojos grandes y amarillentos tras las gafas. Dana aparta la vista.

—Ayer me alojé aquí. Fue estupendo.

El hombre entorna ligeramente los ojos amarillos y se inclina aún más sobre el mostrador.

—Me temo que me he dejado el móvil en la habitación y ya he entregado la llave. Tengo que coger un vuelo, de modo que necesito el teléfono y creo que Ronald ya se habrá ido al trabajo. Mi marido. No creo que esté.

El recepcionista arquea hacia arriba las comisuras de sus labios de cómic. Dana mira al suelo.

—Era la 522. ¿Podría darme la...?

—Lo siento —responde el hombre, que retrocede un par de pasos—, pero si quiere puedo llamar a la habitación. ¿Cuál es su nombre?

Se lleva el auricular al oído.

—Sarah Steinhauser —miente. Es un nombre que siempre le ha gustado. Si hubiesen tenido una hija la habría llamado así. Tiene fuerza, piensa. Dana es un nombre raro, mustio e insulso.

—¿Su carné? —le pregunta mirando con los ojos de un lado a otro del vestíbulo. Dana rebusca en el bolso mientras la entrada se llena de gente. El joven parece alarmado. Tres mujeres hablan a grito pelado junto al mostrador. Desaparece un momento y vuelve con una tarjetita verde—. ¿El carné? —le repite al tiempo que un grupo de gente se acerca al mostrador.

—Muchas gracias, me ha salvado la vida —le dice Dana, que coge la tarjeta, se da media vuelta y se encamina a los ascensores, alineados al otro lado del vestíbulo. Cree oír que la llama, que ha gritado «¡Sarah! ¡Espere!», pero no se vuelve.

# Capítulo 17

Cuando las puertas del ascensor se cierran tras ella Dana respira aliviada. Pulsa el botón de la quinta planta y el ascensor sube recto como una cremallera, sin detenerse, hasta que, con un dong apagado, llega al piso de Ronald.

—Perdón —dice abriéndose paso entre un grupúsculo de pasajeros que parecen dibujos animados.

Sale antes de que las puertas se abran del todo y recorre el pasillo enmoquetado evitando mirar el cúmulo de dibujos en movimiento de la alfombra. Cuando llega a la 522, introduce la tarjeta en el cerrojo y, para su alivio, resuena un clic en el pasillo en silencio.

No hay nadie a la vista. Empuja la puerta y se cuela en el cuarto, cerrando a su paso. La habitación no está impecable, como habría cabido esperar de cualquiera en la que se alojase Ronald. Hay ropa desperdigada por doquier: calzoncillos, camisas arrugadas y pantalones chinos. En una segunda cama de matrimonio hay periódicos abiertos por artículos sobre Celia: una semblanza sobre su vida como profesora de adultos, uno menos reciente sobre el asesinato que Dana ya leyó y una hoja de papel de cartas del hotel con un obituario escrito por Ronald, imagina. «Madre amorosa y mentora. El funeral queda pendiente de organizarse a la espera de que se complete la investigación policial.» Dana se estremece. Hay varios pares de calcetines desperdigados de cualquier manera por el suelo, y el baño es una pesadilla de productos de afeitar, albornoces, hilo dental, pasta y cepillos de dientes; a Dana le sorprende y le impresiona a partes iguales que Ronald pensase incluso en echar un blanqueador en la bolsa de aseo.

La habitación huele a alcohol y a menta, a vino rancio en vasos de plástico de hotel, a calcetines sucios dentro de zapatillas. «Hotel —piensa—. Vino, olores, muerte, vida, calcetines», mientras rebusca entre una pila de ropa sobre la mesa. El pato de goma está tirado sobre un aparador bajo junto a la tele y Dana le toca ligeramente la cabeza con un dedo. Hurga entre los montones de periódicos, ropas y productos de aseo; está todo, salvo, al parecer, el teléfono de Celia.

Mira el reloj: las once y cuarto. Se pregunta si Ronald volverá al hotel para comer, si se traerá todos los días una ensalada y comerá sobre la mesa llena de cosas mientras hace el crucigrama del *Times*, si volverá a esa habitación maloliente y sorprenderá a Dana rebuscando entre sus pertenencias emperifollada con esas sandalias de tacón y ese vestido negro sexy. Espera que no. Ojalá hubiera memorizado el móvil de Celia, y se pregunta si alguna vez lo guardó. Abre los cajones de la cómoda y rebusca entre pijamas y calcetines.

Se sienta en la cama donde duerme Ronald, que cede levemente bajo su peso. Por un momento de locura piensa que tal vez pueda dormir allí, en un sitio así de anónimo, donde todo está patas arriba, huele mal y no se espera nada de ella. Incluso cierra los ojos y se tiende en la cama. Cruza los pies calzados justo por los tobillos y extiende los brazos, como un cristo crucificado; piensa en el san Cristóbal del retrovisor.

—Por favor, por favor —susurra.

Abre los ojos y ve algo en el hueco entre el espejo y el aparador, una cosa negra. Dana se santigua y va murmurando «por favor, por favor, por favor», mientras se abre paso por la ropa tirada, se tropieza con un mocasín y coge el teléfono negro medio escondido tras el espejo.

—Gracias, Dios mío. Gracias, san Cristóbal, o Cristóbal...

Cierra los ojos y ve a Celia pulsar el pin y la oye decir: «El cumpleaños de Jakey. Sé que no debería utilizar los cumpleaños de mis hijos, pero que le den. Lo que hago es no poner el año». Introduce el número, el 0905, y la pantalla cobra vida. Pasa el dedo por el fondo —los hijos de Celia en Martha's Vineyard— y solo le lleva un momento localizar las fotografías,

130

clasificadas por carpetas. «Graduación», «El jardín», «Las señoras de la mañana». Dana cree recordar que la de Peter y la fulana estaba después de la graduación. Las ojea pero no la encuentra. Vuelve a pasarlas para asegurarse pero solo hay unas cuantas de los dos chicos, desgarbados y prepubescentes, de Celia, guapa y delgada en un vestido sin mangas de toños pastel, y de Ronald con los chicos. Sigue pasando fotos, una colección de plantas: primeros planos de las rosas de Ronald, los brotes de un huerto en el jardín trasero. Nada. Repite la operación más lentamente. Repasa la carpeta del grupo de alumnas de la clase de inglés de Celia, las bolivianas, peruanas, somalíes, bangladesíes, afganas, rumanas, chinas, mujeres alrededor de una mesa llena de comidas de todos los países que tienen representación en la clase. Parecen felices, y Celia también. «Una fiesta de Navidad», se dice Dana por la ropa que llevan, o tal vez de fin de curso. Acerca el zoom a la cara sonriente de Celia. Entonces, ¿estaba acostándose con Peter? ¿Se encontraban en bares oscuros o habitaciones de motel tras sus clases nocturnas? ¿Echaban polvos en los asientos delanteros en pleno aparcamiento, con Celia repegándose al frío cuero oscuro del coche de Peter, la falda remangada y los nudillos peludos de él tirando del sujetador? Escruta minuciosamente todas las fotos de la fiesta y luego vuelve a repasarlas de principio a fin hasta que se asegura de que no aparece Peter con la fulana.

Apaga el teléfono y se echa de nuevo en la cama deshecha de Ronald, sobre las colchas arrugadas. Se queda mirando el techo, que parece hundirse cada vez más; las paredes se encogen hacia dentro, hasta que queda un espacio diminuto, una celda claustrofóbica. No hay nada que la ancle allí ni a ninguna parte: nada que la haga seguir adelante con su vida. Si la foto no es real, si no existe, entonces es probable que nada de lo que recuerda de ese día sea real. No es solo que sus recuerdos de las acciones de Celia esa tarde sean una patraña, sino que además se los ha inventado ella. Se levanta a toda prisa, antes de que el techo la atrape y las paredes la envuelvan y la aplasten. Deja el teléfono en el aparador. Ya no le sirve..., aunque, ¿acaso alguna vez le sirvió? Se pasa las manos por el pelo y evita los espejos que parecen estar por doquier en ese cuarto que la invade. Mira aquí y allá, la mesa cerca de la ventana, el mármol atestado del baño, para asegurarse de no haber dejado rastro de su visita, trozos que siente que se le desprenden a su paso.

No son ni las doce cuando pulsa el botón del ascensor, en cuya superficie se ve reflejada y aplanada. Chirrían las poleas y, cuando las puertas se abren en un movimiento uniforme, entra. Ya en el vestíbulo deja la llave en el mostrador con la vista en el suelo para evitar que el recepcionista la aborde.

El portero se ha puesto un sombrero. Es un payaso, decide Dana, lleva maquillaje y una peluca naranja; la nariz es un globo y tiene las cejas pintadas, con las pestañas largas y rizadas. El payaso Bozo. Debe de ser un día especial en el hotel, para los niños. Aunque su cara es seria mientras le sujeta la puerta. Le sonríe. Lleva un traje absurdo y desaliñado, con unos grandes botones relucientes que reflejan el sol y le ciegan con sus pequeños rayos de luz.

—Gracias —le dice sin dejar de mirar al suelo.

No quiere levantar la vista; esquiva sus ojos saltones, sus labios bulbosos y su nariz de globo. Se mira las sandalias negras de tacón que Celia habría codiciado y que cree que valen más que cuatro maridos. Doce Peters.

—Que tenga un buen día —le dice el payaso, a Bill W., según dice la placa, que la deslumbra cuando lo saluda con la cabeza y dobla a la derecha casi corriendo por la bocacalle del párking.

Enciende el aire acondicionado del coche y se dirige las rejillas hacia la cara; sale caliente pero por lo menos le remueve los mechones del flequillo y se los aparta de la frente. Decide no encender la radio pero aun así surgen las voces, de reproche y advertencia. Del salpicadero saltan melodías y trozos de canciones y dan vueltas por el coche, metiéndose por los recovecos y las líneas; los desgarrones del techo parecen cuadros, negativos, y se recuesta y mira los colores que flotan y se funden, como si estuviera en la Capilla Sixtina y no en un viejo Toyota granate con pegatinas por el parachoques. Cierra los ojos.

Había puesto todas sus esperanzas en encontrar la foto en el teléfono de Celia, la que Peter le había dicho que no existía. «¿Cómo se te ocurre decir eso?», le había preguntado, y ahora no lo sabe. No tiene respuestas, solo le quedan restos y cabos sueltos. Lo único que tiene son cuadros en el techo del coche, fotos imaginadas en un teléfono, números de contacto que no comunican con donde creía que comunicarían, notas amenazantes y coches lujosos que la persiguen. Dana comprende en aquel espacio cruelmente iluminado, con los ojos entrecerrados ante la película que se proyecta en las grietas por encima del retrovisor, que lo único que tiene es locura. Gira la llave en el contacto. Le tiemblan las manos al agarrar el volante y rehúye la cara que la mira desde el retrovisor, la de una mujer que no es lo que parece. La soledad se apodera de ella y la calma.

Sale del párking y se dirige lentamente hacia la autovía. Cerca del puente hay demasiados coches, demasiados rojos, azules y faros encendidos, demasiados parachoques sonrientes, demasiadas parrillas que parecen dentaduras blancas y rectas. Agarra con fuerza el volante sin despegar los ojos de la carretera. Una vez que cruza el puente se dirige a su bar de confianza, donde detiene poco a poco el coche.

—Fui yo —le dice a Glenda cuando esta viene a apuntar la comanda—. La maté yo.

Glenda suspira.

—Espera, voy a avisar a Joe para que me cubra. ¿Un té de hierbas? —le pregunta ya a medio camino de la barra.

Dana asiente.

—Vale —dice aunque apenas se la oye.

—¿Y bien?

Glenda ha vuelto y se ha sentado en el asiento de plástico a un lado de la mesa, donde ha dejado dos tazas. Saca un cigarrillo electrónico de un escondrijo secreto del delantal y le da una calada sin humo.

—He hecho lo que me dijiste, ser proactiva.

—Bien.

Glenda da otra calada guiñando los ojos como si echara humo.

—He perseguido a mi propio marido. Hasta he ido a Manhattan y me he colado en la habitación de Ronald.

—¿Quién es Ronald? —Glenda se le acerca ligeramente.

—El marido de Celia, de la víctima. Fui a buscar una foto que creía que tenía en su teléfono. Todo está desapareciendo.

—Esas cosas… —dice Glenda dándole una calada al cigarro electrónico y mirando hacia la caja, donde está formándose una cola—, tal vez sean ciertas o tal vez no pero en cualquier caso es evidente que están intentando decirte algo. ¿De qué era la fotografía?

—De mi marido con otra mujer.

—¿Y está con otra mujer o no?

—Sí.

—¿Lo ves? —dice Glenda levantándose ya del asiento.

—Sí. ¡Dios, Glenda, gracias! Siempre me siento mucho mejor después de hablar contigo.

—Pero recuerda una cosa. —La camarera se inclina sobre la mesa antes de salir disparada hacia la caja y añade—: Estás bien, vas a estarlo. No eres una asesina, recuérdalo.

Dana deja un puñado de billetes junto a la taza, que no ha tocado, y sale a la calle, donde empieza a lloviznar. Si el mensaje de Celia era solo eso —un mensaje—, si nunca llegó al teléfono de Peter, si no era su vecina muerta hablándole desde el otro mundo… «Ya sabes lo que tienes que hacer.»

Llamará al detective Moss, decide Dana al volver a la carretera. Sabe que eso es lo que debería hacer; se lo contará todo: que tal vez haya matado a su vecina en un arrebato alcohólico y maniaco. Le confesará sus viajes al puente George Washington a medianoche, sus coqueteos con desconocidos; se lo contará todo y dejará que él decida lo que hacer.

—Déjate llevar y que sea lo que Dios quiera —dice recordando la frase de una reunión de Emociones Anónimas a la que fue varias veces hace unos años—. Que sea lo que Moss quiera.

La lluvia empieza a arreciar y a salpicar el parabrisas con pequeños goterones, que la reconfortan con su grisura y su sonido relajante y soporífero. Una señal, piensa mirando a san Cristóbal.

—Gracias, aunque sea solo por la lluvia.

El santo asiente e incluso parece sonreírle.

La lluvia va a más, y pasa con el coche por un charco grande que dispara agua sobre el parabrisas y la deja ciega por un segundo; se convence de que tiene que contárselo todo a ese hombre que se parece al poeta. Pero antes buscará ayuda, irá a la doctora Sing. Se tomará una pastilla o dos, las que hagan falta. Tiene que bajar un poco el ritmo para poder soportarlo cuando la encierren, cuando los barrotes de una celda diminuta se cierren y la ahoguen dentro. Será la adulta, más que Peter y su fulana —que parece imposible de identificar, igual que demostrar su existencia—, más adulta que Ronald y sus patos de goma y sus haikus, más madura que todos ellos juntos. Al igual que Jesús, Dana sabe que tiene que sufrir, que ha venido a este mundo para hacer lo impensable, para superar lo insuperable, para salvar a los payasos y a la gente con zapatos de plataforma, a los que se derrumban y a los que pecan. Será ella la que esté a la altura de la ocasión, la que, como el santo difunto que cuelga firme del retrovisor, se entregue, sin nombre y sin pasar al recuerdo, para su expiación.

Casi ha llegado a casa, tras pasar las vías del tren y acelerar por un pequeño polígono industrial, cuando ve un borrón en la lluvia, una manchita blanca que brinca por la carretera a varios palmos del coche. «Un conejo», piensa, pero al acercarse ve que es un gatito que está parado en una pequeña franja de hierba, empapado y asustado: mira fijamente, pero no al Toyota, sino al asiento del conductor, a los ojos de Dana. Abre la boca, está diciendo algo; ve que las palabras surgen bajo la lluvia como cintas azules, rosas, doradas, y se pregunta si el animal está realmente allí: si no será Celia o su madre intentando decirle algo, dándole algún consejo desde el más allá. Entorna los ojos e intenta sobreponerse, bajar de las nubes, al coche, recobrar los resquicios miserables que le quedan de lucidez, de cordura, de mente. «Dios.» Frena demasiado rápido y el vehículo derrapa en la cuneta y se mete en el barro, y por una fracción de segundo siente como si el coche volara, y ella con él, sin ataduras, sin trabas, ¡libre! ¿Es eso lo que quería decirle Celia con el mensaje del buzón de voz?, ¿que Dana tenía que seguirla, extirparse del sórdido embrollo en que se ha convertido su vida? «Ya sabes lo que tienes que hacer.»

135

# Capítulo 18

$J$ack Moss tiene la vista clavada en el sobre naranja que hay encima del escritorio. Lo coge y pasa el pulgar y el índice por los bordes, recorriendo el perímetro, demorándose. Los de criminalística han encontrado unas huellas en el asiento delantero del todoterreno de Celia Steinhauser que no pertenecen ni a ella ni a su marido. Los forenses han comparado los datos y han hallado unas huellas que coinciden, y Jack tiene el nombre entre las manos. Las huellas estaban por la parte delantera: en la manija de la portezuela, en el salpicadero, la radio y, sobre todo, en la guantera, dentro incluso. Fuera quien fuese quien estuvo en el coche de la muerta se regodeó en ello... Y no hace mucho.

Agradece la llamada que suena justo cuando está despegando la parte de arriba del sobre. Algo lo perturba en lo más hondo del cerebro. Deja el sobre en la mesa y coge el teléfono:

—Moss —dice con voz carrasposa. Se aclara la garganta y añade—: Jack Moss.

Solo recibe silencio y, de pronto, a Ann:

—¿Puedes hablar? ¿Te pillo bien?

—No mucho. —Se gira en la silla para mirar hacia el pasillo—. Pero podría ser peor.

—Fui a la casa a recoger unas cosas pero todavía tengo que ir a por más cuando...

—Lo que quieras, cuando quieras.

Ahora que ella se ha decidido, que por fin ha cogido la puerta y se ha ido, no quiere hablar sobre el tema; a veces no quiere hablar con ella de nada.

—¿Jack? —Él vuelve a girar la silla y deja caer la cabeza entre las manos—. Dime algo.

—No queda nada que decir —contesta, y le suena tonto, a cliché, y no es lo que quiere decir o lo que se imaginaba diciendo cuando Ann lo dejase. Porque se lo había imaginado: en todos esos años siempre que volvía a casa a una hora intempestiva, faltaba a alguna celebración o cometía cualquier otra infracción marital, se lo había medio esperado.

—Entonces supongo que por eso estamos cada uno por nuestro lado, porque nunca ha quedado nada que decir.

—Eso no es verdad. Teníamos algo.

Ann suspira con voz temblorosa. Jack se pregunta si estará llorando.

—Llevo años intentando que lo nuestro funcione.

—No los suficientes —ataja Jack, pero incluso al decirlo no está seguro de que sea cierto.

—¿Cuántos, Jack? ¿Cuántos años bastarían?

Tamborilea con los dedos sobre el escritorio.

—No lo sé, Ann. Tal vez ya sean suficientes.

—Te echo de menos —le confiesa, y esa verdad franca, esa voz rasgada de su mujer desnudando su alma en algún punto del Upper West Side, donde estará tirando el dinero en un hotel, lo pilla desprevenido. Se queda mirando por la ventana, al otro lado del cuarto; por el horizonte empiezan a formarse unos nubarrones.

—¿Jack? ¿Sigues ahí?

—Aquí sigo.

—Pues nada —dice Ann, que acto seguido cuelga.

Al principio fue ella quien anduvo detrás de él, la que lo forzó para que se abriera a la posibilidad de empezar una nueva relación a los pocos meses de que lo dejara su primera mujer. La conoció una noche en un bar después de la clase de derecho penal en Hunter, medio borracho y compadeciéndose de sí mismo. Estaba sentada a su lado, y empezaron a hablar…, o más bien ella empezó. Un parloteo, una charla de barra, pero cuando Ann se levantó para irse Jack se dio cuenta de que no quería que se fuera. La siguió a la puerta y la convenció para que lo acompañara a un restaurante al cabo de la calle.

Al principio hablaban mucho, sobre las cosas que en aquellos momentos les parecían importantes, apremiantes, y que ahora no podría ni recordar aunque le fuese la vida en ello. Durante semanas no hicieron otra cosa, ni siquiera se besaron ni se tocaron hasta aquella noche de la tormenta de nieve en que por fin se acostaron, cuando subieron a toda prisa, agarrados del brazo los tres tramos que los separaban de la madriguera de Jack, encima de una panadería de la calle Bleeker. Hicieron el amor con el aroma de la canela colándose por el suelo, por los tablones carcomidos y llenos de nudos, mientras la panadera rusa hacía *babka* a primera hora de la mañana. Se durmieron con el telón de fondo de la nieve al caer, suave, gruesa y pura, el tintineo de la campanilla de la panadería y el sol asomando por entre los edificios.

La vida de casados estuvo bien, por mucho que siempre pendiera de un hilo. Para Jack supuso un puerto seguro cuando terminó la facultad y se metió a policía y, con el tiempo, entró en homicidios, pero sabe que para Ann nunca fue suficiente: que ella habría querido que continuara siempre esa intensidad, ese acodarse en las barras de madera rayada de los restaurantes abiertos por la noche. Compartir. «Me has dejado por tu trabajo», le decía y se reía, pero las últimas veces se lo había dicho muy seria. «Miedo al compromiso —le dijo por la ventanilla del Honda rojo la noche que se largó, cuando echaba marcha atrás por el camino de entrada con el flexo del dormitorio asomando por la ventanilla como el dedo de E. T.—. Deberías mirártelo.»

Coge por fin el sobre y le da varias vueltas. Sus manos grandes tapan el «A la atención del detective Jack Moss» escrito a mano. Nunca había sido su intención abandonarla así; la quería. Y todavía la quiere pero la relación que lo une a su trabajo es como una adicción. Lo consume.

«El trabajo es lo único que sabes controlar», le decía ella a menudo, y ahora cree que tal vez estuviera en lo cierto. Aunque sabe que por mucho que controle los casos, no puede hacer que paren los asesinatos, los robos de coches y los suicidios ni tener ningún efecto en el declive de la humanidad. Pero incluso él mismo tiene que admitir que es lo único constante en su vida. No importa lo mal que vayan las cosas: cuando llega a la comisaría siempre hay esperándolo una mesa llena de carpetas, papeles y casos sin resolver. No importa en qué estado se encuentre o qué hora sea, que siempre lo aguarda como una amante fiel.

Las huellas coinciden con alguien que ya estaba en el sistema, que tenía antecedentes. Saca la hoja: Kyle Murphy Moss. Jack se queda mirando el nombre de su hijo, y lo que le resulta más decepcionante es que no lo sorprenda verlo allí impreso. El pasado turbulento de Kyle ha vuelto para atormentarlo. Esa posibilidad remota fue por lo que Jack se ofreció para encargarse del caso.

A los diecisiete lo detuvieron y lo acusaron de robo. Jack recibió una llamada en plena noche. «Es Margie», le dijo Ann pasándole el teléfono, dándose media vuelta y apartándose de él. Margie era otro de los problemas que tenían: otra aguja amenazante en el globo de su matrimonio.

Habían arrestado a Kyle por un robo a pocos kilómetros de su casa aunque ni siquiera había entrado en la vivienda. Había abierto el cerrojo con una tarjeta o algo parecido y se había quedado de guardia mientras sus colegas entraban y la saqueaban. Al parecer la vecina de al lado lo vio todo desde su dormitorio y llamó al 911 con la luz apagada y la nariz pegada a la ventana. Cuando se personaron los agentes, aparcaron en el jardín de la vecina con la sirena y las luces apagadas y fueron andando hasta la casa de al lado, donde cogieron a los chavales con las manos en la masa. A Kyle lo pillaron in fraganti, en el porche con la tarjeta todavía en la mano. Lo cogieron antes de poder darles la voz de alarma a sus colegas. Jack dejó que pasara la noche en el calabozo y a la mañana siguiente movió unos hilos y consiguió meter a Kyle en un programa, un campamento juvenil en mitad del campo, lejos de las malas compañías. Parecía haber funcionado..., hasta ahora, claro.

Jack mira hacia un lado y ve a Rob recostado en la silla, con el teléfono fijo en la oreja. Le da la vuelta a los papeles y vuelve a introducirlos en el sobre y a pegarlo lo mejor que puede, para luego meterlo en el fondo del cajón. Cuando ya está a la mitad del pasillo, lejos de Rob, saca el móvil del bolsillo y busca el número de su hijo en el registro.

Una vez más su llamada va directa al buzón de voz. Es por la mañana, lo suficientemente temprano para que Kyle no se haya ido aún a buscar trabajo o a las clases para adultos, si es que no han terminado, si no ha hecho ya el examen, que seguro que aprobaría con solo mirar por encima las páginas de ecuaciones matemáticas y los teoremas de geometría. Tiene memoria fotográfica: ve fragmentos enteros de los libros dentro de la cabeza.

—Kyle —dice Jack al vacío del móvil, pegándoselo con fuerza a la oreja—. Soy yo otra vez. Tu… padre. Llámame en cuanto puedas. Dentro de poco no estará en mis manos, así que llámame. ¡Ya!

Cuelga, vuelve a la oficina, se recuesta en la silla y se aparta de la mesa con ella. Aguarda. Se levanta, va al otro lado del despacho y mira por la ventana, donde las palomas se desparraman por la calle, en dirección al juzgado, como un caminito de migas mohosas de pan, junto a los coches parados en el semáforo. Le suena el móvil.

—¿Diga? ¿Kyle?

—Sí. ¿Qué quieres?

—Tienes que venir a la comisaría. En la calle Broadway, un edificio de ladrillo al… No, ahora que lo pienso, mejor en otra parte. Yo me acerco adonde sea. ¿Tienes coche?

—Qué va. Yo voy en autobús, como el resto de parados e hijos de hogares rotos…

—Vale, sí —lo corta Jack—. ¿Qué te parece si nos vemos en el local que hay en la esquina de la avenida Market con la calle Church? Dentro de veinte minutos. Te veo allí.

Una vez más termina la llamada sin despedirse. Experimenta una sensación de urgencia, como si estuviera atrapado. Vuelve a la silla y se queda mirando las manchas negras que hay por la pared junto a la ventana. Guiña los ojos y le parecen marcas dejadas por un pájaro, por las palomas que revolotean a las puertas del juzgado, por garras y plumas de seres atrapados que baten las alas contra el verde anodino y feo de la pared.

Y

Jack llega al bar antes que su hijo y encuentra una mesa libre al fondo. A la luz del día, y pese al poco sol que entra por la ventana con los postigos entornados, la mesa le parece demasiado iluminada y el local demasiado público, y se arrepiente de haber sugerido ese sitio. Incluso la pensión Rosie habría sido mejor elección. Mira la carta; los zapatos le brillan con el sol del exterior.

Kyle entra como un ladrón, un matón, con los hombros encorvados y mirando a todos lados. Tiene algo en la mirada; «culpabilidad», se dice Jack. Es la viva imagen de la culpabilidad. Le hace una seña con la cabeza, a la que su hijo responde con un gesto mínimo, incorporándose levemente sin llegar a erguirse del todo.

—¿Qué pasa?

Kyle se deja caer en la silla al otro lado de la mesa. El sol le ilumina los ojos castaños y le resalta los mechones rubios del pelo, que lleva demasiado largo para el gusto de Jack; normal que no encuentre trabajo.

—Pide lo que quieras, yo invito.

—Un café. Solo.

—Pide algo más, hijo —le insiste Jack con voz jovial casi, falsa—. Dos hamburguesas —ordena a la camarera mientras Kyle sacude la cabeza—. Y dos de patatas.

La chica lo apunta en su libreta y vuelve con paso ligero a la barra.

Antes de la muerte de su hermano, Kyle decía que quería ser poli, que le gustaría ayudar a los chavales para evitar que los mataran en las calles o en algún otro país, mientras trepaban por unas rocas o pasaban con sus jeeps por encima de minas. Haría que los padres rindieran cuentas, para que fueran eso mismo, padres, y no borrachos y mucho menos abandonahijos. Eso le dijo una vez a Margie, quien, a su vez, se lo contó a Jack. Se pregunta a qué aspira ahora su hijo, qué giros ha dado su vida desde la muerte de su hermano y la recaída de su madre, tras descubrir el cuerpo comatoso de esta en el suelo del salón.

—¿Qué tal te ha ido? ¿Has hecho ya el examen de adultos? —Kyle asiente—. ¿Y cómo te ha salido?

El chico se encoge de hombros y dice:

—Creo que bien. Ya me lo dirán cuando…

Jack ve que le tiemblan las manos con las que sujeta el vaso de agua. Como si leyera la mente de su padre, las mete bajo la mesa. Parece atrapado. Jack vuelve a pensar en las marcas negras de la ventana de la oficina y en Dana removiéndose y toqueteándose nerviosa el pelo mientras la interrogaba.

—Bueno, ¿para qué querías verme?

—Sé que estuviste en el coche de tu profesora.

—¿Y?

A Kyle le tiemblan las piernas, por mucho que intente esconderlas bajo la mesa; no para de mover el pie en el suelo.

—Pues que… —Jack se le acerca y lo mira a los ojos—, que está muerta. Y tus huellas están por todo el coche.

—Se ofreció a llevarme. Era muy típico de ella, acompañar a los alumnos cuando las clases se alargaban más de la cuenta. Me dejó en el centro.

—¿Y cómo es que tus huellas estaban en la guantera? Dentro, para más inri.

Kyle se encoge de hombros y se incorpora, reclinado en la silla, y escruta el vacío, como si la respuesta a la pregunta de Jack estuviera en algún punto por encima de su cabeza.

—Estuve buscando un kleenex para sonarme la nariz, detective.

La camarera llega y deja los platos entre el enredo de cubiertos, tazas y platos de café. Se la ve nerviosa y deja una bandeja gruesa y blanca encima de un tenedor, que sale despedido.

—¿Algo más? —pregunta la chica mirando a Kyle.

—Por ahora no —dice Jack, y la camarera sigue mirando al joven unos segundos antes de volver a la cocina.

—Entonces, ¿estás diciéndome que hurgaste en la guantera de tu profesora para buscar un kleenex?

—Me lo dijo ella. Le pregunté si tenía y me dijo que mirase en la guantera.

—Y ahora está muerta.

Kyle vuelve a encogerse de hombros, en un gesto desenfadado, aunque sigue con los hombros encorvados y moviendo el pie bajo la mesa, inquieto.

—Ya, ha salido en todas partes…, con imágenes de su casa, su perro…

—Qué coincidencia más desafortunada.

Jack le da un bocado a la hamburguesa y mastica con la vista clavada en la puerta.

—Vaya. Tendré que planificar mis resfriados mejor.

—Mira, estamos hablando de un asesinato, Kyle, por si no te has enterado por las noticias. Tienes antecedentes y tus huellas están por todo el coche de la víctima.

Kyle coge su hamburguesa y la engulle como un muerto de hambre. Jack se fija en sus ojos, idénticos a los de su madre.

—La próxima vez me aseguraré de que mi profesora no tenga pensado que la asesinen cuando le pida un kleenex. ¿Te parece mejor así, Jack?

—¿Podrías no llamarme así?

—Es tu nombre.

Kyle coge la mostaza.

—¿Por qué no intentas llamarme «papá» y te ahorras el sarcasmo?

—Porque no lo eres.

Kyle aprieta el bote de la mostaza y vuelve a poner el panecillo encima.

—¿Y ahora cómo estás?

—Bien, ¿por qué?

—Por tu resfriado. Los de verano son muy puñeteros. No hay manera de que desaparezcan del todo.

—¿Adónde quieres ir a parar?

—Lo siento, hijo, pero no me lo creo, lo del kleenex y la guantera. Me cuesta imaginarme a una profesora que le dice a un alumno que apenas conoce que hurgue en la guantera para buscar un pañuelo que en realidad probablemente lleve en el bolso.

—Pues eso es lo que pasó —insiste Kyle pero sin mirarlo a los ojos—. ¿Y cómo anda Ann últimamente? —Jack le da otro mordisco a la hamburguesa—. Porque Margie no está muy bien que digamos. ¿Te acuerdas de ella, tu antigua mujer? —Jack levanta la vista—. La última vez que pasé por su casa estaba prácticamente zombi. Pero tú no te preocupes, Jack, que tiene la tele; y las fotos del hijo bueno colgadas por todas partes. La casa entera parece un santuario a Joe.

—Me pasaré a verla.

Kyle se ríe con un sonido feo, en una nota desafinada.

—Eso es justo lo que necesita. Por Dios…

—Tú no sabes nada de tu madre y de mí, Kyle.

—¿Y tienes pensado explicármelo?

Mira a su hijo, su pelo largo, sus manos grandes, los brazos delgados y unos ojos que no saben esconder nada: ojos grandes y castaños con las mismas pestañas que Margie.

—Bah, digamos que yo no quise irme.

—¿Y entonces por qué te fuiste?

Por un segundo Kyle es el chico en la puerta de un porche destartalado que lo ve irse por la carretera.

—Me dijo que solo así podría ser una buena madre… si yo me iba. «Contigo aquí no puedo», me dijo. —Kyle asiente y ríe entre dientes—. Pero yo nunca dejé de quererte, y nunca he dejado de pensar en ti ni en Joey.

—Me cuesta creerte al ver que nunca has hecho nada por mí, ni por ninguno de nosotros.

—Te sorprenderías —replica Jack, que levanta la mano para pedirle la cuenta a la camarera—. Y no te pierdas de vista. Tendré que volver a interrogarte sobre tu profesora.

Fuera, ya en la acera, ambos se quedan mirando al cielo. «De tal palo tal astilla», diría Ann, y Jack sabe que es cierto. Las nubes están tomando posiciones por el oeste; no hay nada de viento y el ambiente está cargado con la amenaza de la lluvia. Ambos se quedan sin saber qué decir, los zapatos sobre la gravilla.

—¿Quieres que te acerque?

Kyle sacude la cabeza.

—Vivo aquí al lado. Con Maryanne.

—¿Tu novia? —Kyle asiente—. ¿Cómo es?

—Guapa.

—Me gustaría conocerla, si tú…

Kyle mira la acera y le da un puntapié a una piedrecilla con la puntera gastada del zapato.

—Gracias por la comida.

—Cuando quieras. —Busca una tarjeta en el bolsillo—. Ten. Sé que tienes mi número en el móvil, pero por si acaso. —Y le mete la tarjeta en la mano a su hijo, al tiempo que le guarda tres billetes de veinte en el bolsillo—. Eh —le grita

145

cuando ya se han alejado unos metros por la acera—. Mírate los bolsillos. —Y cuando Kyle levanta la vista, sorprendido, añade—: Cuídate, hijo.

Contempla cómo se aleja Kyle, ese hombre que la última vez que lo vio era un chiquillo que lo cogía de la mano para cruzar la calle, que lo acompañaba cantando cuando tocaba la guitarra en Navidad, todos esos villancicos que ya no recuerda, el muchacho que lo vio meter sus cosas en la camioneta y largarse. Su hijo tiene secretos que nunca conocerá pero los relacionados con Celia están en la superficie; ya se desvelarán en algún momento. Solo hay que esperar.

Llama a la unidad de criminalística y les pide que vuelvan a la casa de los Steinhauser para que tomen todas las huellas alrededor de la cama de Celia, en el cabecero, la mesita de noche, todo.

—Daos toda la prisa que podáis y mandadme los resultados directamente a mi nombre.

Jack se promete delegar el caso en Rob si las huellas de Kyle aparecen en el dormitorio. Esa línea no la cruzará pero sacude la cabeza porque en realidad no está seguro de que haya ninguna línea. Aunque al mismo tiempo le mortifica esconder las huellas del coche de Celia y no decir lo que sabe sobre su hijo. En la fiscalía quieren que vaya informándolos cada dos días, por ser un caso con mucho seguimiento mediático..., y está dándoles migajas. «Es tu hijo —se dice—. Se lo debes», aunque nunca antes se ha comprometido de esa manera..., y menos en el trabajo. El resto de su vida es una mierda pero se ha cuidado mucho de conservar esa parte limpia como la nieve recién caída. Hasta ahora.

# Capítulo 19

*E*n cuanto se mete en el Toyota Dana nota algo en el asiento. Un trozo de papel blanco que llama la atención en un coche que por una vez está limpio como una patena, gracias al proyecto de limpieza que se ha propuesto para mantenerse centrada. Ha recogido todos los libros que tiene que llevar desde hace tiempo a la biblioteca, así como todos los cuadernos llenos de garabatos y listas, y los ha colocado en el suelo del asiento trasero. Las libretas y los lápices están organizados en una caja de plástico que ha comprado en el Target para las cosas sueltas. Incluso ha pasado un trapo por el salpicadero y, por supuesto, el san Cristóbal.

Hace ademán de tirar el papel al suelo pero se lo piensa mejor. Así empieza el marasmo de porquería, de libros y de chaquetas; comienza con un trocito de papel que destaca, como este, sobre un asiento limpio. Lo coge y se lo mete en el bolso.

Sin embargo, justo cuando gira la llave en el contacto, algo llama su atención y aparta los ojos del indicador de revoluciones, que apenas se mueve de su posición inicial. Ve un destello de color y vuelve la vista hacia el papel, que está pegado al exterior húmedo de una botella de agua medio vacía que lleva en el bolso. Lo despega del plástico y ve la misma letra menuda que en la nota del día del *brunch*.

Coge del bolso las gafas de leer, con movimientos cortos y robóticos, como si un paso en falso fuera a hacer que el autor de la nota surgiera de un seto cercano o del maletero del coche como un resorte. Mira el trozo de papel bajo la brillante luz del sol. «Lo pagarás caro, puta loca asesina.» Lo lee claramente a pesar de la letra diminuta. Esta vez es una amenaza directa; la primera ya era mala pero esta es aún peor. Siente que el cerebro le echa chispas, con unos fogonazos brillantes que chisporrotean y se apagan, como un motor que se cala. Se encoge y se escurre por el asiento; el volante la mira, con el logo del Toyota sonriéndole de medio lado mientras intenta concentrarse.

Cuando tenía ocho años se encontró una nota dentro del pupitre del colegio. Desagradable y cruel: «Te odiamos». Una notita que debió de dejarle algún abusón de colegio o un admirador: alguien a quien no le gustaba cómo era, que creía que hablaba demasiado alto o demasiado bajo, a quien no le gustaba el coche de su madre o que su padre hubiera fallecido de una muerte repentina y violenta. Se imaginó que sería un grupito de niñas de pelo perfecto y blusas remetidas por las faldas plisadas de colegio católico. Dobló la nota cuidadosamente, una y otra vez, hasta dejarla en un cuadradito del tamaño de un guisante, casi invisible, y volvió a meterla en el pupitre. Nunca se lo contó a nadie pero la aterraba la idea de que hubiese alguien, en el fondo de la clase o pasando a su lado por el pasillo, que la odiaba. Su miedo se incrementa al recuperar ese recuerdo que se apresuró a enterrar y, por un segundo, y llevada por el pánico, se pregunta si quien lo escribió ha estado siempre ahí, acosándola hasta su vida adulta.

El aire acondicionado despide bocanadas de aire frío y las noticias de la radio apenas se oyen. Las voces la asustan. La apaga pero sigue oyéndola, un zumbido leve e indescifrable.

«Lo pagarás caro.»

Se quita las gafas, vuelve a meter la nota en el bolso —en la cartera— y sale de Ashby Lane. No tiene ganas de estar en ninguna parte en especial pero en su casa menos, ahora que esa persona tiene acceso a su coche y, lo que es más aterrador, a su casa. Da vueltas en círculos por el vecindario, agarrando con fuerza el volante hasta que se le ponen blancos los nudillos. ¿La vio alguien con Celia el día que murió? ¿La vio salir de la casa de su vecina o desde el seto de árboles de su jardín trasero mientras se lavaba las manos en el fregadero antes de echarse en el sofá para dormir la borrachera? ¿O será por otra razón, por alguna ofensa menor, no deliberada, como dejar las luces de Navidad demasiado tiempo puestas o pasar por alto una invitación a comer? Dana siente que la recorre un escalofrío por la columna. «Lo pagarás caro.» «Lo pagarás caro.» Le tiemblan los dedos sobre el volante. El corazón se le acelera y tiene la sensación de que va a salírsele del pecho. Se siente mareada y sin fuerzas, paralizada por el terror.

Piensa en ir a la comisaría y llevarle las dos notas al detective Moss; incluso da media vuelta y pone rumbo hacia allá antes de detenerse en una gasolinera BP y bajarse como puede para echar gasolina en el depósito prácticamente vacío.

De vuelta al coche, se concentra en un letrero de neón roto que hay en el aparcamiento de al lado y en las nubes de tormenta que lo recubren todo de gris. A continuación saca el móvil y llama a Peter.

—¿Dana? —Parece cabreado—. Mira, perdona pero hoy tenemos un día de aúpa en la oficina y...

—Espera, es importante. He encontrado otra nota.

—¿Otra qué? —Dana se imagina su pelo ahuecado recubriendo el teléfono—. No te oigo bien.

—Pues sal un momento. Vete al baño o algo. Finge por cinco minutos que soy la fulana... o uno de tus clientes. De verdad, necesito hablar...

—Vale —le dice al cabo de unos segundos—, ya estoy fuera. Te escucho.

—He recibido otra nota, como la del libro, la que encontré el día del *brunch*.

—¿En casa?

—No, en el asiento del coche.

Peter hace una pausa y responde:

—No tendré que preguntarte si cerraste la puerta del coche...

—No, no tienes que preguntármelo. El caso es que estaba en el asiento delantero del coche cuando he ido a cogerlo esta mañana. Es la misma letra extraña y diminuta...

—¿A qué hora?

—¿Que a qué hora? ¿Y eso qué importa? Yo qué sé a qué hora. A la diez o así.

—¿Y que decía?

—«Lo pagarás caro, puta loca asesina.»

—¿Y qué coño quiere decir? ¿Qué has hecho tú?

—No lo sé, no sé qué hice. A lo mejor algo horrible.

—¿Como qué?

—Como…, no sé…, algo realmente…

—Mira. —Peter hace un ruido con la mano en el auricular—. Lo mismo eres tú, Dana…, con tu rollo católico y tu culpabilidad exagerada.

—¿Y qué pasa? ¿Que he contratado a alguien para que me escriba notas amenazantes?

Lo oye respirar hondo. Escucha el tráfico y el sonido del humo entrando y saliendo de los pulmones de su marido.

—Estoy intentando buscar la manera de decírtelo con tacto.

—Porque tú siempre tienes mucho tacto cuando se trata de hablar de mis sentimientos.

—Vale, mira —dice, y le da otra calada al porro, o al menos suena a eso. Dana se pregunta si en Glynniss, Hudgens y Catrell se colocarán en los descansos para comer, si Peter y la fulana se colarán en la sala de juntas para ponerse ciegos, si será la hija de uno de los abogados veteranos.

—¿Es hija de Glynniss? —le pregunta Dana, pero Peter está hablando también y no la escucha—. ¿El qué?

—Que digo que a lo mejor eres tú la que ha escrito esas putas notas.

—Gracias. —Dana se aparta el teléfono de la oreja—. Muchas gracias por tu tacto.

—En la nota que yo vi…, la del *brunch*, la letra era tan pequeña —sigue diciéndole mientras ella busca aturrullada el botón de apagar—, que en realidad podía ser de cualquiera…

Dana guarda el teléfono en el bolso y se queda mirando el letrero al que le faltan letras. Esta vez, sin embargo, no llora sino que tiembla con un escalofrío en el calor asfixiante del verano, recordando su propia escritura, extraña y pequeña en esos quinientos folios que décadas atrás revolotearon por encima de la Avenida D.

## Capítulo 20

*E*l gatito que rescató de la autovía brinca por el pasillo sin apenas rozar el suelo. Dana le da una palmadita al cojín y el animal atraviesa corriendo la habitación y aterriza a su lado en el sofá. Cuando intenta acariciarlo, le bufa y sale pitando y se pierde de vista. Es salvaje y el veterinario le ha dicho que le llevará un tiempo habituarse a su nuevo entorno, y que tal vez nunca llegue a ser una mascota normal. Los gatos callejeros tienen inoculada la locura, ese miedo atávico; pero ha tenido suerte porque es bastante pequeño. Y también tuvo suerte de verlo bajo la lluvia, con lo chico que es. Lo ha llamado *Lunar*, en parte por eso y en parte por los puntitos que tiene por la piel. Una larga y gruesa mancha negra le cruza la nuca, como un peinado de un actor de los años veinte. Vuelve a intentar acariciarlo. Entiende su ambivalencia: acercamiento, huida, acercamiento, huida. Se limpia la pata con su lengua rosa de papel de lija.

Dana se recuesta, se remueve y apoya las largas piernas en el reposabrazos del sofá. Tal vez cierre los ojos un minutito; quizá, solo quizá, se duerma. Le pesan los párpados. El gatito atraviesa el salón a todo correr. Sonríe al verlo colarse por debajo del sofá y salir luego con algo en la boca. Con un gran esfuerzo Dana se incorpora y va hasta el animal, que corre hacia el comedor.

—Ven para acá —le dice riendo, y lo sigue, con el cuerpo casi en horizontal mientras el animal salta y corre. Le cae algo de la boca que aterriza en la alfombra.

Dana lo recoge: un paquete sin abrir de toallitas antisépticas.

—Pero mira qué eres tontorrón...

Abre el paquete; ha manoseado al gato y a saber dónde habrá estado metido.

Se detiene. El olor que se desprende del envoltorio de plástico casi la ahoga. ¡Dios Santo! Busca apoyo en el sillón azul que tiene detrás y se sienta lentamente. El olor de la casa de Celia le llena el cerebro: el elegante salón de su vecina, su cuerpo ensangrentado en el suelo, ese olor penetrante de perfume barato, como el de esas toallitas de debajo del sofá, esas fruslerías que acostumbra a llevar en el bolso. Las compra aromatizadas para que no huelan a alcohol; recuerda haber comprado las de limón y las de rosas..., de lavanda probablemente. Siempre las lleva encima. O las llevaba hasta que... Intenta rememorar el momento, recordar si las tenía después de la muerte de Celia, si las metió debajo del sofá en la nebulosa de la borrachera. Deja caer la cabeza entre las manos y se tapa los ojos con dedos temblorosos. Todo ese tiempo el aroma ha permanecido en los límites de su percepción, jugando con su cabeza, ese aroma vago y apagado. Le sonaba de algo. Habría acabado saliendo —al entrar en el Target tras un cliente obsesionado con los gérmenes, al ver a Wanda limpiar con ellas la cara pegajosa de uno de sus hijos o al bregar con el trasiego del metro—, habría acabado identificando el olor en cualquier sitio. Pero caer en la cuenta al encontrarlas bajo el sofá de su salón la hace hundirse en los cojines del sillón azul, aterrada por todo lo que ha encontrado hasta el momento, todo lo que ha desenterrado o los puntos que ha ido uniendo y que la señalan como la asesina de Celia. Cierra el paquete de toallitas, atrapando el olor en el interior, y lo deja en el aparador de la entrada. A su alrededor todo es gris, los colores de la habitación se han apagado. Solamente quiere dormir; solo desea que el mundo se retraiga, se encoja, hasta que averigüe qué tiene que hacer.

Son las nueve y cuarto y su marido aún no ha vuelto. En la cocina hay una pila de platos junto al fregadero y un guiso que se ha quedado pegado al fondo de una gran olla naranja marca Martha Stewart. Dana pulsa el nombre de Peter en el móvil.

—Hola —la saluda, con el murmullo del tráfico por detrás.

—¿Dónde estás?

—¿No lo sabes? —Peter parece enfadado—. Te dije esta mañana que tenía una reunión con un cliente después del trabajo.

—No. —Dana suspira—. No me lo has dicho.

—Y luego hablamos…, cuando me llamaste para contarme lo de…, cuando me llamaste te dije que teníamos un día muy ajetreado en la oficina y te mencioné que volvería a llegar tarde.

—Mentira.

—¿Has llamado ya a la doctora Sing? —le pregunta bajando la voz—. ¡Hace ya una semana que me dijiste que la llamarías!

—Sí, me ha dado cita para el viernes que viene.

Cosa que es casi cierta. Después de descubrir las toallitas llamó a la consulta pero algo la distrajo, *Lunar*, que se ensañó con las cortinas o con algo del jardín, o el sonido de desaprobación de la voz del contestador de la doctora Sing. Pero va a llamarla. Es su deber.

—Estoy volviendo ya —le dice tras una pausa—. Te veo dentro de unos minutos.

Pulsa un botón y la pantalla del teléfono se apaga. ¿Le dijo que volvería tarde? Intenta reconstruir los retazos de la conversación que mantuvieron por la mañana pero no recuerda que Peter le dijera nada parecido, salvo que hiciera el favor de mover el coche, que estaba bloqueando el garaje. Y está segura de que no le mencionó nada cuando lo llamó por lo de la nota.

Considera la posibilidad de volver al Murray Suites. Recuerda lo fácil que le sobrevino el sueño allí mientras jugaba a los detectives…, o al menos le habría sobrevenido si se hubiera permitido el lujo de relajarse, incluso entre aquel amasijo de ropa sucia y mantas arrugadas. Piensa en encontrarse con Ronald en la cafetería de al lado o en algún bar de la calle —en algún sitio tendrá que comer— y sacarle información. «Estamos fumigando la casa», podría decirle, o «Peter está reformando la cocina y he decidido venirme aquí. ¡Hay que ver! ¡El mundo es un pañuelo!». Se imagina cogiendo la confianza suficiente con él para preguntarle una vez más por la fotografía del teléfono de Celia: si la llegó a ver o si la borró él. Y la consulta de la doctora está a solo dos paradas de metro del hotel.

No abre los ojos cuando oye llegar a Peter con el coche, abrir la puerta del garaje y entrar. Al final no se va; se tiende en la cama a lo ancho, con la esperanza de que su marido se vaya a dormir al cuarto de Jamie o al salón. La asusta que interrogar a Ronald solo sirva para acelerar su angustia, su locura, su incertidumbre: que la foto del teléfono no sea más real que el payaso Bozo que la saludó en el hotel o la voz de Michael Jackson que oyó después de apagar la radio.

Oye el chirrido de la puerta de la calle y luego el caminar de los pies, enfundados en calcetines de media, del salón a la cocina. Escucha el sonido cuando su marido enciende el fuego para recalentar el guiso y abre el grifo para echar agua a las verduras pegadas en el fondo. En cierto momento se queda dormida y se despierta con el olor a tabaco que se cuela por la ventana entornada. Se levanta de la cama y va a la cocina, donde Peter ha dejado la olla sucia en el fregadero, un detalle inesperado. Lo oye hablar en el jardín trasero; se ha cambiado de debajo de la ventana del dormitorio al pequeño patio enladrillado del otro lado del porche. Se acerca, atraída por el murmullo de las palabras y lo oye decir:

—Ahora mismo no puedo garantizarte nada. —Dana da un paso atrás para ocultarse en la penumbra de la cocina—. Lo entiendo —sigue Peter, que da un suspiro exagerado—. Lo entiendo perfectamente. Podrías…, exacto…, poner en peligro tu…, claro. Pero… bueno, tenme al tanto solamente y yo… No. No, no te llamaré. Esperaré a que lo hagas tú. Pero avísame si hay…, si hay algo nuevo…, Vale, nena… —dice, y Dana da otro paso atrás, para alejarse—. Adiós entonces. Ha sido… —La conversación termina. Peter vuelve a suspirar pero esta vez parece aliviado. Lo oye encender una cerilla y una lucecita se ilumina brevemente en la oscuridad del patio—. Hasta nunca —cree oír pero no podría jurarlo.

Vuelve de puntillas al dormitorio y se tira en la cama, con ganas de escapar, de no estar en esa casa con notas que posiblemente haya escrito ella, con toallitas de mano que apestan a lavanda y culpabilidad, con un marido que ha escogido el peor momento para tener una aventura. Cierra los ojos al mundo patas arriba en el que se ha convertido el suyo y cuando vuelve a abrirlos el reloj le dice a gritos que es la una y cuarto.

Da vueltas en la cama unos minutos y luego se levanta y va al salón. Peter está en el sofá, con los zapatos y los calcetines tirados de cualquier manera, como si se los hubiera quitado con los pies. Ha dejado los pantalones en el respaldo de una silla del comedor y, a juzgar por los botellines vacíos de cerveza, ha bebido lo suyo. Hay algo más. Un olor que eclipsa el de la bebida. Olisquea el aire; últimamente tiene un olfato increíble. Se acerca al sofá, donde Peter ronca como a estallidos, un sonido espectacular, y se inclina para inhalar el aroma a flores. A lilas. Vuelve a olisquear. Sí, no cabe duda, son lilas. Sabe lo que le dirá Peter, que la mirará por encima de esa nariz tan poco agraciada, y le dirá que es el perfume de una clienta, o que una del trabajo le ha dado un abrazo en señal de gratitud, o que una pasante del edificio es joven y todavía poco ducha en el arte de ponerse perfume y el pasillo apesta todos los días a eso y se queda en la ropa de los abogados; le recordará que tiene que ir a ver a la doctora Sing. Pero la llamada que ha oído la lleva a pensar que es el perfume de esa «nena» el que se ha quedado en la de Peter, un recordatorio de lo que habrá sido su último escarceo, los residuos de un abrazo de despedida, o un saludo rápido, rotundo y empalagoso, en el vestíbulo de un hotel.

—Te odio. Os odio a los dos —le susurra tan cerca del oído que un pelillo de la oreja le cosquillea los labios.

Mira la mesa, los botellines verdes alineados como arbolitos bajos sobre el mármol. Se apura los restos de todas las cervezas y se los lleva a la cocina. Al pasar precipitadamente por la silla del comedor donde están los pantalones, los tira al suelo.

Siente los dedos torpes y gruesos cuando se agacha para recogerlos y colgarlos en el respaldo de la silla. Mete la mano en los bolsillos, uno por uno. Piensa en echar unas cuantas cosas en una maleta y huir de ese marido al que odia ahora con todo su ser y al que, por lo que sabe, podría matar antes de que amanezca. Ya no puede confiar en su juicio.

Le tiemblan las manos exageradamente. La casa se le antoja de repente un sueño, en blanco y negro y grises, como si mirara una fotografía antigua y ya no estuviera allí. El pantalón

155

de Peter tiembla a su vez y de uno de los bolsillos traseros cae un recibo que revolotea hasta la alfombra persa que cubre todo el comedor y aterriza cara arriba en el borde mullido, en medio de una rosa con una enredadera verdosa que surge de los pétalos de abajo. Dana recoge los botellines vacíos con las manos temblorosas y los deja en la bolsa de reciclaje que hay en la cocina, al lado de la basura. Al volver al salón, coge el papel de los pantalones de Peter, juguetea con él y lo pliega en cuatro mientras mira a su marido y se va al cuarto.

Se pone un top morado y unos vaqueros, se mete el papel en el bolsillo y llena una maleta sin pensárselo mucho, cogiendo cosas al azar. En los últimos tiempos no tiene que pensar en las cosas corrientes. Ocurren sin más; se encarga de ellas una parte distinta de su cerebro que parece funcionar de continuo —como un pensador por defecto—, mientras ella se centra en los aspectos más importantes y apremiantes de su vida. Mete en la bolsa de viaje un vestido y un par de zapatillas de Bloomingdale's, unos vaqueros y tres camisetas que ve encima de una gran montaña desordenada sobre el suelo del dormitorio. Coge un camisón de la mesilla de noche y se apresura al baño, donde llena un baúl de maquillaje con champús, mascarillas y varios botes de cremas.

Cuando termina se pone los zapatos y cierra la bolsa. Garabatea una nota para Peter, más versos de la canción de Prufrock, con un guiño a las lilas, que se le pegan como la brea a las ropas. «¿Es el perfume de un vestido lo que me hace divagar así?» Va a la puerta de la entrada y la cierra tras ella.

Lanza la bolsa al asiento y mira a san Cristóbal, que le devuelve la mirada desde el retrovisor, le guiña un ojo y le señala el regazo.

—¿Qué? —le pregunta pero el santo vuelve a señalarla. Un nuevo guiño—. No hay nada dentro —le dice y arranca.

Tiene la sensación de que sigue haciéndole señas mientras sale de la calle; siente sus ojos en la oscuridad del coche, pero mete un CD viejo en el reproductor y se palpa el bolsillo con la mano izquierda. Nota algo y rebusca dentro para sacar el trozo de papel que ha caído de los pantalones de Peter.

—¿Esto? —le pregunta, e incluso en la penumbra del asiento delantero ve que san Cristóbal asiente.

Cuando llega al final de la calle, se detiene a un lado y pisa con las ruedas el borde del jardín de los Brinkmeyer. Enciende la luz del coche para ver mejor y alisa el papel sobre el muslo.

—No es más que un recibo —empieza a decir pero lo lee igualmente. «Days Inn, hab. 156. 23 de agosto. 1 matrimonio. No fumador. 189,99 $.»

Dana vuelve a leerlo. Se queda un minuto bajo la luz del farolillo de jardín y después vuelve a doblar en cuatro el recibo y a metérselo en el bolsillo. A continuación atrae la puerta con el pie y la deja cerrarse, ocultando la lucecilla del farolillo. Permanece quieta como una estatua en la noche templada hasta que en el dormitorio de los Brinkmeyer se enciende una luz y se aleja entonces del jardín para detenerse al cabo de la calle.

Apoya la cabeza en las manos y llora: por el marido que era Peter, por el hijo que ahora es un hombre, por la familia que fueron en su momento. Apaga el motor y solloza bajo la luz tenue de una farola. Y cuando puede concentrarse en la carretera, en conducir hasta la ciudad y en buscar su inocencia —si es que existe—, se echa el pelo hacia atrás con las manos y se pasa por debajo de los ojos los dedos, que se le llenan de rímel.

—Bueno, por lo menos no se la ha llevado al Marriott —dice mirando a san Cristóbal, aunque no lo ve en la oscuridad que ha vuelto a hacerse en el asiento delantero del Toyota.

Regresa a la carretera y se dirige a la autovía. Enciende el reproductor de CD —un viejo disco de Journey— y pasa las canciones hasta que llega a la de los bulevares y las luces de la ciudad, la de los cantantes en habitaciones llenas de humo, y canta, al principio en un susurro que va luego subiendo en la oscuridad del coche; acelera por la autovía que la lleva a Nueva York y abre la ventanilla del coche para que el viento la despeine, el aire fresco, con un mínimo aliento de otoño, y sube la música y canta más alto. El viento se levanta desde el río, y lo siente por todo alrededor, soplándole por la piel y consumiéndola. Ella es el viento.

157

# Capítulo 21

$J$ack Moss mira por quinta vez esa mañana si tiene mensajes en el teléfono pero no ha habido ninguna actividad; o al menos que le interese, nada de Ann. Piensa en la comida con Kyle. Se lo ve curtido, no le queda más remedio, y es evidente que sabe arreglárselas por su cuenta; le recuerda a sí mismo a su edad. Aun así Kyle está escondiendo algo, y bastante gordo, si Jack no anda muy desencaminado. La historia que le contó no le cuadra pero tampoco es eso. Hay algo más importante que Kyle no tiene intención de decirle: solo con pensar qué puede ser le da pavor.

Le costará un tiempo, muchas vueltas a la cabeza y muchas energías pero conseguirá ganarse a su hijo; de algún modo le compensará por tantos años de abandono, los largos años pasados con una madre alcohólica tambaleante, él y Joey. Incluso aunque sea culpable seguirá siendo su hijo. Hará lo que pueda; y en realidad ya lo ha hecho, ya se ha comprometido más de lo que nunca habría imaginado. Su trabajo es sagrado, cierto. Pero, de una forma muy distinta, también lo es su hijo, y la culpabilidad está reconcomiéndolo vivo por ambos frentes.

Suspira. A pesar de haberlo intentado durante años no pudo tener una familia propia con Ann. Se sucedieron las visitas a especialistas infinitos, termómetros que dictaban cuándo podían hacer el amor, hasta que el amor acabó desapareciendo de la ecuación; que si en luna llena esto, que si en luna nueva lo otro, que si esta postura, que si la otra, mejor bóxers que slips. Ostras sí, hamburguesas no, del pollo los muslos y salmón por un tubo, tanto que ahora se pone malo con solo olerlo. Y recortar las cervezas después del trabajo. Lo hicieron todo, los dos, pero de nada sirvió. Al final se rindieron. Solicitaron una adopción pero la lista era más larga que el túnel Lincoln, y las condiciones, muy rigurosas: él era demasiado viejo, ella demasiado necesitada y la casa demasiado pequeña...

Tras el segundo aborto de Ann y casi cinco meses de depresión galopante, después de tirar a la basura el termómetro y con el quincuagésimo cumpleaños de Jack a la vuelta de la esquina, su mujer se fue a la perrera y adoptó una cachorrilla —en un proceso casi tan complicado como el de un crío, le contó más tarde—, mandó imprimir una tarjeta con un «Felicidades, papi» en grandes letras, que ató con una cinta rosa al cuello de la perra, y se la regaló cuando estaban desayunando. Fue amor a primera vista. Ambos se enamoraron y siguen prendados de esa perra cuya custodia tendrán que convenir en algún momento. No le pasa desapercibida la ironía de que tendrá que luchar por pasar fines de semana con la perra cuando perdió a sus hijos sin presentar batalla.

160

—¿Algo nuevo? —le pregunta Rob desde su mesa.

—¿Sobre qué?

—El caso Steinhauser. Oye, ¿estás bien?

—Sí, claro. Estoy estupendamente. —Se levanta y coge las llaves—. Voy a salir un momento. Tengo que ir a Ashby Lane a comprobar una cosa.

—¿Quieres que te acompañe?

—No, es igual. Ya tienes bastante con tu desaparecida. Ya me las apaño.

Cuando casi ha llegado a la casa de los Steinhauser empieza a llover, en un chaparrón que le impide ver, y tiene que avanzar despacio por la carretera para poder distinguir las señales de tráfico entre la cortina de agua. Con tanta vuelta y recodo no recuerda dónde está exactamente la calle, y menos con la neblina que se ha levantado y que apenas le permite ver; es una zona más antigua, con árboles abundantes y enormes que a veces ocultan los buzones, los números de las casas y alguna señal de tráfico que otra.

Cuando encuentra la calle dobla por ella y a punto está de chocar con un Lexus negro que va por el carril equivocado.

—¡Mira por dónde vas, capullo! —espeta contra la ventanilla subida y el aguacero.

Observa al conductor del otro coche y, pese a la lluvia abundante, reconoce a Peter. «Mira tú por dónde», se dice, y piensa por un momento en dar media vuelta, pararlo y multarlo. Pero mejor concentrarse en el asesinato: Peter esconde algo, se huele a kilómetros, aunque Jack no está seguro de que tenga que ver con el caso.

Es la mujer la que parece culpable.

Detiene el coche a la altura de la casa de los Steinhauser y escruta el porche delantero a través de la lluvia. Ve un puntito blanco en la puerta. Cuando la lluvia amaina levemente, el punto blanco salta —un conejo, se dice—, y recuerda lo que le dijo Kyle del perro de los Steinhauser, que había aparecido en las imágenes de la casa que habían puesto en la televisión. Pero no era cierto; Jack había presenciado la grabación de la escena del crimen para las noticias de la noche, y el perro ya había desaparecido por entonces, para gran congoja de Ronald. De hecho no apareció hasta la noche siguiente, cuando su dueño fue a buscarlo y se lo encontró sentado en la puerta, greñudo y sucio… Y asustadizo, cosa poco propia de él según Ronald. Le ha venido el recuerdo al ver el conejo en el porche, le ha devuelto ese detalle que Kyle mencionó de pasada entre el nudo enmarañado que tuvieron por conversación. Su hijo mintió al decir que había visto al perro de su profesora por televisión. Pero, de no ser así, entonces, ¿dónde lo había visto?

161

Las mentiras también se acumulan en otras parcelas del caso. La fotografía no estaba en el teléfono. Lo comprobó él mismo en la comisaría después de interrogar a Dana y luego llamó a Ronald para que se lo llevara. El resto de fotos sí estaban: las de Celia haciendo payasadas, varias de sus hijos y otras cuantas muy borrosas que según el marido eran plantas y partes de plantas (y el pulgar de Ronald, sospechaba Jack).

Pero ni rastro de la pareja que tan detalladamente le habían descrito.

¿Habría borrado alguien la foto del móvil? Contempla la lluvia correr por el parabrisas y piensa en por qué habría de inventarse Dana una historia tan elaborada. ¿Por qué no limitarse a decir que fue a casa de los Steinhauser para ayudar a su amiga con una receta, una sombra de ojos o cualquier otra de los millones de cosas con las que pueden ayudarse las mujeres? ¿A santo de qué molestarse en montarse una película cuya veracidad podía comprobarse y refutarse tan fácilmente? ¿Por qué algo tan enrevesado y complicado de sostener? Si lo que quería era hacer parecer culpable a su marido, bastaba con haber dicho que esa tarde Celia la llamó —circunstancia que el otro vecino corrobora— para contarle que estaba teniendo una aventura con Peter y que este la había dejado. ¿Para qué todo ese rollo de la foto y del puñetero móvil? Es mucho más probable que quien mienta sea Ronald; se nota a la legua que oculta algo, de modo que tiene sentido que haya borrado la foto del teléfono de su difunta esposa. Tal vez los de informática puedan recuperarla... Llamará a Ronald para que vuelva a llevárselo. ¿O será solo una confusión de Dana?

Se echa la chaqueta por encima de la cabeza y corre hasta la casa de enfrente. Al principio no contesta nadie pero al poco rato aparece una mujer en la puerta. Es menuda y guapa y, por su cara, comprende que no le hace ninguna gracia verlo allí en su porche.

—¿Christine Riech?

—¿Sí?

No abre la mosquitera, ¿y quién puede culparla tras lo sucedido prácticamente en el jardín de enfrente? Le muestra su identificación, la placa, y le dice que ya sabe que sus hombres la interrogaron la noche del asesinato de Celia; que solo quiere hacer un par de preguntas más.

—Vale —dice aunque no suena muy convencida y no le invita a entrar. El agua se cuela por las rendijas del techado y resbala por el cuello de Jack—. Como ya le dije al agente yo estuve fuera toda la semana. No estaba en casa cuando... tan brutalmente a la vecina. Estaba fuera.

—Bien, de acuerdo. —Jack mira los apuntes—. No quería preguntarle por esa noche en concreto. ¿Alguna vez ha visto entrar y salir a alguien de casa de los Steinhauser?

La mujer lo mira con extrañeza.

—Claro que sí.

—Me refiero durante el día.

—Ya.

—¿A quién?

Cambia el peso a la otra pierna, con la cadera a un lado, y cruza los brazos sobre el pecho.

—Los amigos de los niños, la vecina del final de la calle…, Dana, creo que se llama, dos o tres mujeres más que supongo que serían amigas de Celia… Aparcaban los coches delante.

—¿Y últimamente? ¿Alguna visita fuera de lo normal?

La mujer empieza a abrir la boca pero la cierra de golpe, como una tortuga, con el verde de sus pantalones y su camiseta sin mangas. Jack le da tiempo mientras tamborilea sobre la libreta con el bolígrafo, sin mediar palabra.

—Hubo alguien más.

—¿Ah, sí? ¿Quién?

No aparta los ojos de la libreta, como si no estuviese prestando mucha atención, un truco que tiene para testigos nerviosos: hacerles creer que han sido ellos quienes han decidido levantar la liebre, y no él.

—De esto hará ya unas semanas pero sí que vino un tipo. Solía llegar a eso del mediodía, como a la hora de comer, y se iba al cabo de unas horas.

—¿Y cómo era el vehículo?

—No venía en coche, siempre iba andando. Me enteraba de cuando venía porque el perro se ponía a ladrar.

Jack siente un vahído. Andando. Kyle no tiene coche.

—¿Podría describírmelo?

Christine se encoge de hombros.

—No, en realidad no. No soy tan curiosa.

—¿Era un chaval? ¿Un alumno?

—No —dice, y Jack siente tal alivio que sería capaz de arrancar la mosquitera y abrazar a la mujer—. No lo creo. Al menos de espaldas parecía mayor. Estatura media, y todo medio, la verdad. Solía llevar sombrero…, bueno, más bien una gorra, como de caza. —En algún punto de la casa llora un bebé—. Si no le importa…

Jack asiente.

—Gracias —le dice con algo más de entusiasmo del que querría, y la mujer cierra de golpe la puerta y echa el cerrojo antes de que a Jack le dé tiempo a dar media vuelta.

Avanza por la calle, pasa por delante de la casa de Lon Ngu-

163

yen y va a llamar a la puerta de Wanda Needle. Tanto Lon como Dana mencionaron haberla visto en la calle la tarde que murió Celia. Pero no tiene la misma suerte: justo esa mañana Wanda ha empezado a trabajar, le informa la canguro adolescente a través de la puerta mosquitera. Le deja su tarjeta y le pide que le diga a Wanda que lo llame.

Para cuando vuelve hacia el coche, la lluvia casi ha amainado. El aire huele a limpio y a húmedo, con aroma a flores, como si alguien se hubiera echado demasiado perfume. El agua cae de las hojas y los tejados, formando charcos junto a los escalones de entrada y empapando los céspedes anegados; de la calle surge un vaho que envuelve toda Ashby Lane.

Orienta la llave hacia el coche justo cuando el conejo pasa brincando y se detiene al borde de la acera. Pero no es un conejo sino un gato, ve ahora que por fin se está quieto y la lluvia no emborrona sus rasgos; es pequeño. Se arrodilla y la criaturita sale corriendo hacia él y se le monta en el regazo, trepando con unas uñas diminutas. Hace ademán de acariciarle la cabeza moteada pero el gatito se encoge rápidamente y le muerde la mano.

—Vaya fiera estás hecho. ¿De dónde has salido?

Se imagina que es un gato callejero al que Celia daba de comer, entre ella y algún otro vecino. En los informes no se mencionaba ningún gato, solo el perro. Llevado por un impulso Jack coge al gato que le ha mordido y lo mete en el coche. Gira la llave en el contacto y al momento las ruedas traseras se agarran a la gravilla que hay a un lado de Ashby Lane; el gato presiona la nariz contra el cristal de la ventanilla trasera, con las patas delanteras en la parte acolchada de la puerta y las orejas alargadas apuntando al asiento delantero, donde un blues sale de la radio.

Vibra el móvil en el asiento y Jack alarga la mano para cogerlo. Rob.

—¿Qué pasa, Jack? ¿Sabes qué? Ha llamado el tipo ese, Peter, para informarnos sobre su mujer. —Se lo oye entrecortado.

—¿Ah, sí? ¿Y qué ha dicho?

—Que se ha largado. Solo quería que lo supieras…, que lo supiéramos…, por el caso y eso.

—¿Cuándo?

—Anoche.

—Pues la mujer ha hecho bien. A no ser que él la tenga enterrada en el jardín.

—El marido es abogado, ¿verdad?

—Sí. ¿Dana ha dejado una nota o algo?

—Sí, pero es rara, por lo que me ha contado. Es un poema. Según él no es propio de ella.

Por un segundo Jack siente un escalofrío, como una premonición inesperada, por la columna.

—¿Te la ha llevado? ¿El marido? ¿Ha llevado la nota a la comisaría?

—Qué va. Pero le dije que me la leyera. La tengo apuntada, si encuentro dónde la... Sí, aquí está. «¿Es el perfume de un vestido lo que me hace divagar así?»

—Qué raro. Oye, gracias por informarme. Voy ya de vuelta.

Sin embargo se toma un momento antes de arrancar, aunque ha dejado de llover y el sol asoma entre las nubes. «No es propio de ella», ha dicho el marido, y no puede evitar recordar lo rara que se comportó Dana en la oficina: divertida pero nerviosa como un flan. Tenía algo que le resultaba familiar pero es incapaz de decir por qué.

Ha oído a vecinos describir a sospechosos de asesinato en los mismos términos con los que Peter ha calificado a su esposa: «No era él», «estaba demasiado amable, y luego de pronto, se volvió una persona totalmente distinta». Ha oído testimonios como esos demasiadas veces para tomarse a la ligera lo dicho por el marido, por muy capullo que le parezca. ¿Estará intentando involucrarla, o será que Dana ha enloquecido? Y en tal caso, ¿dónde leches se habrá metido?

# Capítulo 22

*E*n su segunda mañana en el hotel Dana se encuentra a Ronald en el bullicio de la calle. Va vestido para ir al trabajo, aunque con un estilo desenfadado, con corbata pero sin chaqueta, y lo ve alejarse por la calle.

—¡Ronald! —Sale disparada tras él pero se le engancha el tacón en un respiradero de la acera.

—¡¿Dana?!

—Sí. ¡Qué casualidad! No paramos de encontrarnos.

—Sí, bueno. —Ronald detiene el paso—. Yo no sé si hablaría de casualidad.

—No, supongo que no.

—¿Qué te trae por aquí?

Parece confundido; se pasa la mano por el pelo en lo que podría ser un gesto sofisticado, de banda de rock, si no fuera por su mirada de cervatillo al que han sorprendido en medio de la carretera; lleva tanta gomina en el pelo que lo tiene tieso, de punta, como un muro pequeño.

—Estoy aquí alojada, en el Murray Hill Suites. Habitación 316. Estamos fumigando la casa.

—¿En serio? Yo también estoy aquí. —Ronald se trastabilla mientras camina a su lado—. No puedo ir a casa hasta que no terminen con todo lo que tienen que hacer. Pero por mí genial. Le dije al detective Ross que se tomara el tiempo que hiciera falta. No tengo ninguna gana de volver. En la vida. «Tómese todo el tiempo del mundo», le dije. «No quiero volver a ver esa casa»… Con la sangre de mi mujer por todo el suelo y el jarrón ese absurdo y caro hecho añic…

—Ajá. ¿Y qué es todo lo que tienen que hacer?

Ronald se encoge de hombros.

—Ni idea pero la cinta sigue puesta. —Dana lo mira inquisitiva—. La de la policía… el plástico ese amarillo que rodea los setos. ¡No me digas que no te has fijado! Con la de tiempo que hemos…, en fin, que yo, en realidad… A Celia no se le daba tan bien la jardinería, la verdad sea dicha… Tanto trabajo, tanto tiempo y energías… —Suspira—. Todo para nada.

—Desde luego. Tuvisteis un tiempo el cartel de Mejor Jardín…

—Un mes. Sí, en mayo.

—¿Quieres tomarte algo conmigo? —Dana se detiene en la terraza de una tetería—. ¿Un café?

Ronald consulta su reloj.

—Vale, uno rápido.

—¿Ibas a trabajar?

—Sí. Y doy gracias por tener el trabajo. Así no pienso en Celia.

Dana empuja la puerta, que hace sonar una campanilla. Entra contoneándose. Le duelen los pies por el tacón que se la ha torcido y que la hace cojear. Dentro hay demasiada luz; los haces vibran y se mueven en espiral a su alrededor.

—Muchos halógenos y pocas nueces.

—Hum. —Ronald parece no haberla oído. Repasa una pizarra que hay encima de la barra.

—En ocasiones veo pizarras —bromea Dana pero una vez más Ronald parece no oírla.

—Un café, por favor —le dice a nadie en concreto y entonces se vuelve para preguntarle a Dana—: ¿Dos cafés?

—Sí, gracias, pero el mío descafeinado.

—¿Lo ha apuntado? —le dice Ronald al aire, y Dana va hacia una mesita junto a la puerta.

La luz brillante del techo hace que los salvamanteles bailen y las cartas reluzcan. Al sentarse ve a un hombre tras la barra, agachado cogiendo pasteles y metiendo rosquillas y bollitos dulces en una bolsa, que le tiende luego a una mujer con una falda de tubo. Dana se siente mejor al comprobar que Ronald le ha pedido los cafés a un ser real. La silla se tambalea bajo su peso y en ese momento entra el portero del hotel.

¿O no es él? Todo el mundo le resulta familiar, de modo que se pregunta si le suenan del hotel y casualmente han ido todos a desayunar a esa tetería.

Mudarse al Murray Suites no ha resultado ser la panacea del sopor que había esperado; está claro que solo la relajaba la habitación de Ronald: su cama desmañada, los periódicos abiertos por las mesas, los afeites desperdigados por los muebles del baño. El entorno de Ronald, o eso creía. Ahora no está tan segura. Rebusca en el bolso, saca las gafas de sol y se las pone. La luz recula ligeramente y, aunque sigue agobiándola, no es tan brillante. Se atenúan los reflejos de los manteles.

—Ya estamos aquí —Ronald se sienta y deja los cafés en la mesa—. El descafeinado es este. Le han puesto una «D» en la…

—Gracias. Ten —le dice haciendo ademán de coger el bolso—. Te pago lo mío.

—Anda, no seas tonta. Me alegra tener compañía.

Dana asiente.

—¿Cómo lo llevas?

—Bien, supongo que bien. ¿Y tú?

Dana se encoge de hombros.

—Tú eres el que ha perdido a un cónyuge.

«Cónyuge», piensa, qué palabra más rara; se pregunta por qué la habrá usado y si también ella ha perdido a un cónyuge. Y si sus respectivos tenían un lío amoroso, o siendo realistas, sexual.

Ronald vuelve a entornar los ojos para leer bien la pizarra, como si se hubiera saltado algo.

—En cualquier caso la había perdido. Iba a dejarme. Supongo que no tenía la suficiente chispa para ella.

La mente de Dana se dispara en todas direcciones; se pregunta si Peter y la fulana jugarán a atarse; piensa en pedirle prestadas unas esposas al detective Moss y en atar a su marido a los barrotes de la cama. O tal vez al baño. Al baño y al móvil. Hace un gran esfuerzo por volver a la conversación; bajo sus codos relucen como Oz los manteles individuales.

—¿Cómo sabías que Celia iba a dejarte? —pregunta con más brusquedad de la que pretendía; en los últimos días las palabras se le escapan sin filtrar.

169

—Porque me lo dijo ella.

—¿Y eso?

—Había otro. Otro hombre.

—Entonces, ¿pensaba..., qué, largarse con él? —Tenía que ser Peter, piensa Dana. Tenía que ser él. Se le dispara el corazón—. Las mujeres se pasan el día diciendo que van a dejar a sus maridos pero eso no significa que lo hagan.

—Al parecer fue al banco. Me lo dijo el detective... ¿Ross? Por lo visto sacó un dinero de una cuenta que yo ni sabía que existía. No era una cantidad como para mudarse a California pero habría tenido por lo menos para dos meses de alquiler.

—¿Moss?

—Sí, eso mismo, el detective Moss.

—¿Y qué ha pasado con el dinero?

—A saber.

—¿Y cuándo te dijo que pensaba dejarte por otro?

Ronald clava los ojos en la taza del café, como leyendo los posos.

—Unos días antes de morir. ¿Dónde está Peter?

—Se ha quedado... Está en casa, en el jardín o algo. Está supervisando la..., hum..., la fumigación.

Dana apura el descafeinado y la habitación le da vueltas, en una espiral de color, luz y voces que zumban a su alrededor. Los ruidos de la cafetería son ensordecedores y Ronald, cuando levanta la vista, es idéntico al portero del hotel. Tiene la nariz roja e inflada como un globo: es Ronald McDonald.

—Si te soy sincera, me he ido de casa y no estamos fumigando nada. En realidad ahora mismo estará en el trabajo. Tuve que irme porque quería matarlo, por eso me fui. —Ronald se echa a reír y coge un muffin—. Te lo digo en serio.

—¿El qué? ¿Lo de matar a tu marido? —Ronald suelta un amago de risotada—. Por eso mismo tenemos las leyes sobre armas. Estaríamos todos muertos si tuviésemos armas a mano durante las subidas hormonales o...

—No, te digo que quería ver a Peter muerto. Tenía la sensación de que podía matarlo. ¿Alguna vez has sentido algo parecido, Ronald, que podías matar a alguien?

El otro deja de reír y se queda mirándola. Dana nota que la locura está trepándole por dentro para salirle por los ojos. «Por favor —piensa—, por favor por favor por favor», aunque ni siquiera sabe muy bien qué quiere.

Ronald carraspea y la sorprende con su respuesta.

—Sí.

—¿Y lo has hecho?

—¿El qué, matar a alguien?

—Sí.

Ronald se ríe y dice:

—Ostras, por un momento me lo he creído…

—Porque a veces creo que tal vez yo sí. —El otro la mira de hito en hito—. No sé, a veces las cosas pasan tan rápido…, todas esas luces y ruidos. —Oye su voz por todo alrededor pero al mismo tiempo se le antoja lejana, como si proviniera de un televisor o una radio encendida en otra parte. Un eco—. Es como si todo fuera tan increíblemente real que nada fuese real.

—Calla. Ronald parece asustado. Rebusca en la cartera y saca un par de billetes para la propina. Dana se pregunta si lo habrá juzgado mal y en realidad es inocente. Le tenderá la mano, le contará lo que sabe y lo tranquilizará—. Mira. —La cabeza le zumba y las luces del techo brillan con fuerza y calor—. Creo que ese «otro» de Celia podría ser Peter. Ella me enseñó una fotografía que le había hecho con una joven, con su secretaria. Se los veía acaramelados en un restaurante. Estaba en su móvil, en el de tu mujer.

—¿Ah, sí? —Ronald se queda mirando los dos billetes de la mesa, estudiándolos como si nunca hubiera visto dinero en papel en su vida.

—¿La viste?

—No que yo… No. No que yo recuerde.

—Dijiste que creías haber visto a Peter antes, ¿te acuerdas? En el *brunch*. Dijiste que creías haberlo…

—Ya, ya sé lo que dije. Pero seguramente fue en la calle; al fin y al cabo somos vecinos.

—Y luego el día que te vi en Lo Más Fresco…, no parabas de buscar a Peter con la mirada, para verlo. Por la fotografía, ¿verdad? En la mierda de…

—Pero ese día no estaba, no estaba contigo, me dijiste. ¿Cómo iba a estar buscándolo con la mirada si no estaba?

—¡Estabas hurgando en mi bolso! —Ha subido la voz entre el estrépito de las conversaciones de alrededor. Todo el mundo se calla o deja de beber o comer magdalenas para quedarse mirando a la mujer que ha chillado en la monotonía de un día laboral—. ¿Por qué? ¿Qué estabas buscando?

—Nada —contesta con voz muy calmada como si le hablara a un crío que quisiera cruzar la carretera en rojo—, ya te lo dije. Estaba cerrándote el bolso.

—Ya sé que me dijiste eso, Ronald, pero ¿qué estabas haciendo en realidad? ¿Qué buscabas? ¿Una fotografía de Peter? —Dana siente el martilleo del corazón y la cara colorada y encendida. Nota que la recorre una rabia repentina: por Ronald, por Peter y por Celia, por muy muerta que esté. Siente la locura plena, la falta de control—. ¿Una fotografía del amante de tu mujer muerta? ¡Pon un poco de tu parte, por Dios!

—No puedo, Dana, ¡cielo santo! Haz el favor de ir a que te vea un loquero.

—¡Solo quiero que me cuentes la verdad! ¿Estás diciéndome que está todo lo que tenía que estar?

—¿En el teléfono? —Dana asiente—. Claro, supongo que sí. A no ser que haya por ahí suelto un ladrón de fotografías borrosas. —Ronald consigue producir una risilla ahogada—. Mira, volveré a comprobarlo, te lo prometo. Lo miraré en cuanto llegue esta noche, y si la veo…, si veo algo, te llamo a la habitación. ¿Era la 316?

—Exacto.

Las luces parpadean y caen con toda su fuerza sobre ambos, derritiendo la mantequilla y el cerebro de Dana. La cortina de cachemira de la ventana vibra en su estampado. La gente vuelve a su comida y a sus conversaciones, aunque la voz de Dana permanece en el aire y su rabia zumba por la habitación como un enjambre de abejas. Se levanta como un resorte de la silla y sale disparada por la puerta.

172

# Capítulo 23

$\mathcal{V}$aga durante horas, perdida entre la muchedumbre, mirando escaparates, deambulando por el Macy's, concentrada en la respiración hasta que logra calmarse. Por la mañana volverá a esa casa que poco tiene ya de hogar, empañada por Celia y su muerte brutal, sangrienta y extrema, a la sensación omnipresente de que alguien la observa, incluso mientras hace cosas aburridas y mundanas —como lavar los platos o atravesar el salón—, con Peter en el centro de su cordura o su locura, con la duda sobre sus propias acciones atosigándola. Por lo menos Jamie está a salvo en la facultad, puro, despreocupado y valiosísimo para ella. Y tiene también a *Lunar*, una bocanada de aire fresco, con sus uñas diminutas, sus orejones y su energía infatigable.

Cuando el recibo del hotel se cayó a sus pies como un regalito arrugado, Dana pensó que se trataba de una señal. Se abrirían unas rendijas y saldría a la luz lo oculto. Conseguiría dormir en ese hotel soporífero del centro donde se sintió como en casa, donde se sintió viva. Pondría en orden sus pensamientos, encajaría todas las piezas del puzle de la muerte de Celia y descubriría que ella no tenía nada que ver.

Pero todo ha salido mal. Según Ronald, se ha inventado lo de la foto y probablemente también lo de la copa de sangría, su vecina en la cocina y saber lo que pasaba a su alrededor. Ahora solo le queda la confusión y una rabia que la quema por dentro de buenas a primeras y le hace decir cosas que no quiere y preguntarse qué clase de actos es capaz de cometer. O peor, que ya ha cometido…

Piensa en ir a la habitación de Ronald, en enseñarle la cicatriz de la muñeca y calmar las aguas; en hacerle ver que no pretendía gritarle en el desayuno ni montar una escenita. Contempla la idea de ir a darle pena, a comerle la moral y suplicarle, para explicarle la importancia de que le cuente la verdad sobre la foto. Pero al final nada; comprende que hay demasiadas personas implicadas en el montaje —y además sin relación entre sí— como para que haga tal cosa.

Vuelve al hotel y va directa al ascensor, cuidándose de rehuir la mirada del portero y de evitar al recepcionista y a la gente que se apiña en corrillos por el vestíbulo, temerosa de que vean su locura, o de que sea ella la que vea seres estrafalarios y ajenos que acechan tras esas miradas. Ya en el cuarto enciende el televisor y va al baño para lavarse la cara, sin mirarse en el espejo grande e iluminado de encima del lavabo. Ve un parpadeo en el móvil y escucha un mensaje de Ronald: «Lo siento, todavía no he encontrado la foto». Lo repite varias veces; hay algo que no le cuadra. Su instinto le dice que está mintiendo. ¿«Todavía»? O está o no está. Así y todo, últimamente las corazonadas le fallan en un porcentaje del cien por cien. Borra el mensaje y se deja caer sobre la colcha de guata satinada.

La cicatriz tiene sus años, un repujado blanco que le atraviesa las venas de la muñeca. No recuerda hacérsela, solo la ambulancia con las luces brillantes, la boca abierta, el sonido estridente y molesto como un grito; recuerda una tristeza inconmensurable y echar de menos con tal desesperación al poeta que no soportaba vivir sin él. ¿Seguirá vivo? A veces se lo pregunta, con frecuencia. Tendrá la misma edad que ella y se le habrá encanecido el pelo moreno. Suspira. El telediario empieza con su perorata habitual. En la pantalla aparece la cara de Celia en una fotografía antigua, que pronto desaparece eclipsada por las noticias de una adolescente desaparecida y un atraco a un coche que acabó en homicidio a las puertas de una parada de metro cercana.

Sale de debajo de las sábanas y se pone a ver el telediario. A pesar de quitarle el sonido oye las voces. Pasa la noche mirando la pantalla, viendo el ir y venir de las siluetas, las voces que entran y salen, como suspiros que viajan por un pasillo o fotografías desperdigadas en un cajón que se cierra... fuera de su alcance.

En cuanto sale el sol, se levanta de la cama y se ducha. El hotel ha perdido su encanto; no tiene sentido seguir dejándose el dinero en un sitio que creyó que la ayudaría a dormir pero que no ha cumplido su objetivo. Incluso ha olvidado la razón por la que fue. Por lo del teléfono, el enfado, el cabreo que se pilló con Peter, pero ahora es incapaz de saber por qué. Devuelve la tarjeta en la recepción y salda la cuenta, evitando el pelo desmañado, naranja y cada vez más largo del recepcionista. Clava los ojos en el suelo mientras el portero la ayuda a llevar las cosas e ignora a Ronald, al que ve en la calle a media manzana de ella. Una brisa flota entre el ladrillo y el hormigón y le revuelve el pelo mientras se pone a rebuscar en el bolso, jugueteando con la hebilla, para hacerse invisible entre el flujo de gente que camina por la acera.

Cuando levanta la cabeza tiene a Ronald a su lado.

—Eh, ¿qué pasa?, ¿te vas?

—Sí.

—Qué pena. Te dejé un mensaje en el contestador de...

—Sí, ya lo vi.

Ronald mira la hora.

—Perdona por el atraco de ayer.

El otro levanta las manos y dice:

—Tranquila, tampoco tienes mucho que robar. Ya me lo han sacado todo en el Murray Suites.

Dana esboza una sonrisa forzada.

—En serio, siento lo de ayer. Perdí los nervios.

—No pasa nada. Pero ¿qué ocurre?

Sigue con los brazos levantados como si se hubiera olvidado de ellos; le recuerda al ahorcado de las cartas del tarot.

Dana se encoge de hombros y responde:

—Es que estoy..., ¿cómo decirlo?, sufriendo una crisis nerviosa.

Se da media vuelta, se aleja y le da una propina al aparcacoches, que la acompaña hasta el suyo.

El Toyota jadea sobre el asfalto. Después de dejar la bolsa en el asiento trasero, ve a Ronald, que sigue a su lado, mirán-

175

dola, con la boca medio abierta, como si quisiera decir algo que no le sale, los brazos otra vez en los costados. Se pone el cinturón y el sol rebota en el san Cristóbal cuando da marcha atrás con el coche. Ronald le da unos golpecitos en la ventanilla. Dana pisa el freno.

—¿Qué? ¡Por Dios ya! —Abre la ventanilla y entra el calor; el aire acondicionado resuella.

—¿Por qué dices que estás sufriendo una crisis nerviosa? ¿Tan unidas estabais Celia y tú…? No tenía ni idea de que fueseis tan íntimas.

Ronald mete la cabeza por la ventanilla.

—Y no lo éramos. Es solo que se me está yendo la cabeza. De entrada me he montado toda una película en torno a una fotografía que nunca ha existido.

Da la impresión de que Ronald quiere decirle algo. De hecho empieza con un «Mira» pero se calla.

—¿Qué?

—Nada.

Se aparta del coche, que empieza a acumular una cola larga de conductores irascibles.

Dana pone bien el retrovisor, que se ha desajustado cuando su vecino se ha acercado con tanto ímpetu. Alguien pita en un coche; Ronald vuelve a la acera y le dice:

—Recuerda… a veces las cosas no son lo que parecen.

«A mí me lo vas a decir», piensa Dana. En el salpicadero san Cristóbal le sonríe y sacude la cabeza.

—Gracias —responde en cambio—. He sacado las cosas de quicio. Suelo hacerlo cuando estoy estresada. Nos vemos por el barrio.

Aprieta los dientes, se persigna rápidamente y penetra en el tráfico y el concierto de bocinas. Ronald se hace cada vez más pequeño en el retrovisor, una forma diminuta, desconcertante y centelleante, hasta desaparecer del todo.

Atraviesa el puente, surca la autovía con los dientes apretados y, cuando casi ha llegado a la calle, le da varias vueltas a la manzana antes de entrar por fin en Ashby Lane y detenerse en el camino de entrada de la casa.

A su alrededor los sonidos son ensordecedores: los restallidos de los truenos en la distancia, el aullido del perro de un vecino, el chirrido de una puerta al otro lado de la calle. Dentro del coche el aire viciado se mueve en la quietud; vibra, moviéndose en grandes círculos luminosos a su alrededor. Recurre a san Cristóbal, que se limita a guiñarle un ojo y señalarle una libreta en el asiento del copiloto. Dana la coge y le quita el capuchón a un bolígrafo que hay enganchado en la espiral. Registra los acontecimientos más recientes. Repasa la lista de cosas que sabe y que no sabe, los pensamientos que ha copiado de las servilletas y de los recibos y a los que ha añadido sus miedos más recientes y sus noches de insomnio. Por el rabillo del ojo atisba un pájaro con grandes alas negras y unas garras que se curvan por el borde de un edificio, por un tejado. Se inclina en pos del viento, hacia el cielo, clavando bien las patas y agarrándose al filo.

Tamborilea con el bolígrafo sobre la segunda página escrita, con una letra menuda y extraña, muy distinta de la suya habitual, que suele ser más cuidada. Se pasa las manos por el pelo y se lo recoge en un moño apretado en la nuca mientras un trueno retumba con una cacofonía ensordecedora. Piensa en Jamie con tres años, cuando cogía las ollas de los armarios de la cocina, les daba la vuelta, las golpeaba con los mangos de las cucharas de palo y usaba los cazos más pequeños a modo de címbalos. Y el dolor de cabeza que le daba todo ese jaleo, que sin embargo la hacía sonreír. Y luego Peter entraba por la puerta de la casa, de vuelta del trabajo, y gritaba: «¿Podéis dejar de hacer tanto ruido? ¡Me da jaqueca!», como si ella también estuviera en el suelo de la cocina blandiendo cucharas de madera y fuera una cría.

«Huye —escribe—. Huye huye huye», pero ¿adónde van los asesinos? Tiene dinero ahorrado, algo de la herencia de su madre, lo suficiente para vivir unos meses. ¿Y luego? ¿Y si le endilgan la muerte de Celia a algún pobre inocente —al chico de los periódicos o al señor Nguyen— mientras ella come cruasanes en la Rive Gauche del Sena? La maravilla la ironía. Si hubiera matado a Celia por una fotografía y por los celos de esta por la fulana —y, por tanto, hubiese admitido tácitamente que ella misma era una amante abandonada—, entonces ¿no tendría que existir la foto? ¿No debería haber un rastro de llamadas entre Celia y Peter? ¿A qué inventarse lo de la foto, lo

177

que le dijo Celia entre copa y copa, la prueba que encontró en el teléfono de Peter mientras este roncaba en el dormitorio? ¿Por qué, a no ser que tuviera un motivo más siniestro?

—Pero ¿cuál? ¿Odiar su sillón, más incómodo que una piedra? —Mira de reojo a san Cristóbal—. ¿Por su mierda de zapatos? —El santo sacude la cabeza con tanta vehemencia que hace temblar el retrovisor—. No —masculla entre dientes, y apenas oye la palabra que forman sus pequeños labios de metal—. ¡No!

Cuando empieza a llover, en una sucesión de tintineos contra el parabrisas, coge la bolsa de viaje del asiento trasero, se cuelga el bolso del hombro, saca las llaves y corre hasta la puerta.

Una vez dentro deja la libreta y el bolígrafo en la mesita de la entrada. La estancia está sin luz ni aire. La ahoga. Al volverse para encender la lamparita ve el pájaro que ha dibujado en el márgen de la página y se fija en las palabras que ha garabateado en el papel: «Huye huye huye». La caligrafía es menuda y apenas legible. Piensa en sacar las notas que ha escondido en un sobre cerrado por dentro del forro del bolso. Comparará la letra, se dice, pero entonces se detiene: algo no va bien. Dana se queda junto al umbral y siente como si una mano helada le recorriera la columna. Nota la ausencia de algo y siente entonces que se desatan los pocos lazos que la unen a la vida, ese caos y esa confusión que tan bien conoce y que hasta el momento a duras penas ha logrado mantener a raya.

—¡*Lunar*!

Recorre la casa entera; en el baño la caja del gato está vacía, y se agacha y rebusca por debajo de todo, de sofás y camas. Llevada por el pánico, mira en la nevera y en la secadora del sótano.

—¡*Lunar*! —Abre la puerta trasera, escruta el jardín y se apresura a salir—. ¡*Lunar*! —vuelve a llamar mientras corre hacia la calle y atraviesa luego los jardines de todos los vecinos. Está lloviendo a mares pero Dana sigue corriendo y mirando, llamando al gato, con lo que le queda de cordura deshilachándose conforme grita cada vez con más fuerza, una sirena triste y apagada entre los truenos y la lluvia—. ¡¡*Lunar*!!

# Capítulo 24

*J*ack Moss no puede estarse quieto en su mesa. Ann le diría que son los espíritus, que están diciéndole que vuelva a la residencia de los Steinhauser, que algo no encaja y que el universo está guiándolo de vuelta a la casa para poner orden. Pero él no es Ann y, aunque siempre ha envidiado su capacidad para abrir posibilidades, no la comparte. Pese a todo siente un impulso por volver a casa de Celia. Es la desaparición de Dana, justo ahora. Y luego lo de Kyle; lo de su hijo está ahí siempre, reconcomiéndole en el fondo del cerebro, despertándolo a las tantas de la noche, cuando se levanta de un respingo y se recuesta en el cabecero raído, con sudor en la frente y la certeza de que Kyle le mintió en el bar. Y volverá, en cuanto acabe su segundo round con Ronald Steinhauser.

Lo oye entrar por la puerta, así como el nerviosismo atiplado de su voz cuando saluda al agente del mostrador y el estampido de sus pasos por el pasillo. Jack gira la silla, se levanta, se encuentra con Ronald a medio camino de la puerta y lo lleva a la sala de interrogatorios.

A veces Jack piensa que es hora de dejarlo ahora que aún le quedan unos años buenos por delante. Podría viajar, ir a visitar a esos primos que no ve desde que era pequeño, y que deben de estar en Kansas o Nebraska, cree, en un estado de esos de los tornados. Tendría tiempo para su hijo, para Margie incluso, e intentaría ayudarla a levantar cabeza. La familia de su infancia ya no existe: es hijo único, su madre murió hace unos años de cáncer de ovario y su padre la siguió de cerca. Pero no lo dejará; lleva el trabajo en la sangre, forma parte de él, igual que la piel o los codos.

—Bueno —dice mientras Ronald se muerde el labio inferior y tamborilea con sus dedos gruesos sobre la mesa que los separa—. He comprobado tu coartada, lo de la mujer del móvil y el accidente en la Parkway, ¿no es eso, Ronald?

—Ajá. Sí. Lo de que estuviera chateando por el móvil no puedo jurarlo. Me lo contaron. Pero eso, que no podría jurarlo porque…, en fin, verlo, no lo vi con mis…

—Vale. De todas formas hay algo raro. —Jack hojea un montón de folios.

Ronald detiene el tamborileo.

—¿El qué?

—Resulta que ese día no hubo ningún accidente en la Parkway. Al menos nada serio, aparte de un par de colisiones de poca monta. —Ronald ríe entre dientes, mira a Jack y aparta la vista—. ¿Por qué me mentiste?

—Yo no hablaría de mentir exactamente. Si acaso me habré equivocado, pero desde luego no tenía intención de…

—Pero lo hiciste.

—Puedo explicarlo —Tiene la cara de un extraño tono anaranjado.

—Soy todo oídos.

—Yo… —Ronald se detiene—. ¿Necesito un abogado?

—¿Quieres uno?

Ronald estudia sus manos carnosas sobre la mesa. Vacila por un momento.

—Estaba liada con alguien —dice y, para darle crédito, mira a Jack a la cara al decirlo—. Tenía un amante.

—¿Cómo lo sabes?

—Me lo dijo ella. «Te dejo», me soltó de buenas a primeras. Me pilló completamente por sorpresa. «Estoy enamorada de otro.» Aunque luego intentó reparar el daño. A la noche siguiente, más sobria que una monja y retorciéndose las manos, siguiéndome por toda la casa como un cachorrillo, me dijo: «Me equivoqué. De verdad. Había bebido demasiado y me gustaría… Ojalá pudiera retirar lo que dije». Pero no se puede. No se puede retirar algo así…, de esa magnitud. Es imposible.

Jack no está seguro de qué habría hecho de estar en la piel de Ronald, si su mujer le hubiese dicho algo así. En su momento creyó que Margie lo engañaba pero miró a otro lado. Por el bien de todos, pensó por entonces. Pero si se lo hubiera soltado así, si le hubiese metido esa puñalada trapera...

—No, no se puede.

—Así que esa noche..., cuando la mataron..., fui a la escuela donde trabajaba. Estaba convencido de que era del centro o alguien con quien se veía antes o después de las clases. Llevaba un tiempo llegando tarde a casa.

—Entonces, ¿qué creías?, ¿que estaba liada con un alumno?

A Jack se le acelera el corazón en el pecho como un caballo de carreras. «¿Kyle?» Ronald se encoge de hombros.

—No lo sé. Ese día me fui a la escuela directamente desde el trabajo. Sabía que tenía clase esa noche. Pensé en ir y quedarme esperando para ver si llegaba o se iba con alguien, o si se lo montaban en el coche... Y allá que fui. Aparqué en un hueco que había en un lateral, apartado de la vista pero lo suficientemente cerca para ver qué pasaba... —Ronald empieza de nuevo con el tamborileo—. Pero no apareció. Esperé y esperé pero siguió sin aparecer.

181

—¿Así que...?

—Me fui a casa. Me fui a casa y casi me tropiezo con el cuerpo en la entrada.

—¿Por qué me mentiste?

—¿Porque no quería mancillar su recuerdo? Estaba muerta. ¿Por qué mencionar su infideli...? ¿Para qué hacerle pasar un mal trago a los chicos? —Jack tamborilea a su vez la mesa con el bolígrafo y mira sus notas—. Y además tenía la sensación de que era culpa mía.

—¿Y eso?

—Si hubiera vuelto directamente a casa ese día en lugar de andar haciendo el espía, Celia seguiría viva.

Jack arquea las cejas.

—¿Quieres decirme algo más?

—No, nada.

—¿Mataste a tu mujer, Ronald?

—No, no maté a mi mujer.

—Comprenderás que esto que me has contado es un buen móvil.

—Yo no la maté. La quería.

—Vale, te creo. ¿Podría corroborar alguien tu historia?, ¿que estuviste en la escuela? ¿Alguien que te viera?

—No, la cosa era esa, que no me viera nadie en...

—¿Te paraste en algún otro sitio?

Ronald se incorpora en la silla.

—Sí, me paré a repostar en la gasolinera Amoco que hay cerca de la escuela.

—¿Y tienes el recibo?

—Sí, siempre los guardo.

—Tráemelo. Si quieres me lo puedes mandar por fax. El número está en mi tarjeta.

Se levanta y Ronald lo imita a duras penas, arrastrando los pies hasta la puerta cerrada.

—Adiós —dice con voz ronca, en un susurro apenas audible, y se va por el pasillo.

—Ah, Ronald —lo llama Jack—. Mantente localizable.

Va a la casa de Celia, como una polilla atraída por la tenue luz de Ashby Lane. La explicación de Ronald a su coartada falsa no solo lo pone en cuestión; también arroja una sombra bastante significativa sobre Kyle. Si ya lo del kleenex de la guantera era mal asunto, todo apunta cada vez más a que era el amante de Celia. Pero también estaba Peter, esperándola allí aquella noche en la puerta de la clase.

Enciende la radio y piensa en un caso en el que trabajó hace mucho tiempo, el mismo año en que se popularizó la canción que están poniendo, *Crazy*, posiblemente la razón por la que ha recordado el caso. Rob y él solían mirarse y asentir con la cabeza cada vez que ponían la canción en la radio porque el caso era eso, *crazy*, una locura. Un asesinato donde nada encajaba hasta que apareció un botón en la moldura de debajo de una ventana trasera que los llevó directamente al asesino. El punto fuerte de Jack es encontrar agujas en pajares; si en casa de Celia hay algo que pueda decirle qué le pasó, lo encontrará.

Ve el primer cartel a unas manzanas del barrio. «Se ha perdido un gatito», lee en letras naranja fluorescentes, y debajo aparece una fotografía borrosa del gato callejero que recogió del jardín de los Steinhauser y que lleva un par de días en su casa. «*Lunar*», pone en el cartel y ve que la dirección es la de los Catrell.

Una vez dentro de la casa cierra la puerta y se detiene un momento en la entrada. Más allá del desorden propio de una escena del crimen —los muebles que movieron para hacer sitio a los de urgencias, las pisadas de sangre cerca de la puerta—, la casa está bastante ordenada, un aspecto en el que ya reparó la primera noche. Sonríe; no esperaría menos de una casa donde viviese ese hombre... Ronald, a quien en el hospital parecía que le iba a dar una apoplejía por tener que darle la mano. Por la forma en que tenía organizadas las fotos del teléfono, Celia también parecía ser bastante ordenada.

Escruta el salón y luego va a la cocina, donde el lavavajillas sigue abierto, mostrando filas de platos de cerámica de colores bien enjuagados, igual que los que tiene él en su casa: los platos coloridos, los cuencos y las tazas brillantes que tanto le costó comprar a Ann. Se pregunta si los querrá para su casa nueva —para su vida nueva—, o si en cambio querrá empezar de cero, comprar otros nuevos: unos blancos, discretos y caros de Nordstrom's o de Neiman Marcus. No le importa. A él le vale con los de papel, con la comida del McDonald's envuelta en papel de aluminio, envases de poliestireno llenos de comida china... Como le decía su mujer, de todas formas nunca está en casa.

Repasa el baño y el resto de dormitorios, que imagina que son de los niños. Las estanterías están llenas de libros, con trofeos en lo alto, mientras que las paredes están recubiertas de pósteres de figuras del deporte, algunos autografiados.

Se detiene en la puerta del cuarto de Celia —y de Ronald—, aunque por la colcha arrugada de una de las camas de los niños deduce que los Steinhauser dormían separados. Mira a su alrededor pero no hay nada que le llame la atención. Esperará los resultados de las huellas que encontraron el otro día; contendrá la respiración y cruzará los dedos para que no sean de Kyle.

Vuelve al salón. Se arrodilla y lo mira desde una visión de enano. Se levanta y escruta de nuevo la habitación antes de salir al jardín. Avanza a pasos cortos, comprobando puertas y ventanas, aunque al parecer no había ninguna forzada. El césped del jardín delantero llega ya por la rodilla; está más verde y frondoso en el patio lateral, donde un único árbol da sombra.

Ve un destello en el sol. Algo pequeño, brillante y verde. Jack se agacha y coge un pequeño elefante de cristal, un colgante. Se arrodilla de nuevo, con el elefantito entre el pulgar y el índice y le da la vuelta. Algo hace clic en su cerebro, una imagen, un recuerdo de un día lejano de septiembre: Margie, los chicos y él paseando por una feria a las afueras de Paterson, con el sol poniéndose, el crujido de las hojas otoñales, los charlatanes de feria gritando «prueben suerte», «pasen y vean», y señalando con las manos las filas de juguetes de plástico, ositos, muñecas, caras pintadas, globos clavados en paneles de papel, dardos y pistolas de plástico con balas de plástico. El pelo de Kyle, rubio y fino, con mechones dorados, cogido de la mano de Jack, que lo dirigía por los callejones de tierra entre casetas, sorteando la muchedumbre; el feriante sin dientes que le gritó: «¡Dele a la diana y gane un premio para el crío!»; la voz y los ojos suplicantes de Kyle: «¡Yo lo quiero, papá!», apuntando con el dedito a la pared, al objeto más pequeño, tanto que Jack tuvo que preguntarle dos veces: «¿Cuál? ¿Aquel?». La mente le devuelve a ese día, esa caseta de feria, el dedito señalando, el premio que ganó para Kyle con tres dardos, el elefante verde, con la trompa hacia arriba, para darle suerte; recuerda lo mucho que le gustaban a Kyle los elefantes, y en especial ese colgante verde de cristal que tiene en la mano en esos instantes.

Aspira el aire del jardín donde sabe ahora que estuvo su hijo, con su talismán, en un día bañado en sangre, teñido de asesinato. Se guarda el elefante en el bolsillo y va al coche sin volver la vista atrás. Arranca el Crown Victoria y fija la vista en el parabrisas, en la carretera; no mira el jardín donde Dana está abriendo el buzón. No se fija en sus largas piernas, los pies descalzos, el brazo esmirriado con la triste línea que le recorre la muñeca. Se dice que tiene que concentrarse en

184

seguir adelante y volver a la comisaría para los dos interrogatorios que tiene concertados con los vecinos de Celia. Lo de Kyle le parte el alma, le quita el sueño y la vida entera, desde que averiguó que las huellas de su hijo estaban en el coche de la mujer, desde que supo que estaba involucrado de algún modo en el asesinato, y ahora el colgante, la prueba de que su hijo estuvo en la casa de Celia.

—Kyle, Kyle, Kyle —murmura—. ¿Qué coño has hecho?

185

# Capítulo 25

Cuando regresa a la oficina encuentra el informe con las huellas digitales encima de la mesa. Puntualmente... Le echa un vistazo, va al lavabo de hombres a echarse agua fría en la cara y se dirige al vestíbulo para encontrarse con la vecina.

Wanda Needles es inglesa. Jack lo sabe antes de que abra la boca, por su forma de conducirse, tal vez, por ese traje pantalón tan sobrio y correcto y por su expresión estoica. Aunque quizá sea por el nombre. Lo sigue por el pasillo que va a la sala de interrogatorios y se sienta en una silla de respaldo recto.

—Gracias por venir, señora Needles. Se lo agradezco.

—De nada. —Le sonríe fugazmente—. Me alegra poder ser de ayuda.

—Su vecina, Celia Steinhauser. ¿Qué puede contarme sobre el día que fue asesinada?

Wanda se echa ligeramente hacia atrás en el asiento.

—No mucho, me temo. Estuve fuera casi toda la tarde. Gran parte del día, en realidad.

—¿La vio en algún momento?

—No, lo siento pero no.

—¿Y qué me dice de Ronald? ¿Vio al marido ese día?

—No, pero como le digo no estuve en casi todo el día. Vi..., claro, eso sí, la ambulancia que se la llevó al hospital. Ahí sí que vi a Ronald corriendo detrás de los sanitarios.

—¿Vio a alguien en su calle ese día? ¿Alguien o algo fuera de lo normal?

—No. He estado intentando hacer memoria pero no he

recordado nada. La única vecina a la que vi fue a Dana. Ah, y al señor Nguyen, que estaba en su jardín lavando el coche.

—¿Y dónde estaba Dana?

—Al otro lado de la calle. Ella iba camino de su coche y nos saludamos, y luego siguió a lo suyo, cogiendo el bolso del asiento delantero.

—Entiendo.

—Sí, y después salió corriendo para ver por qué estaba allí la ambulancia. Ella y Celia eran…

—¿El qué?

—Bueno, iba a decir amigas pero tampoco lo tengo tan claro por algunas cosas que ha dicho Dana. Hacían algunas cosas juntas, iban de compras a los rastros cuando Dana estaba… —Se detiene.

—¿Cuando estaba cómo?

Jack levanta la vista para mirarla a la cara, a unos ojos insólitos, casi violetas.

—Bien, iba a decir bien. Dana puede ser muy enérgica cuando está bien.

188

—¿Y cuando no?

—Pues… —dice Wanda, que juguetea con el pelo, enroscándoselo en un dedo. Un cabello pálido, si se pudiera calificar así el pelo, como el trigo o la hierba reseca—, es un poco temperamental. Pero ¿quién no?

—¿En qué sentido?

—No sé, por su desasosiego.

—Y ese… desasosiego… ¿cómo se manifiesta, señora Needles?

Wanda se acerca más al borde de la silla.

—No sé, la verdad. Anda mucho, da vueltas por la calle o coge el coche. A veces la oigo arrancarlo y me despierta.

—¿Por la noche?

—Sí. De madrugada, pero en fin, con ese marido que tiene…

—¿No le cae muy bien?

—No. Es un tunante.

—¿Lo ha visto alguna vez en casa de los Steinhauser?

Wanda carraspea.

—Todos éramos vecinos.

—Claro, pero ¿vio o no vio al señor Catrell en la casa de los Steinhauser?

—Bueno, podría decir que lo he visto salir una o dos veces, pero no pondría la mano en el fuego.

—¿Durante el día?

—Sí —contesta en voz muy baja.

—¿Le dijo a su mujer que lo había visto allí? ¿Dana lo sabía?

Wanda se encoge de hombros.

—Yo nunca le he dicho nada. No, no tengo ni idea de si estaba al tanto o no.

—Ya casi hemos acabado. Solo un par de preguntas más.

—Dígame.

Empieza a recoger sus cosas. Tiene una carrera pequeña en las medias, por el tobillo. Jack se pregunta si le subirá por la pierna o la descubrirá a tiempo. «Voy a ponerle un poco de pintauñas y estoy lista para salir», diría Ann.

—¿Ha visto últimamente algo fuera de lo normal en el barrio?

—Sí, vi a alguien con una... sudadera con capucha... como acechando. Me fijé porque no es tiempo para ir con sudadera.

—¿Dónde?

—Cerca de casa de Dana. Una o dos veces.

—¿Y de cuándo me habla?

—De hace poco. Durante esta última semana. Llamé para avisar. En circunstancias normales no les habría molestado pero con el asesinato y todo...

Jack levanta la mirada.

—¿Enviaron a alguien a su casa?

—No, en realidad no. Me imagino que no le dieron más importancia, que pensaron que no era más que un macarra paseándose por el barrio. No es tan poco corriente en estos tiempos que corren, ¿no le parece? De todas formas también está el señor Nguyen. Vigila el vecindario llueva o haga sol, vestido de cualquier guisa, de modo que podría haber sido el propio Nguyen o uno de sus subalternos.

—Aun así ahora mismo, solo con que alguien estornudara en su calle, ya tendría que investigarse. Se le habrá pa-

189

sado a algún agente. Lo siento, señora Needles. —Jack se levanta y le tiende la mano. La mujer se la estrecha breve y torpemente—. Gracias por venir. ¿Tiene mi tarjeta por si recuerda algo más?

—Sí —responde y se pone el maletín y el bolso bajo el mismo brazo.

Van juntos hasta la entrada, donde Peter Catrell pasea de un lado a otro, como en una jaula; pisotea el linóleo barato con sus zapatos rechinantes. Mira el reloj y se les acera. Parece molesto.

—Madre mía —exclama Wanda, que acto seguido se despide de Jack con un gesto rápido, ignorando a Peter.

Este se queda paralizado en medio del linóleo y empieza a abrir la boca al ver a su vecina, que se escabulle por las puertas y se encamina al aparcamiento sin volver la mirada.

Aunque el laboratorio no le hubiera devuelto las huellas, la reacción de Peter al ver a su vecina da indicios de una conducta cuando menos cuestionable por su parte —se le ve agitado ante la posibilidad de que Wanda supiera que estaba liado con Celia—, y a Jack le alegra haber ajustado las citas para que los interrogatorios se solaparan. Observa cómo sigue con la mirada a Wanda hasta que esta se pierde por la selva de coches del párking.

—Buenas. Siento haberle hecho esperar, Catrell. ¿Ha sabido algo de su mujer?

—Sí.

Peter cambia el peso de pierna; parece inquieto... los nervios del mentiroso, se dice Jack.

—¿Está bien?

—Sí. Verá, Moss, tengo una cita y ando algo corto de tiempo.

—Pues vamos entonces. Es aquí a la izquierda.

Peter asiente y suspira hondo mientras sigue a Jack por el pasillo hasta la sala de interrogatorios, donde el perfume de Wanda sigue en el aire.

—¿Le importa si le tuteo?

—Nada de eso. —Peter mira de nuevo el reloj.

—Iré al grano. —Jack saca una carpeta amarilla y despliega el contenido sobre la mesa, entre ambos—. ¿Qué relación tenías con Celia Steinhauser?

—Creo que ya hemos hablado de eso. Se lo dije, que yo no la conocía de nada. Era mi mujer la que tenía relación con ella.

—Vale, eso es lo que dijiste pero, para ir más rápido…, porque has dicho que tienes prisa, ¿no?

—Sí.

—Pues dejémonos de mierdas, ¿vale?

—Pero…

—Tus huellas estaban hasta en el último centímetro de su dormitorio, sobre todo en la cama.

Al menos por ahí le han dado una tregua: según el informe Kyle nunca estuvo en el cuarto de la mujer.

Peter sonríe de soslayo.

—¿Qué quiere que le diga?

—No lo sé, Peter. ¿Que la mataste?

—No.

—¿Tal vez Celia Steinhauser se puso en tu camino? ¿Entorpeció tu modo de vida? ¿Amenazó con contárselo a tu mujer?

—No.

—¿O fue quizá porque estaba metiéndose en tu nueva… relación?

—No tengo ni idea de qué habla. A ver, para que nos aclaremos: ¿a qué he venido, a que me acuse de acostarme con mi vecina?

—Nada de eso. Has venido para que te pregunte si la mataste.

—Y ya le he dicho que no.

—Vale, pero también dijiste que no la conocías. —Peter se encoge de hombros—. Como diría la señora Needles, algo huele a podrido en…

—¿Ha terminado?

—No. ¿Sabía tu mujer que tenías una aventura con la fallecida?

—¡Y yo qué sé lo que mi mujer sabe o deja de saber!

—Aunque era más bien un secreto a voces…

191

—Yo no… Mire, Moss, no sé que le habrá dicho la tal Wanda pero…

—Vale. Ahora sí hemos terminado. Gracias por venir.

—¿Ya está?

—Sí. No te vayas muy lejos, Catrell. Y estate atento al móvil.


A mediodía Jack pasa por su casa a por el gatito e intenta no pensar en lo silenciosa que se quedará sin el animal subiéndosele por las piernas o lanzándose a la nevera para darse de bruces con su decepcionante contenido. Pero no le queda otra. Coge el gato y lo pone en alto para que *Molly* lo vea y no se vuelva loca buscándolo cuando se vaya. «*Lunar*», piensa. Adorable.

Aparca en la entrada de la casa de Dana y apaga el motor. Se pasa la mano por el pelo y por la barba de dos días, como preocupado por su aspecto. Aunque es evidente que la mujer tiene algo que no va bien, cierto atolondramiento, le resulta interesante; además es guapa, aunque con una belleza poco convencional. Y por extraño que parezca, es abierta, salvo… con el caso.

Coge el gato e ignora el forcejeo y los arañazos hasta que llegan a la puerta. Lo deja en el suelo y llama al timbre. Dentro de la casa cae algo y se rompe; oye un cristal haciéndose añicos contra el suelo. Cambia el peso de pie y las orejas de *Lunar* se inclinan hacia delante como las de un perro.

—¡*Lunar*! —Dana ha llegado con una escoba de esparto en la mano; la puerta chirría y vacila en unos goznes pegajosos e inflados—. ¡Qué fuerte! ¡*Lunar*! —El gato se cuela en la casa y Moss se queda a solas en el porche mientras la puerta mosquitera vuelve a su sitio y Dana se agacha para coger al gatito—. ¿Dónde te habías metido? —Aprieta la nariz contra el cuello del animal; *Lunar* se aparta y sale corriendo hacia la cocina donde el optimismo ha hecho que lo espere su cuenco sobre un mantelito de plástico—. ¡Ah! —Dana se vuelve hacia el porche—. ¡Ay, detective Moss, lo siento mucho! Por favor, pase. Siéntese. Justo estaba haciendo café.

Abre la puerta mosquitera y Jack se limpia las botas embarradas en el felpudo: «Peligro. Gato salvaje». Restriega los tacones por los bordes, con cuidado de no manchar las letras y el dibujo de un gato enorme y amenazador en el centro; el felpudo es tan nuevo que huele a plástico.

—¿*Lunar*? —le pregunta señalando el felpudo y Dana sonríe.

—Claro. ¿Cómo quiere el café?

—Solo. —Se sienta en el sofá frente a una gran cristalera. La disposición es idéntica a la de los Steinhauser, y por un segundo teme que Kyle lo parta en dos, lo ahogue incluso. Mira por el cristal—. Parece que va a volver a llover.

—Sí —responde Dana desde la cocina—. Está siempre igual. Un verano revuelto... Me pregunto si el tiempo..., si también este invierno nevará mucho. —Abre un armario y echa comida de gato en un cuenco—. No le dejamos salir —dice entrando en el salón. Deja las dos tazas sobre la mesa de centro con dos servilletas y un plato de *scones*—. Wanda —le explica señalándole los dulces—. Me los trajo mi vecina inglesa. —Vuelve a mirar hacia la cocina, como si el gato fuera a desaparecer otra vez—. No tengo ni idea de cómo salió.

—A lo mejor fue su marido mientras usted no estaba...

—¿Cómo sabe que no...?

—Él nos comunicó su desaparición.

Jack no está seguro de si ella lo sabe, de si su marido se lo habrá contado; de ser así, tendría que ser consciente de que Jack lo sabe.

—¿Y por qué hizo eso? —Dana se sienta en el otro extremo del sofá.

—Estaría preocupado. Tampoco es tan raro —dice Jack aunque no es cierto.

—Le dejé una nota.

—¿Ah, sí? —Decide dejarlo estar, no meter más el dedo en la llaga—. ¿Le preguntó a su marido por el gato?

—Todavía no lo he visto. No ha venido a casa desde que me..., desde que volví de Nueva York. Pero tal vez sea mejor así, que no esté, que no aparezca. A lo mejor está... —Se tira hacia arriba del top sin mangas y se lo sube—. Supongo que estará durmiendo en el centro..., en la oficina. A veces lo hace; hay temporadas en que tiene tanto trabajo, en que está

193

tan desbordado, que no tiene más remedio que... —Mira de reojo hacia la cocina, donde *Lunar* está enfrascado en su cuenco azul y su mantelito de plástico. Se vuelve entonces y lo mira—. A Peter no le gusta mucho *Lunar*. El otro día me dijo que era el gato más feo que había visto en su vida. «Puede que no sea ni un gato. Quizá sea una rata grande o una especie de híbrido de un experimento fallido.»

Jack se convence de que fue el marido quien lo dejó escapar, con la misma certeza que sabe cómo se llama y que su hijo estuvo en la casa de Celia. Lo dejó escapar en cuanto Dana salió por la puerta, segurísimo. Después del interrogatorio de esa mañana no piensa dejarle pasar ni una a ese hombre. Se levanta y se despide de *Lunar*, que sigue en la cocina.

—Adiós, amigo.

—Bueno, no sé cómo darle las gracias. —Dana lo mira a los ojos y ve de nuevo ese algo familiar en su mirada—. ¿Vio mis carteles?

Jack asiente.

—Me lo encontré el otro día en el jardín de los Steinhauser y pensé que era un gato callejero. Lo he tenido en mi casa mientras usted...

—No estaba —dice Dana—. Me equivoqué con lo de la foto. En realidad nunca existió.

Jack vuelve a sentarse.

—¿Y entonces por qué me dijo que sí?

Se encoge de hombros. Los brazos parecen palillos. La camiseta sin mangas que lleva le baila y le queda grande por las axilas.

—Me equivoqué. Lo he averiguado. Volví a mirarlo..., el teléfono de Celia..., y no estaba.

—A lo mejor alguien la borró.

—No. —Sacude la cabeza—. A no ser que Ronald me mintiera.

—¿Y si la borró Celia?

—No, eso es lo último que habría querido. No, es probable que nunca haya existido. —Dana se muerde las uñas—. Ha sido cosa mía. No he estado muy..., no me he sentido muy...

Deja la frase sin terminar; los ojos le van de un lado a otro y tamborilea con los dedos en las rodillas. Le resulta tan familiar, un algo que tiene en la punta de...

—¿Qué le dijo Ronald?

—Lo que le he dicho. Que no estaba..., que la fotografía no estaba en el teléfono.

—Pero ¿qué dijo exactamente? Intente recordarlo.

—Le pregunté si todo lo demás seguía intacto y me dijo: «¿En el teléfono?». Sí, le dije y él respondió: «A no ser que haya por ahí suelto un ladrón de fotografías borrosas».

Pone las palmas de las manos hacia arriba, sobre las rodillas. Jack ve la cicatriz que le atraviesa la muñeca y lo entiende todo.

—¿Utilizó esas palabras?

—Sí, porque recuerdo que pensé que era realmente mala, una foto horrible. ¿Quién la querría? Aunque no es que se puedan robar las...

—¿Las demás fotografías eran iguales? ¿Igual de borrosas?

—No. Esa era mala porque la hizo desde la otra punta del bar. O al menos eso...

Dana se queda mirando por la ventana. *Lunar* le salta al regazo y le tira del pelo. Se le pone encima de la camiseta y se la baja, dejando a la vista gran parte del pecho, aunque ella no parece darse cuenta. Jack vuelve a mirarle de reojo la muñeca y ve a una joven en urgencias a la que un residente le había cosido la muñeca de mala manera, con los ojos desencajados, los dedos asidos a la cama metálica, el pijama desatado y abierto por la espalda. Hará unos veinte años, siendo novato. Los avisaron: intento de suicidio en el Bellevue, pero había tanta gente, tanto loco dando vueltas, cosido y desfigurado, tanta gente que entraba en la unidad de salud mental... Parecía tan sola y hermosa, moviendo los pies en el aire, tamborileando con los dedos en la mesa, los ojos muy abiertos y perdidos. «¿Qué tiene? ¿Qué le ha pasado? —le preguntó a su compañero—. ¿Adónde la llevan?» Su compañero era un veterano al que solo le faltaban dos años para jubilarse. «Está pirada. Se la llevan a psiquiatría. A saber lo que le habrá pasado. Ella es lo que le ha pasado. Cielo Santo. Es esta ciudad de mierda, muchacho, Nueva York». Ahora se pregunta si era Dana, hace tantos años, o solo alguien similar, otra joven igual de perdida y hermosa.

—Tengo estas notas —le dice obligándolo a volver al presente—. Son amenazas. No sé quién me las ha escrito. Peter cree que he sido yo misma.

—¿Le importa si les echo un vistazo?

—No, para eso las he… A lo mejor usted capta algo que yo no soy capaz de ver. —Dana desaparece un minuto y vuelve con un pedazo de papel doblado—. Aquí tiene una —Se la tiende. Le vibra el teléfono: es Rob—. Rob, te llamo luego. Estoy…

—Espera —le dice este—. Han llamado de la fiscalía. Lenora, que viene de camino.

—¿Ahora?

—Sí, dice que tiene que verte.

—Vale, voy para allá. —Joder. Cuando se guarda el móvil en el bolsillo le dice a Dana—: Mire, tengo que volver a la oficina. ¿Por qué no viene mañana a verme en algún momento?

—¿Para qué?

—Para que terminemos de hablar. Tráigase las notas. ¿A las diez y media y nos lo quitamos de encima?

Se para un minuto entre el salón y la entrada con la alfombra oriental, la mesita de la esquina y la lamparilla antigua.

—Claro. —Se queda mirándolo.

—¿Recuerda cómo encontrarme? —le pregunta, y Dana se limita a asentir; o eso parece porque apenas mueve la cabeza.

Se detiene un minuto para poner en orden los pensamientos en la señal de stop del final de Ashby Lane. Tenía razón sobre Ronald. «Un ladrón de fotografías borrosas», dijo, pero ¿cómo iba a saber que la foto era mala si no la había visto? El muy cabrón la borró. Saca la libreta y repasa los contactos del caso Steinhauser hasta que encuentra el teléfono de Ronald. Cierra los ojos y rememora la nota con su memoria casi perfecta. Aunque apenas ha tenido tiempo de verla antes de que sonara el teléfono, en apenas un segundo, está casi seguro de que estaba escrita con pluma, por las gotitas del final de las palabras. Azul cadete, para ser más exactos. Muy reconocible y pasado de moda. Hoy en día nadie usa pluma. Ya bastante raro es ver algo escrito, todo está informatizado. Sacude la cabeza. Lo más probable es que la carta fuese escrita con la Sheaffer que ha visto entre un par de bolígrafos en la mesita de la entrada de Dana.

Lenora White no parece muy contenta cuando Jack llega a la oficina; es evidente que lleva más tiempo allí de lo que tenía pensado. Avanza por la habitación con la mano extendida. Tiene unas piernas larguísimas y una cara sin tacha, blanca como un plato de porcelana.

—Hola, Jack. Siento haberte hecho venir de…, lo que quiera que estuvieses haciendo. Pero como estaba por aquí cerca he pensado en venir al campamento base… para que Rob y tú me pongáis al día.

—No pasa nada. —Le da la mano—. Estaba investigando.

—¿En el caso Steinhauser?

Jack asiente y comenta:

—Has vuelto a cambiarte el pelo.

—Me tienes impresionada. La mayoría de los hombres no se fijaría. ¿Te gusta? —Lenora inclina la cabeza.

—Me encanta —le dice, y esta se sienta al otro lado de la mesa.

—Bueno, ¿y qué crees?

—¿De qué, de los Steinhauser?

—Sí. Tenemos que cerrar el caso. Está recibiendo demasiada publicidad. Nos hace quedar mal. Me hace quedar mal.

—Estoy moviéndome todo lo rápido que puedo.

—¿Has estrechado el cerco sobre algún sospechoso?

—Por ahora tengo dos.

—¿Quiénes?

—Uno el marido, Ronald.

Lenora asiente.

—¿Y quién más?

—Estamos barajando un par de vecinos. Y trabajando con criminalística.

—Vale, Jack, sigue así. —Sonríe y se levanta para irse—. ¿Me acompañas hasta la entrada?

—Claro. —Suena el teléfono de la oficina. Mierda.

—Cógelo, no te preocupes. Aplazaremos el paseo. —Avanza un par de pasos por el pasillo sobre sus tacones sexys y luego se vuelve—. Estamos en contacto —dice formando las palabras con su perfecta boquita de piñón. Remueve los dedos en el aire, se vuelve y taconea hacia el vestíbulo. Cielos… Mujeres…

# Capítulo 26

$J$ack duda antes de marcar el número de Kyle. En cuanto hable con él no habrá vuelta atrás, todo saldrá a la luz. Se recuesta en la silla y gira de un lado a otro, al ritmo de los crujidos de los resortes obsoletos. Ve que Rob coge el almuerzo y se lo lleva a la sala de descanso antes de pulsar la flecha verde y que su voz resuene en la pensión barata del centro de Paterson que Kyle comparte con Maryanne, la habitación que los atrapa con sus paredes delgadas y desconchadas y su parqué rallado.

—¿Jack?

—Sí.

Acerca la silla a la mesa y se pega el teléfono a la oreja. Le gustaría poder tirar ese trozo de cristal verde al río y dejar el caso, pasárselo a Rob. Jack lo tiene al tanto de todo salvo del papel de Kyle, sea el que sea. Pero no puede, es incapaz de dejarlo pasar. Piensa en Dana, en la cicatriz de las venas, en *Lunar* junto a él en el porche, con sus orejas grandes como paracaídas. Piensa en Peter con su chaqueta estilosa, su maletín de cuero pegado a la silla en la sala de interrogatorios, y en que no paraba de mirarlo, como si tuviera cosas más importantes que hacer, más estimulantes y atrayentes... como follarse a las amigas de su mujer.

—Tenemos que hablar.

—Ahora no puedo. Tendré que llamarte más tarde.

—Es sobre el caso. —Jack juega con el elefantito en la mano y luego se lo guarda en el bolsillo del pantalón—. Dentro de media hora. En el mismo sitio del otro día.

—¡Espera! ¡Es mi novia! No se encuentra bien. Está...

—Esto no es algo que pueda esperar. —Jack abre la puerta del pasillo—. No te lo estoy pidiendo, hijo —concluye y, antes de colgar el teléfono, ya está en el aparcamiento, abriendo la puerta del Crown Victoria y muriéndose de ganas de fumarse un cigarro.

Cuando llega al bar se va directo al fondo, a una mesa donde la luz de las ventanas no los pone en el centro de atención, donde las sombras atenuarán la verdad que espera averiguar: si su hijo es o no un asesino.

Kyle aparece distraído, desaliñado y enloquecido. Tiene el pelo todo alborotado y demasiado largo, los ojos inyectados en sangre y la camiseta hecha un guiñapo, como si no se la hubiera cambiado en días y hubiera dormido con ella, aunque en realidad es evidente que no ha dormido. Jack lo ve arrastrar los pies por el restaurante, lo estudia tras las gafas de sol y escruta las pupilas del chico.

—Pero ¿qué te pasa? —No se molesta en levantarse; se limita a hacer un mínimo gesto por incorporarse pero vuelve a recostarse en la silla—. Tienes un aspecto horrible.

—No he dormido mucho. Mi novia..., te lo he dicho por teléfono..., Maryanne... —Tiene la mirada nublada y los ojos le van de un lado a otro del local, y Jack piensa que tal vez sea cierto que está embarazada y quizá haya algún problema con el crío.

—¿Qué le pasa? —le pregunta pero su hijo no responde.

Saca entonces el elefante de cristal y lo deja en medio de la mesa. La luz de la lamparita rebota en los prismas diminutos y arroja dibujos esmeraldas por la pared tras la silla. Kyle se pone blanco.

—¿Dónde lo has encontrado?

—¿Dónde crees tú?

Jack echa hacia atrás la silla y apoya los brazos en el mantel individual mientras la camarera de la otra vez se acerca apresurada, libreta en ristre. «Mindy», les informa la plaquita que lleva, un cuadrado de latón con el nombre grabado.

—Dos hamburguesas —dice sin dejarla hablar, antes de que se enrosque un rizo en el dedo y le dé un repaso con su mirada de pestañas largas a Kyle, a su delgadez, a sus grandes ojos negros y a su pelo desmañado. Es guapo pero con aire de rebelde, con facciones duras. Aparenta menos de los veinticuatro años que tiene: el tipo de hombre al que a las mujeres les gusta mimar—. Dos de patatas y dos cafés solos.

Mindy mira al otro lado de la mesa pero Kyle se limita a asentir y la chica deja escapar un suspiro casi imperceptible, un pequeño bufido de decepción que deja en la mesa junto con los cubiertos y las servilletas.

—No sé —responde Kyle una vez que Mindy apunta la comanda, se lleva las cartas sin usar y se aleja con pasos lánguidos hacia la cocina—. ¿Qué tal si tú me lo dices?

—¿Eso quieres? —Jack se inclina sobre la mesa, en plan profesional. Es un movimiento repentino que sorprende a Kyle, que tiene los ojos como platos—. Debajo de la ventana del salón de Celia Steinhauser.

—Venga ya… —Kyle se hunde en su silla y apoya los codos en la mesa pero no mira a su padre y se dedica a repasar el restaurante con la vista. Consulta el reloj y saca un móvil desechable para ver si tiene mensajes. Se encoge de hombros. Tiene los labios lívidos y las manos temblorosas—. No puedo con esto ahora. Tengo que volver con Maryanne.

—Pues yo no puedo fingir que no pasa nada, Kyle. Tengo tu colgante, ¡estaba en la escena del crimen!

Al chico le vibra el teléfono. Mira la pantalla y su cara, al levantar la vista, es de un blanco ceniciento.

—Te lo he dicho, que ahora no puedo. Arréstame mañana. Si quieres voy yo mismo a la comisaría. ¡Ten! —Mete la mano en el bolsillo y saca un fajo de billetes. Tira el dinero en la mesa y vuelca el azúcar, la sal y la pimienta—. Perdón —dice poniéndolos bien; le tiemblan las manos compulsivamente al recoger la montañita de billetes y dársela a Jack. En medio hay un papel con una dirección, un teléfono y el nombre de una mujer, Lucy Bankroft, enganchado con un clip.

—¿Para qué es esto?

—Mira, en todos estos años no te he pedido nada.

—Pero ¿qué es?

—Es el primer mes de alquiler y la fianza. Solo tienes que pasarte por la oficina y dárselo a esta mujer, la que pone en el papel, Lucy no sé qué, y recoger la llave del piso.

—¿Y por qué tanta prisa?

—Quiero que tengan un sitio donde vivir en caso de que yo no…, si pasa cualquier cosa con… —Kyle se levanta y choca con la camarera, que trae la comida—. Perdona. Lo siento, Mindy —le dice, y le coge la bandeja y la pone en la mesa.

Jack hace ademán de levantarse también.

—Pero ¿dónde te crees que vas…?

—Tú hazme ese favor, anda —le dice ese hijo al que no conoce, ese chico al que nunca ha llegado a conocer de verdad—. Tengo que ir al hospital.

—¿El hospital? ¿Maryanne está bien? Tu madre me dijo que estaba…

—Te llamo luego para lo de la llave del piso. Ah, y, Jack. —Se detiene y se queda de pie junto a la mesa, con esa cara mortecina. Tiene los ojos muy abiertos y oscuros, castaños con motitas doradas, y no paran de bailarle de un lado a otro. Los pantalones le quedan enormes y no se le caen porque lleva un cinturón de cuero viejo—. Yo no maté a la señora S.

—¿De dónde has sacado esto? —Jack coge el fajo de billetes de cien, doblados con un pequeño clip amarillo—. ¿De quién son?

—Míos —dice pero ya está a medio camino de la puerta—. Bueno, de ellos. Ah, por cierto —añade cuando ya apenas se lo oye—, ¡he aprobado el examen!

—¡Eh! ¡Estupendo! ¿Necesitas que te acerque? ¡Espera! ¡Kyle! —Se levanta. Mindy parece confundida; las dos hamburguesas están intactas en la mesa—. ¿Puedes ponérmelas para llevar? —le pregunta, y deja veinticinco dólares en la mesa.

Se abre camino entre la gente pero Kyle ya ha desaparecido, se ha evaporado por la calle, camino del hospital, de su novia y su crío, por lo que Jack sabe. Ya casi está en la puerta cuando se da cuenta de que se ha olvidado el elefante; vuelve tras sus pasos por el pasillo, que está atestado de compradores de mediodía, de clientes de los negocios aledaños, de amigos que han quedado para tomar café y madres e hijas que hacen un descanso entre compra y compra. Se abre paso a empujones.

—Perdón —va diciendo, con una voz más profunda y ronca de lo que pretende.

No, la pareja, una pareja de abuelos, ya ha cogido la mesa y están bebiendo agua sin hielo, con las caras rosadas por la ventolera de fuera, el sol... No, no han visto el elefantito. Les deja su tarjeta y les dice que es importante. Un asunto policial, que lo llamen si lo encuentran. Sí, le aseguran, desde luego que sí; estarán atentos por si lo ven. Jack mira a su alrededor y rebusca bajo la mesa, entre los pies de los ancianos. Se siente un imbécil, un pardillo. Pero sigue buscando a pesar de saber que su hijo ha sido más listo que él y ha cogido el colgante antes de irse. Deja otra tarjeta en la caja, le explica el problema a Mindy y le da otra.

—Llámame si te acuerdas: ¡es muy importante!

—Tranquilo, tengo memoria de elefante.

«El pueblo no existe
excepto donde un árbol de negra cabellera
se desliza como una mujer ahogada en el cálido cielo.
El pueblo permanece en silencio.
La noche hierve con once estrellas.
¡Oh noche estrellada estrellada!
Así es como quiero morir.»

ANNE SEXTON, Noche estrellada

# Capítulo 27

*C*uando Peter vuelve a casa salta a la vista que no se alegra mucho de verla; Dana siente su rabia, su incomodidad por toda la estancia. Da un portazo al cerrar.

—¿Qué pasa? —le pregunta Dana desde el sofá; a su lado *Lunar* ronca sobre un cojín de pana gruesa.

—Estás en casa —dice con un resoplido vago que no reconoce en el borrón de cosas; solo oye las palabras, en blanco y negro.

—Sí.

—¿Dónde has estado?

—En un hotel, intentando dormir algo. ¿Y tú?

—Trabajando. —Peter está plantado en medio de la habitación; tiene los puños cerrados—. En la oficina. He tenido que trabajar hasta tarde, así que me he quedado en el sofá estos dos últimos... ¿Has ido a ver a la doctora Sing?

—Bueno, no exactamente. Concerté una cita, y hablamos por teléfono.

—¿Te ha mandado algo?, ¿una receta para calmarte la dichosa...?

—No, todavía no. Quiere verme antes.

—¿Y has dormido o no?

No se acerca al sofá ni da el más mínimo paso hacia su mujer. Coge el periódico de la mesa baja donde lo ha dejado antes Jack Moss, que lo traía con él. No la mira. Se va directo a la cocina; al poco tiempo Dana oye el burbujeo de la cafetera, un armario que se cierra y la tapa de un bote de nata nuevo que se abre.

—No. En realidad no.

—¿Y por qué crees que te pasa? —Le habla desde la cocina. Dana lo observa de espaldas mientras trastea por los electrodomésticos.

Se encoge de hombros y responde:

—Era en Manhattan. Había demasiada gente.

—¿Y?

—Que a lo mejor ha sido por eso. Demasiado ruido.

—Dana. —Vuelve al salón y se queda un minuto parado con el café en la mano—. Eres tú —dice, y le recuerda a una vieja canción, un clásico del pop.

—Eres tú, nena —canta, y se levanta bailando hacia Peter en la oscuridad inerte de la noche.

Este se hace a un lado y la increpa:

—Ten cuidado con el café.

—Que le den al café. —Sigue bailando hacia él. Le coge la taza de la mano, la deja en la mesa y le pone una mano en el hombro y otra en la palma, que tiene húmeda y caliente por la taza—. Eres tú, nena —vuelve a cantar, dando zancadas por la sala, con su marido rígido como un palo, un peso muerto a su lado—. Es verdad lo que dicen de tiiiii —cacarea—. Dicen que nunca serás de verdaaaad.

Peter se para en seco. Planta los pies en el suelo, con sus zapatos caros de cuero italiano, como si se dispusiera a pelear o a hacer una postura de yoga, y Dana lo suelta.

Da vueltas hacia el comedor, con las manos por encima de la cabeza; se arquea y se contorsiona, con el pelo suelto revoloteándole por la cara. Es un árbol que se cimbrea en la tormenta, una nube que surca el cielo, una mota de polvo en el viento. Es todo y nada al mismo tiempo. No es nadie y es todo el mundo. Se pone de puntillas y la asombra su ligereza, su equilibrio, su habilidad. «Soy la encarnación de Anna Pavlova», está a punto de decir, pero entonces ve la cara de Peter.

—No importa lo que diigaaaan —canta en voz alta y potente, con aplomo, como The Shirelles; es The Shirelles en persona—. Te querré de todas fooormaaas —balbucea—. No quiero a nadie más, a naadieee. Porque eres tú, nenaaaa.

Termina con una pirueta, con las piernas semiabiertas sobre la alfombra del comedor, la cabeza atrás y los brazos extendidos hacia Peter, que está cogiendo el café de la mesa auxiliar.

—¿Me quieres decir algo con todo esto, Dana?

—¿Por qué, corazón? ¿A qué te refieres? —le pregunta, y la asombra su propia voz, ese deje sureño que le ha salido. Qué cosa tan maravillosa, esa nueva libertad, ese dejarse llevar que le permite ser todas las cosas, todas las personas, que le permite trascender el espacio y el tiempo, escapar de los confines de su carne y sus huesos y le muestra que toda separación no es más que una ilusión.

—¿Intentas acusarme de algo?

—Ah… Pero ¡espera! —Se incorpora, se lleva las manos a la boca, cierra los ojos y produce una voz cautivadora y triste. Es The Cure, cantando en una playa con palmeras, en un sitio donde nunca ha estado, en un videoclip, y las palabras salen y vuelan por el comedor, hasta Peter en su silla, que está quitándose los zapatos, con la taza en la mano, mientras su mujer canta esa letra que no sabía que conocía—: Llevo tanto tiempo mirando esas fotos tuyas que casi he llegado a creerme que son reales. Llevo tanto tiempo con esas fotos tuyas que casi he creído que las fotos son todo lo que puedo sentir…

—Ya está bien. Ya he tenido suficiente.

—¿No es maravilloso?

—No. Estás loca, Dana.

Pero ella sonríe. Él no lo entiende. Se le antoja tan pusilánime ahí sentado con sus calcetines de media, tan lastimero y perdido. Tiene ganas de decirle: «¿Qué nos ha pasado, Peter? Antes nos queríamos», pero lo deja estar. Da la impresión de querer correr hacia ella y tirarla al suelo, como si quisiera retenerla de algún modo. Pero Dana baila hacia un lado de la sala, de puntillas, tan ligera que podría volar, tan ligera que es iridiscente: una polilla, una mariposa; baila cada vez más rápido. Es mucho más ágil y ligera que él con sus pies enfundados en medias y pegados al suelo. Ve que alarga las manos hacia ella mientras revolotea por el comedor, a su lado, por el salón, pero es demasiado rápida para él.

—¡Para ya! —Peter se pone de pie y se queda mirándola como si fuera un jabalí que amenaza con embestirlo, o tal vez un pájaro, revoloteando, aleteando, liberado de su jaula—.

¡Para! Se te ha ido la cabeza, Dana, y lo sabrías si te quedara una pizca de juicio.

—Humm. —Dana detiene el contoneo, el revoloteo; se queda parada delante de él, tan cerca que casi se rozan—. Puede que me quede un poco de juicio —le dice y le mete un papel arrugado en la mano y se la cierra, presionando los dedos con los suyos, como si presionara los bordes de un pastel, doblando la masa rellena de fruta o nueces de pecán, en lugar de un recibo del Days Inn. Se aparta y agita las manos. Coge el bolso y va hacia la puerta mientras Su marido intenta agarrarla, una, dos, tres veces, pero es demasiado rápida para él. Peter no sabe volar.

Se aleja del barrio en el coche sin mirar a los lados; se concentra en la carretera, ajena a las viejas casas separadas por patios, a los jardines estivales en declive, a Wanda que está en la puerta de su casa y Lon Nguyen y su ronda nocturna. Acelera por las calles que van a la autovía con la radio encendida y san Cristóbal en el retrovisor, vigilante. En esas últimas semanas en las que los hilos se le han raído y desgarrado por dentro, ha tenido miedo de Peter: de que la dejara, de que pasara una noche fuera y nunca volviera a casa. Pero ahora los hilos se han rasgado del todo y se han ido flotando como si nunca hubieran existido. Ya no le importa si Peter la mira con amor u odio; no necesita saber dónde duerme o con quién, si echó al gato al jardín o si fue *Lunar* quien encontró un hueco por el que colarse en el muro del sótano, una ventana entornada, un lugar insospechado. Da lo mismo; ahora todos son lugares insospechados y Dana también se escabulle, como Pulgarcita.

Pisa a fondo el acelerador y dobla al cabo de la calle. No hay nada que siga el ritmo a sus pensamientos: están en todas partes al mismo tiempo. Lo sabe todo a la vez, los secretos del universo, que se aparecen como piedras preciosas ante ella. El mundo hierve con el movimiento, brilla debajo, por encima y alrededor de ella.

Se detiene en el peaje del nivel superior del puente George Washington pero no tiene los trece dólares. No llegó a comprar el abono. Mierda. El tráfico corre a ambos lados, atrapándola, reprimiéndola. Suelta el pie del freno y el coche avanza mientras rebusca en el bolso, tocando billetes que no creía tener. De pronto el carril se despeja y llega a la altura del peaje.

—Trece dólares —le dice la mujer con voz desganada y desagradable, tan fría como la de Peter. Ya está mirando el coche siguiente, los que se alinean tras ella como corderos camino del matadero. ¿O en realidad los corderos no van al matadero en grupos tan grandes? ¿Esquilan a la mayoría y solo algunos acaban hechos chuletas?

Levanta la vista y le pregunta a la mujer uniformada del peaje.

—¿Los corderos van al matadero?

—Trece dólares —le repite la cajera, como si fuera solo un malentendido y Dana no la hubiese oído bien la primera vez—. Está reteniendo el tráfico.

La mujer alarga la mano para coger algo. ¿Un teléfono? ¿Una pistola? Dana no lo ve. ¿El botón del pánico? Saca más la cabeza por la ventanilla pero lo único que logra distinguir es el perfil de la mujer, que alarga la mano hacia un hueco.

—Por favor —chilla más alto de lo que pretendía—, ¡no dispare! No los llame. No soy…, se lo juro, no soy peligrosa. No soy ninguna terrorista, solo soy un desastre. Tendría que haberlo pensado antes pero no estoy… Últimamente no he estado muy…, en fin, muy bien… pero le prometo que no soy ninguna amenaza. Yo solo…

La mujer no la mira, está inclinándose hacia delante y moviendo los labios. Unas mariposas le revolotean por la cabeza y llenan la casetilla. Dana aprieta el pie del acelerador y el coche da un respingo y avanza entre el mar de tráfico.

—Mierda, mierda.

Se cambia de carril y va sorteando coches pero es viernes por la noche y el tráfico apenas se mueve. Se siente muy grande, como si todo el mundo pudiera verla; con todas esas pegatinas en el parachoques, su coche la delata de lejos. Imagina que llaman a Peter. «Está loca —les diría—. Es un peligro para ella y para los demás, para la sociedad, para toda la nación. Solo le tiene cariño al gato… Bueno, también adora a nuestro hijo, daría la vida por… El único que está a salvo es el gato, y en mi opinión de letrado versado…, les pido, señoras y señores del jurado, les pido que miren mis zapatos… El gato también es sospechoso. En realidad lo mismo ni siquiera es un gato… es una planta, un híbrido, un perro rastreador. Mi amiga y yo, ¿la de las tetas grandes…? Permítanme que les muestre las pruebas A y B… La fulana y yo lo hemos hablado y estamos decididos. ¡Tienen que irse de la casa!» Mira al retrovisor y san Cristóbal sacude la cabeza.

El tráfico es solo un rugido de motores. Su coche está parado en el carril. Una sirena atraviesa la noche. Siente el cuerpo aprisionado por el cinturón, le corta el hombro. Se lo quita y respira entrecortadamente. Tiene la sirena metida en los oídos, en el interior del coche; le chilla y le perfora el cerebro. Abre la puerta del coche y sale. Se ha olvidado los zapatos pero no nota el asfalto bajo los pies; se siente tan ligera que apenas roza el suelo. Mira al otro lado de los coches, hacia el Hudson, que reluce, susurra y canta, eclipsando el sonido de la sirena con su bonito cántico cadencioso. Trepa por el borde del puente y siente el cuerpo como un trozo de ceniza que flota en el viento. Sacude los brazos, ligera, grácil, delicadamente, y se inclina hacia la corriente de aire para volar.

Pero alguien la detiene, la agarra de los brazos y se los baja, plegándole las alas. Algo la ata a la tierra, al grueso y rígido hormigón del puente, al chillido de las ambulancias y de la gente, a una mujer grande con el pelo azabache y brazaletes por los brazos que corre hacia ella. Intenta darse la vuelta y distinguir qué hay detrás, qué es lo que la tiene atrapada…, una red, se dice; está atrapada en una red gigante como un pez… pero algo la detiene. Lo que no ve, lo que la para. Y entonces le susurra al oído:

—Relájate, ya ha pasado.

—¡No! —chilla, pero en realidad no es ella la que grita, es un espectro delgado y triste que forcejea en su interior para liberarse.

La voz le vuela de la boca y surca el aire por encima del Hudson, en un hilo que semeja la cola de una cometa que hizo en clase de plástica de pequeña y que decoró con cintas rizadas y fotos de unas revistas que encontró en la solana de la casa: los azules, marrones y naranjas de las de su madre. Voló con el viento de abril y se perdió para siempre.

—No —repite.

Hace ademán de moverse hacia la mujer de los brazaletes, se mueve con la mirada, y esta asiente y avanza por el puente hacia Dana, con las manos extendidas y el sari revoloteándole en el viento. «San Cristóbal», piensa Dana, y sonríe. Está dentro de la mujer del sari y los brazaletes. Está diciéndoselo. Ha encontrado ese cuerpo en el que encarnarse momentáneamente, para decirle que sigue con ella. San Cristóbal está siempre allí, nunca la abandona.

Ve a su madre entre la muchedumbre, y al poeta y a la amiga que murió de cáncer de ovario.

—¡Sheila! —grita—. ¡Sheila! ¡Soy yo, Dana!

Pero la voz no le sale, es solo un fino hilo, otra cinta que se pierde en el cielo, y Sheila la saluda con la mano. Lleva una camiseta sin mangas y unos pantalones cortos y le ha vuelto a crecer el pelo, en una melena espesa. Hay mucha gente. Busca a Peter con la mirada pero no lo encuentra. Ve su coche callado en medio del tráfico; lo distingue cuando la muchedumbre se aparta y deja paso a los de la ambulancia, y entonces por un segundo se aleja hasta el infinito. Por un segundo agita los brazos, está libre, cuando el propietario de la voz incorpórea por fin la suelta y los sanitarios todavía no la han atado a la camilla... Pasa un segundo en que agita los brazos, y son largos y gráciles; centellean con las luces de la bahía, la espuma que corona las olas, las chispas de las cumbres del mundo, los pedacitos de estrellas rotas de todo el universo, que, por un segundo infinito, se le posan en las alas. Las levanta, y son suaves, y el mundo entero reluce a su alrededor.

213

# Capítulo 28

Aunque es medianoche cuando suena el teléfono, Jack no está durmiendo. Margie le dejó un mensaje en el contestador por la tarde, y lo ha escuchado varias veces, hasta sabérselo de memoria: «Maryanne está de parto... a punto de dar a luz a tu nieto». Es Kyle quien tiene que decidir qué papel tendrá Jack en sus vidas, en el caso de tener alguno, pero ella cree que debe saberlo; también es su hijo. Ha pensado en llamarla para ver si Maryanne se encuentra bien, si el parto ha sido un éxito; Kyle tenía mala pinta en el bar, se le veía deshecho, y la manera en que se largó es sin duda preocupante. Pero es de madrugada y no quiere tentar la suerte con Margie, que lo aborrece.

Tarde o temprano sabrá algo de su hijo. Tiene la llave del piso en el cenicero de la cómoda que, ahora que ya no fuma, utiliza para las monedas. Después de perder el colgante ha aprendido la lección. Aunque esperaba no tener que tomar la decisión de si utilizarlo o no, el elefante es fundamental en el caso cuando llegue el juicio, si es que llega. No le gusta nada la idea de que los hechos apunten a que fue Dana la que mató a su vecina pero Jack irá donde lo lleven las pruebas, a no ser que..., a no ser que lleven a su hijo, y ruega a Dios por que no sea así. Se da la vuelta en la cama. La colcha está en el suelo hecha una bola y las sábanas son un guiñapo enredado a los pies de la cama.

Cuando suena el teléfono pega un brinco; podría ser Kyle o Margie; podrían llamar del hospital. Se pone las gafas de leer y mira el teléfono pero no reconoce el número.

—¿Diga? Al habla Moss.

—Soy Peter Catrell —le informa una voz que arrastra ligeramente las palabras.

—¿Qué hace llamando —mira el reloj— a estas horas, señor Catrell?

—Es por Dana.

Jack se incorpora y pone la almohada contra el cabecero.

—¿Qué le pasa?

—Estaba viendo el telediario —dice Peter con voz temblona. Se aclara la garganta y añade—: Creo que podría haber muerto.

—¿Quién? ¿Dana? ¡¿Su mujer?! —Dios Santo—. ¿Está seguro?

—No —dice Peter, y Jack se incorpora y pasa las piernas por el borde de la cama—. Al parecer alguien ha saltado del puente. No sé… Me he perdido la primera parte… Pero el caso es que las cámaras han enfocado el coche de Dana, con la puerta del conductor abierta y las pegatinas del parachoques. En cuanto he visto las pegatinas he sabido que era… su Toyota, allí en medio del tráfico, al lado del peaje del puente George Washington. Según cuentan se bajó tan apresuradamente que ni cerró la puerta.

—¿Apresuradamente?

—Para saltar, me imagino. ¡Para matarse!

—¿Lo dice en serio? ¿Lo cree posible de su mujer?

—No. Bueno, no lo sé. Estaba cabreada.

—¿Por qué?

—Eso da igual.

—Pues yo creo que sí importa.

«Y tendrá mucha más importancia», se dice Jack, si ha sido todo culpa de la pelea. ¿Habrá tenido Peter algo más que un papel tangencial en lo que le ha ocurrido a Dana? ¿Mató a Celia y ahora ha hecho que su mujer se tire de un puente, convenciéndola de su locura, como en *Luz que agoniza*? Le viene a la cabeza la cara de Dana, sus brazos huesudos, la forma en que lo miró cuando le dijo que tenía que volver a la oficina, el miedo en sus ojos cuando le pidió que fuera a verlo al día siguiente. Se acuerda de haberse parado en la entrada, haber escrutado la mesita en busca de detalles, por si había algo que pudiera ayudar en el caso. Y de que su instinto le decía que se quedase.

Ojalá se hubiera quedado, se dice ahora, ojalá hubiera hecho algo para cambiar el rumbo de los acontecimientos.

—Tuvimos una pelea —le explica Peter mientras Jack se pone la camisa que colgó del respaldo de la silla—. Discutimos. Estaba comportándose como una auténtica loca, cantando no sé qué de una fotografía. Creía que yo... Encontró un recibo de un hotel y se imaginó que estaba teniendo una aventura.

—Vaya, qué cosas... —Jack se pone los pantalones y se remete la camisa por dentro. En el baño se peina, se lava los dientes y se echa agua en la cara, mientras deja que Peter balbucee en el teléfono, que ha puesto sobre la tapa del váter—. Mire —le dice cuando se ha secado la cara, se ha atado los zapatos y se ha abrochado la cartuchera, a punto de salir por la puerta—. Mire, Catrell, haga el favor de colgar para que pueda llamar... a ver si averiguo qué ha pasado.

—Ah, sí, por supuesto. Yo...

—Ahora lo llamo —lo corta Jack, que corre hacia el coche. Ya dentro coge la radio y, cuando le responde una voz con un ligero acento del Medio Oeste, le pregunta—: ¿Sabemos algo de algún suicidio en el puente G. W.? Esta noche.

—Una mujer sin identificar —contesta la voz a través de la estática; el aire está tormentoso—. 1,77, 55 kilos. Pelo castaño claro. Cuarenta y pocos. El coche estaba registrado a nombre de Dana Catrell.

—Sí, vale, pero ¿se ha suicidado?

—Lo ha intentado. Una mujer se bajó del coche y consiguió cogerla antes de saltar.

Jack respira aliviado y deja de contener la respiración, que no se había dado cuenta de que estaba reteniendo.

—Eso está bien, menos mal. ¿Adónde la han llevado?

—Al Bellevue. Han mandado allí a la ambulancia porque había un accidente en la...

—¿A qué hora?

—A las nueve y treinta y cinco.

—Gracias. Te agradezco la ayuda.

—No es nada. Que vaya bien.

Jack sabe muy poco sobre enfermedades mentales. Su madre sufrió una depresión el mismo año en que murió, y su padre se sumió en una tristeza profunda y comprensible al quedarse viudo. Sospecha que a Margie le pasaba algo mientras estuvieron casados —y probablemente siga pasándole—, un problema de ansiedad, aunque nunca supo exactamente qué, solo que a veces parecía como si se saliera de su propio pellejo. Le decía que estaba muy nerviosa: por eso le gustaba tomarse una copa de vez en cuando; le calmaba los nervios, según ella, la tranquilizaba. Si algo bueno salió de toda esa pesadilla con Margie fue que los chicos pudieron ver qué pasa cuando te dejas llevar, cuando cedes ante las adicciones; le enseñó a Kyle cómo no vivir su vida.

Pulsa el botón de rellamada del móvil y Peter lo coge al primer tono.

—¿Moss?

—Su mujer está en el hospital. En las urgencias del Bellevue.

—¿Está bien?

—Lo dudo mucho.

—Pero está viva.

—Sí, está viva. No saltó. Alguien la cogió.

—¿En el puente?

—Mire, yo no estaba allí. ¿Qué tal si se lo pregunta a ella?

—Claro, desde luego. Y gracias, le debo una.

Jack cuelga y deja el teléfono en el asiento del copiloto. Se imagina que Peter estará asustado por lo que pueda decir Dana de él o sobre la fotografía que Jack está ahora convencido de que existe o existió en algún momento. Seguramente esté preocupado por su reputación, por su imagen profesional, porque los desvaríos de su mujer arrojen demasiada luz sobre cosas que quiere barrer bajo la alfombra. De hecho su implicación en el asesinato es mayor de lo que suponía, y debe de estar más preocupado por su propio bienestar que por el de Dana. Es cierto que lo ha notado consternado y que, hasta cierto punto, sigue albergando sentimientos por su mujer, pero la arrojaría delante de un camión en un visto y no visto. Y mientras arranca y sale del camino de entrada hasta la calle, Jack se dice que tal vez sea justamente eso lo que ha hecho.

Pone rumbo a Manhattan. Dana es una sospechosa; tiene que interrogarla y averiguar por qué estaba en el puente y si su intento de suicidio está relacionado con la muerte de su vecina.

¿Tan furiosa la puso la aventura de su marido que se vengó matando al mensajero? ¿O Celia escogió ese día para decirle que Peter y ella eran amantes, que se acostaban a cuatro puertas de su casa, sin que Dana sospechara nada mientras pelaba patatas para prepararle la cena? ¿Estaba lo suficientemente borracha esa tarde —o desquiciada— para romperle la cabeza a su compañera de compras, volver luego a casa a dormir la mona y levantarse al cabo de unas horas sin recordar nada de lo que había hecho? ¿Cuál habrá sido el detonante de la crisis nerviosa, lo que ha hecho que ese demonio se apodere de su cuerpo, ese ser asustadizo y desesperado que se ha colado en su piel y la ha llevado hasta el borde del puente George Washington...? ¿La misma locura que vio hace tantos años dentro de la chica que se removía en un camisón desvaído de hospital con los lazos rotos y raídos? Levantó el brazo hacia él y le enseñó una larga y profunda hendidura en la muñeca, cruzada por unos puntos maltrechos y negros; se rio al verlo, con una risa sarcástica y furiosa mientras él la miraba como un tonto desde la apertura del cubículo separado por cortinas del Bellevue. «¿Cómo se llama?», le preguntó a la chica. «Virginia Woolf —le respondió esta con acento británico—. Lo que pasa es que esta vez me han pescado y me han vaciado de piedras los bolsillos.»

Enseña la placa y atraviesa el ancho pasillo dejando atrás techos altos, macetas y suelos enlosados. Muestra la identificación y explica que está trabajando en un caso de asesinato del que Dana es sospechosa; si está lúcida es absolutamente necesario que la vea.

Una enfermera de la unidad lo conduce por un pasillo. Hay voces que le gritan —o quizá no sea a él—, voces altas e impacientes, exigentes y suplicantes, voces que le parten el corazón con su crudeza: de desposeídos por la enfermedad o las circunstancias. Jack clava la mirada en los tacones blancos de la enfermera que va delante de él y evita mirar a ambos lados, a las caras angustiadas, los cuerpos tumbados y atados a camillas, los pacientes agitados que van de un lado a otro de sus habitaciones temporales. Mira el reloj y se pregunta si el hotel de Ann estará cerca, a una o dos paradas de metro, o más hacia el centro, a una carrera corta de taxi de esos pasillos amarillos por donde deambula como un intruso entrometido.

—Aquí está —le dice la enfermera de psiquiatría. La voz resulta dulce en medio del clamor de emociones nada dulces ni discretas. Es irlandesa, piensa, o escocesa, por el tono cantarín. Quiere que se quede, que su voz le llene los oídos y eclipse el resto.

Dana no lo ve en la puerta de la habitación, no levanta la vista. Está todavía con los vaqueros puestos, que le quedan fondones; aún lleva la camiseta sin mangas del día anterior, una morada. Le sienta bien ese color. Tiene el pelo hecho una maraña, medio caído de un pasador que le cuelga a un lado de la cabeza. No se le ve la cara. Se mira las palmas de las manos y juguetea con el filo de una sábana remetida por el borde de una cama improvisada.

—¿Dana?

Esta levanta la vista pero parece costarle un gran esfuerzo. Suspira, aparta los ojos de las manos y los alza hasta la puerta, hacia Jack.

—Eres tú. Creía que nunca vendrías.

¿Así funciona esa locura? ¿Emborrona las cosas que pasaron antes, eclipsando días, noches y horas, el dolor, los sueños, los recuerdos que no puede contener? ¿Le permite olvidar?

Jack se aclara la garganta y le pregunta:

—¿Estás bien?

Da un paso adelante, uno pequeño, como en el juego ese, ¿cómo era?, ¿pollito inglés? Un, dos, tres, pollito inglés...

Se queda mirándolo y sonríe. Arquea las cejas como si le hubiera preguntado la cosa más extraña del mundo.

—No.

—Lo siento.

Está parado como un peso muerto en el umbral, temeroso de asustarla al más mínimo movimiento, de que salga corriendo y se plante de nuevo sobre el puente George Washington.

—Diles que me dejen quedarme, que quiero quedarme aquí. Contigo.

El policía asiente. Se pregunta a quién estará viendo, a quién le habla, qué fantasma habrá rescatado de su pasado para meterlo dentro del cuerpo de Jack.

—Me alegro de que no saltaras, de que estés a salvo.

—He hecho algo horrible. —Tiene unos ojos grandes y azules; extiende la mano como queriendo cogerlo, agarrar el aire—. Espantoso.

El doctor pasa rozando a Jack al entrar.

—Lo siento pero, sea lo que sea lo que quiera de esta mujer, tendrá que esperar. Hay que estabilizarla.

—¿Puedo quedarme?

—No, aquí no. Si quiere, espere en el vestíbulo o vuelva más tarde.

—¿Más tarde cuándo?

Jack sale al pasillo. No quiere irse a pesar de que el sitio lo vuelve loco, le provoca claustrofobia, una sensación de estar atrapado en la cámara de los horrores. Se pregunta qué querrá decirle Dana pero, sobre todo, le gustaría quedarse con ella: parece tan desvalida y desesperada, tan sola…

El médico —o el residente de la facultad de Nueva York— se encoge de hombros. Es el que está de guardia, aquel cuyo trabajo consiste en proteger a gente como Dana de gente como él. La persona con la placa que impera en esos dominios.

221

—Esta tarde, esta noche; mañana tal vez. Hay que ir viendo.

—¡Espera! —Dana vuelve a estirar los brazos y a extender una mano, esta vez abierta, en un gesto suplicante, de ruego; los ojos parecen platos en una cara tan delgada—. ¡San Cristóbal! ¡Me lo he dejado en el puente!

# Capítulo 29

$\mathcal{A}$ la mañana siguiente Jack llega con retraso a la comisaría. Casi siempre es puntual, por muy tarde que haya estado trabajando en un caso, pero esa vez la noche le ha pasado realmente factura.

Incluso una vez de vuelta del Bellevue, cuando serían bien pasadas las dos, no consiguió dormirse. No podía quitarse de la cabeza a Dana en las urgencias, extendiendo las manos hacia él de esa manera, el miedo de sus ojos fundiéndose con los de esa otra vez hace tantos años, en ese mismo hospital, la chica que no tendría más de diecinueve. Y luego la llamada de Margie en el contestador, la posibilidad de que a esas horas sea abuelo. Ya le ha dejado cinco mensajes pero hasta ahora ella no se ha dignado a contestarle, aunque tampoco le extraña. A la vuelta del Bellevue hizo un par de llamadas, tiró de unos hilos y averiguó que Maryanne estaba en el Saint Joseph's. Se recuesta en la silla y apoya los pies en la mesa. Está solo, los demás están trabajando sobre el terreno o no han llegado aún. Cierra los ojos y casi se ha dormido cuando suena el teléfono y lo arranca del sueño.

—¿Moss? —pregunta una voz temblorosa de hombre—. ¿Jack? Soy Ronald. Steinhauser. El marido de Celia…, el viudo.

—Ronald. —Mira el reloj—. ¿Vienes de camino?

—No. Voy… llego tarde. No he pegado ojo en toda la noche. Es espantoso. Si no hubiese sido por el coche, no me habría enterado.

—¿Enterado de qué?

—El Toyota. Es difícil no reconocerlo con todas esas..., con todas esas pegatinas políticas en el parachoques. Siempre he pensado que pueden ser un peligro, en medio del tráfico. Nunca se sabe qué idiota puede ponerse detrás y enfurecerse de buenas a primeras... Bueno, el caso es que supe enseguida que era Dana.

—¿Que supiste que Dana era qué?

—La de las noticias, del telediario de anoche. «Dios santo, es culpa mía», pensé. No lo hice adrede, claro, pero tendría que haber sido más concienzudo. Haber mirado mejor... Pero todo eso ya no importa. Soy tan malo como un asesino con un uzi o un conductor borracho que se lleva por delante a unos peatones en un cruce. —Ronald eructa, y Jack sospecha que todavía está borracho de la noche anterior—. Celia y ella..., esa forma que tenían de ir rebuscando sillas y otras piezas interesantes, que en realidad no valían nada... en fin...

—Te doy un cuarto de hora, Ronald. Te espero en mi oficina.

Cuando Ronald Steinhauser llega dieciséis minutos tarde jadeando por el pasillo y se deja caer en una silla con la cara colorada, Jack está jugueteando con cosas en la mesa de la sala de interrogatorios; apila un puñado de lápices junto a la libreta de dictados.

—Háblame de la foto del teléfono de Celia, Ronald.

—Anoche iba a venir a enseñártela —contesta este para su sorpresa—, pero entonces vi el coche de Dana en el telediario y..., Dios..., me... Cerré los ojos un segundo y, cuando me quise dar cuenta, ya era de día. —Jack juguetea con los lápices y desmonta la montañita—. Así que me he levantado, he cogido el teléfono y me he ido al metro. Estaba ya bajando, en la boca de la parada, cuando he sacado la cartera para buscar tu tarjeta..., para verificar el... Entre Celia muerta y ahora Dana... me sentía como un chicle pegado en la suela de una zapatilla..., invisible entre el gentío, entre la muchedumbre. Cuando hay tanta gente, no hay nadie, estaba pensando, y entonces me he tropezado con una persona y lo siguiente que he sabido es que ya no la tenía.

«¡Ayuda! ¡Que alguien me ayude!», he gritado, y un hombre que estaba corriendo se ha parado y ha vuelto con un guardia de tráfico, pero era demasiado tarde. Se había ido. Ya no lo tenía.

—¿La cartera?

—No, el teléfono.

—¿Se llevó tu teléfono y dejó la cartera?

—Bueno, el teléfono de Celia. Donde estaba la foto.

—¿De Peter Catrell y su... novia del trabajo o lo que fuese? Creía que habías dicho que no estaba en el teléfono, que la buscaste, ¿te acuerdas? Hasta yo la busqué.

—Exacto. Pero era otro teléfono, del que yo no sabía nada. Bueno, tampoco sabía lo de la cuenta del banco. El caso es que allí estaba la fotografía. Era..., o al menos parecía, la que Dana buscaba tan desesperadamente.

—¿Podrías describírmela, Ronald? —Jack calibra las palabras cuidadosamente.

—Sí, claro. Era una fotografía de un hombre hablando con una mujer con una melena rubia por los hombros. Una mujer con mucho pecho, aunque eso poco importa. Estaban sentados a la mesa de un restaurante. No se veía mucho más, la foto no era muy buena.

—Tal y como dijiste antes de verla.

Ronald carraspea.

—¿Dije yo eso? No recuerdo muy bien...

—¿Los reconociste?

—Parecía el marido de Dana pero, si te soy sincero, era difícil asegurarlo.

—Bueno, Ronald, gracias. Es una pena que no hayas traído el teléfono.

—Ya. Me he quedado hecho polvo. «¡Llévate la cartera!», he querido gritarle al tío..., de hecho creo que se lo he gritado. «¡Llévate la cartera pero devuélveme el móvil! Devuélveme la fotografía que ha hecho que una amiga se tire de un puente.» Tal cual.

—Bueno, Ronald, es una lástima. Pero, dime, ¿dónde lo encontraste?

—En el coche, debajo del..., esto..., de la alfombrilla del asiento trasero. Ayer, cuando me paré en un semáforo, frené en

225

seco y salió disparado. Debí de mezclarlo con mis cosas cuando me mudé al hotel.

—¿Ah, sí? ¿No será que salió del asiento delantero?

—No… Bueno, más o menos. Lo oí rebotar detrás y entonces, cuando me paré, tanteé con la mano y allí estaba. Es raro, ¿no te parece?

—Desde luego, muy raro. —Intenta no sonreír. Vaya tipo más embustero, y lo mal que se le da mentir. A Jack le sorprendió poder confirmar su coartada la noche de la muerte de Celia, pero el camarero lo recordaba con detalle, así que tuvo que ser Dana la que entró de noche en la casa.

—Lo de Dana ha sido desgarrador. ¿Se hará una misa o algo? Sé que ahora mismo no se puede hacer un funeral.

—Sí, hasta que no muera lo veo poco probable.

—Un momento… Creía que…, en el telediario dijeron que…

—No saltó. Alguien la agarró.

—¡Por el amor de Dios! ¡Menos mal! Es un milagro…

—Desde luego. Gracias por venir, Ronald. Me alegro de que encontraras la foto.

—¿Se puede… puede recibir visitas Dana?

—No lo sé. Supongo que todavía no.

—Bueno, ¿podrías darle el mensaje?

—¿De la foto?

—Sí, tal vez la ayude.

—Me aseguraré de decírselo.

Sabe que la historia de Ronald hace aguas por todas partes pero lo importante es que en algún momento vio de verdad la fotografía y es evidente que la borró para salvar el pellejo. Y a la luz de la patraña que acaba de contarle, está consiguiendo convertirse en un sospechoso de primera: el marido celoso, el primero en la escena del crimen, la mujer que lo amenaza con irse con otro. Aunque no da el tipo, es sabido que a la gente como Ronald se le puede ir la pinza y dar un giro de 180 grados en sus plácidas vidas con un único acto desquiciado y violento. Peter sigue también en la carrera, por supuesto, con sus huellas por todo el dormitorio y su evidente falta de consideración hacia las mujeres, incluida su esposa. Y aunque a Dana le aliviará saber lo que le ha contado Ronald sobre la foto, esa revelación menor tampoco le será de gran ayuda. Es demasiado tarde para evitarle la sensación de que se le ha ido la cabeza; es evidente que ese barco ya ha zarpado.

Además también están las huellas de Kyle en el coche de Celia, los cinco mil dólares que han desaparecido, el elefante de cristal en el jardín descuidado de los Steinhauser... Y sigue presente la certeza de que su hijo sabe más de lo que le ha contado sobre el asesinato de Ashby Lane. Jack se echa hacia atrás en la silla. Ha oído a todos los que han pasado por la oficina desde la muerte de Celia. Se ha fijado en los ojos nerviosos, las preguntas eludidas, las respuestas amables y no tanto, las pupilas dilatadas, el movimiento de los pies y las respuestas peregrinas y balbuceadas. Ha llegado el momento de decidir qué importa y qué no. Es la hora de cribar la verdad de las mentiras y ver qué dibujo sale a la luz.

227

# Capítulo 30

$\mathcal{D}$ana abre los ojos y vuelve a cerrarlos. No se mueve. No quiere estar allí. Ni en ninguna parte, para el caso. Quiere morirse, y estaría muerta si la hubieran dejado en paz, si le hubiesen permitido volar. «¿Se acuerda?», le preguntaron los médicos nada más llegar, en esa otra clínica a las afueras de la ciudad donde la han trasladado desde el Bellevue, en un movimiento orquestado por Peter. «¿Se acuerda de lo que le pasó en el puente?», como si su vuelo interruptus fuera cosa de otra persona, como si se lo hubiesen hecho a ella y no hubiese sido idea suya, su plan de última hora, su ansia por escapar de las ataduras desgarradas y fustigadoras de su vida.

Lo que más recuerda son los colores: el negro azulado del cielo, el gris del puente, los puntos plateados por donde rebotaba la luz, las crestas blancas de las olas a sus pies, el paraguas rosa con el que alguien le tapó la cabeza, el dibujo azul marino de una falda, un brazo oscuro apartándola del borde del puente, cogiéndola con fuerza mientras la ambulancia se abría camino por el tráfico como una apisonadora. Recuerda un collage de luz y oscuridad, de color y blanco que en nada se parece a este otro mundo de grises donde todo está insonorizado. Tiene la mente hecha un charco, un enredo oscuro. El caos y la confusión siguen con ella pero los centelleos brillantes han desaparecido y han bajado el volumen de su locura.

Se abre la puerta.

—¿Cómo te encuentras hoy? —le pregunta la voz, y Dana abre los ojos pese a haber decidido mantenerlos cerrados.

—Bien —dice con una vocecilla mínima—. Estoy bien

—repite, pero de nuevo el sonido es apenas un rasgueo, el batir de un ala en una ventana. Cierra los ojos.

—¿Necesitas algo?

Con los ojos cerrados podría ser la voz de cualquiera. Podría ser la del poeta o la de Dios. Podría ser san Cristóbal.

Sacude la cabeza.

—Descansa. Luego paso a verte —dice la voz, y la puerta se cierra sin hacer ruido, en otro murmullo, pero se queda entornada.

Dana se vuelve en la cama y se queda mirando la pared brillante. «Ocre, semisatinada», piensa. Toda la habitación brilla; la planta entera. Acaban de pintarla. Si se concentra es capaz de oler la pintura.

«Así termina el mundo. Así termina el mundo. Así termina el mundo. No con una explosión, sino con un sollozo.» No, piensa, no fue un sollozo, fue otra cosa. Le pedirá a Jamie que busque a Eliot en Google cuando vuelva. *Los hombres huecos.* No se lo pedirá a Peter, por mucho que el poema lo describa al dedillo.

Echa de menos el bullicio del Bellevue, las paredes amarillas, el cubículo temporal que le aseguraba que sería solo una estancia corta. Añora al poeta. Estuvo allí. Lo recuerda, por mucho que sepa que es imposible.

—¿Estuvo allí? —dice en voz alta, pero es solo una esquirla que cae en la blancura cruda de la sábana. «No con una explosión…»

# Capítulo 31

*E*sta vez al abrir la puerta no intentan amortiguar el sonido. Las zapatillas chirrían por el linóleo y se detienen ante la cama donde está echada Dana haciendo que duerme.

—Muy buenas —le dice una voz nueva. «Jamaicana», piensa Dana—. Hora de levantarse.

—No.

—No te oigo.

—No —repite.

—Lo siento, sigo sin oírte.

—¡¡Que no!!

—Eso está mejor —dice la voz, más amable y dulce—. Eso es. Tienes que hablar alto.

—¡¡No!! —grita de nuevo—. ¡No tengo intención de levantarme!

—Es bueno que te oigan —le dice la voz, y Dana abre los ojos y se encuentra con una negra corpulenta que está mirándola desde un lado de la cama—. Pero aun así tienes que levantarte.

—¿Por qué?

—Es la hora de la terapia de grupo —dice la mujer, una médica, ve Dana en la plaquita, la doctora Ghea.

—No estoy preparada para una sesión de grupo —contesta Dana, pero arrastra las palabras, que no suenan bien y le rodean la cabeza como mosquitos que tuviera que matar.

—¿Perdona?

—¿Qué me pasa en la voz?

Tiene la sensación de haber aterrizado en otro planeta, uno

en que sus palabras no tienen sentido. A lo mejor sí que se tiró, tal vez sí que voló.

—Es la medicación —le explica la doctora Ghea—. Hace que arrastres las palabras y lo enreda todo un poco. Te ajustaremos la dosis y pronto no tendrás ni que tomarla.

—¿No?

—No. Solo tendrás que tomar Depakote, lo que pasa es que tarda un poco en hacer efecto.

—Ah. —Dana vuelve a cerrar los ojos—. Yo creía que…

—Sé lo que creías. —La médica le pone un brazal para tomarle la tensión que le comprime el brazo como una boa constrictor—. Pero tienes que seguir tomándolo, Dana. Se acabó lo de andar volando desde el puente George Washington. Tienes muchas cosas por las que vivir… —Dana ahoga una risa amarga—. Ya lo verás cuando salgas de una vez de la cama y vengas donde tienes que venir.

—¿A la sesión de grupo?

—Sí. Yo misma voy a llevarte.

—Uau.

—Pero solo por hoy.

No quiere ir a la sesión. Con todo el jaleo que tiene en la cabeza apenas entiende lo que le dice la médica. Y además está el asesinato. Celia. Todo va encajando. Pieza por pieza, los hilachos flotantes de cosas, ideas, caras, recuerdos y palabras, están uniéndose por los bordes, cuadrando, como un Big Bang que fuera marcha atrás, su vida, una explosión rebobinándose. Allí, entre esas sábanas almidonadas, con la televisión de la sala de día en un constante zumbido sordo de fondo, como una mosca atrapada en una mosquitera, tiene mucho tiempo para pensar.

# Capítulo 32

*J*ack se guarda el teléfono en el bolsillo y se sienta en un banco que hay a las puertas del hospital. Intentó interrogar a Dana después de averiguar que la habían trasladado del Bellevue a Paterson, pero le dijeron que tendría que esperar. Estaba asentándose, le dijo la enfermera de salud mental cuando fue a verla, una pelirroja alta con vaqueros y camiseta. Lo único que la distinguía de las visitas, de las madres y hermanas, de las hijas y los amigos, era la identificación que le colgaba del cuello. «Marcy», se llamaba, un nombre que a Jack le pareció muy cercano a «merced», y le maravilló pensar, no por primera vez, en lo mucho que los nombres de la gente marcan sus vidas: como un juez que se llama Justice o un carpintero que se apellida Wood.

Parece que todo acaba. Aunque está despejado y el sol pega entre los árboles, da la impresión de que el verano se aleja. El aire está quieto. Ann, Kyle, Margie, Joey..., siente sus ausencias como un dolor en el pecho.

—¿Jack?

Se da la vuelta y ve a Kyle, que parece distinto aunque no sabría decir en qué sentido. Está más desaliñado aún que el día que comieron; con el pelo repegado en mechones grasientos y ropa de hace dos días. Pero hay algo más, se le ve distinto.

—¡Ostras! Por un segundo me ha parecido verte sonreír.

—Qué va, será el sol. —Kyle se sienta en el banco y mira el reloj—. Bueno, mi amiga... mi novia...

—¿Está bien? —Jack se acerca a su hijo—. Llamé esta mañana temprano al hospital. ¿Ha...?

Kyle lo interrumpe:

—Vamos primero al tema. Prefiero que acabemos cuanto antes con el interrogatorio.

—Vale, como quieras. —Jack entrelaza las manos y se recuesta en el banco aunque se muere de ganas por saber cómo está el crío. Respira hondo y vuelve a su papel de policía—. ¿Cómo acabó tu amuleto de la suerte debajo de la ventana de Celia Steinhauser?

—No sé. ¿Por el perro?

—¿Qué perro?

—Salió en las noticias. Lo sacaron en el telediario. Era un chucho... ¿pequeño?, ¿marrón?

—No, no salió en la tele porque el perro estuvo perdido un par de días después de la muerte de Celia.

—Ah, pues será que me lo dijo ella.

—¿Te lo describió? ¿Qué sentido tendría describírtelo? ¿Y eso qué tiene que ver con que me encontrase allí tu colgante?

Kyle se encoge de hombros.

—Supongo que me lo dejaría en el coche.

—Mira. —Jack saca el móvil—. Estoy intentando ayudarte. Si no quieres mi ayuda, habla con cualquier otro de la comisaría. —Toquetea la pantalla del móvil.

—Vale. —Kyle suspira—. ¿Vas a arrestarme, papá? —le pregunta enfatizando la última palabra.

—De momento no lo he hecho.

Kyle mira hacia el hospital, más concretamente a unas ventanas de la planta alta. Jack lo observa tras el velo negro de las gafas de sol.

—¿Fuiste a pagar?

Jack asiente.

—Sí, muy bonito el piso —dice, y piensa de nuevo en sus hijos de pequeños, jugando en un columpio que les hizo, rojo intenso... impulsándose cada vez más alto con las piernas, y Margie en la puerta, alarmada, con las manos en la boca. Piensa en el crío. Le da las llaves a Kyle—. Me gusta el árbol que hay delante. Cuando eras pequeño teníamos uno en el jardín...

—Ya. —Sonríe—. Sí, me acuerdo. Gracias por esto. —Le señala las llaves y luego se las guarda en la cartera.

234

—A ver, ¿de dónde lo sacaste?

—¿El qué? —pregunta Kyle, que se guarda la cartera en el bolsillo trasero de los vaqueros.

—¿El fajo de billetes?

El chico se encoge de hombros y mira hacia el aparcamiento o la calle, Jack no sabría decirlo.

—Me caía bien Celia. Yo no la maté. Era buena gente y una profesora estupenda.

—Sigue.

—Tenía que salir de donde estaba viviendo… Sacar a Maryanne de allí, de ese sitio mugriento y…

—De la pensión Rosie.

—Sí. —Kyle se queda mirándolo—. ¿Cómo lo sabes?

—Por tu madre. Me lo mencionó de pasada.

—¿Cuándo? No sabía que hablaseis.

—Mantenemos el contacto. Y últimamente más.

—No me lo ha dicho.

—Bueno, eso es… —Deja la frase sin acabar; al fin y al cabo no tiene sentido. Es muy normal que Margie retenga información y la utilice a su antojo para sus propios fines; todavía no le ha devuelto las llamadas—. Vale, entonces querías sacar a Maryanne de donde vivíais…

—Sí, y no paré de buscar trabajo. Salía todos los días a buscar. Maryanne trabajaba, pero como… Yo sabía que no duraría mucho, con ella embarazada, y era posible que ni siquiera pudiéramos permitirnos la pensión; podíamos quedarnos en la calle. —Jack se muerde la lengua—. Solicité todos los puestos que vi, e incluso pedí trabajo en sitios donde no buscaban, donde no tenían ni carteles en los escaparates, pero nada.

—¿Así que…?

—Así que nada, seguí intentándolo. Maryanne estaba convencida. «Tarde o temprano encontrarás algo. Tú sigue buscando», me decía siempre, como si eso fuera a cambiar algo. Y de todas formas lo hice. Estaba desesperado, me aferraba a un clavo ardiendo.

Jack no se mueve; clava la vista en el aparcamiento, sin apenas respirar. Lo que Kyle diga a continuación puede acabar con él, con ambos, en realidad. ¿Será capaz de detener a su hijo por asesinato, llegado el caso? Pero ¿será capaz de no hacerlo?

235

—Así que un día cambió todo. Salí de clase con Celia, con la señora S., como la llamábamos nosotros. Era tarde, la clase se había alargado. Y me preguntó si quería que me acercara a alguna parte. Le dije que sí, que claro. Quedamos en que me dejaría por el centro. La vi muy distraída, no paraba de mirar el móvil. Incluso en el coche, mientras conducía, seguía pendiente del teléfono. Me imaginé que estaba esperando que la llamara el hombre ese que venía a recogerla a veces después de clase..., el colega ese sobre el que me preguntaste. Llevaba varias semanas sin aparecer. O al menos yo no lo había visto por el pasillo.

—¿Lo viste en otra parte? ¿Alguna otra vez?

—No. —Se rasca la cabeza—. Nunca, solo allí.

—¿Y venía a recogerla alguien más?

—No, solamente el tío ese, y nada más que un puñado de veces. Cuatro o cinco.

—Vale. Estabas en el coche...

—Se paró en una licorería. «Solo será un segundo. Ha sido un día de perros», me dijo y se fue a la tienda. Estuvo un buen rato. Supongo que estaría mirando otra vez el móvil mientras compraba. El caso es que yo estaba allí aburrido y me dio por abrir la guantera. Sin motivo alguno, de verdad. No sé, fue por... curiosidad, simplemente para ver si tenía algo interesante, hierba o cualquier otra cosa. Vi dentro los papeles del coche y les eché un vistazo. Y entonces, justo cuando cerraba la guantera, vi un recibo del banco de haber sacado cinco mil pavos. El dinero no estaba, solo el recibo, pero era de ese día, de esa misma mañana, de las nueve y cincuenta y seis.

Calla por un momento, mira hacia las ventanas y luego de nuevo a la puerta y al aparcamiento, a todas partes menos a Jack.

—Prosigue.

—Tenía que sacar a Maryanne de ese antro, de la pensión. No era segura. No podía quitarme de la cabeza los papeles del coche, veía todo el rato la dirección de la señora S. en la cabeza. Cuando cerré los ojos lo vi todo allí, impreso en los párpados. —Jack no se mueve—. Decidí darle el palo, colarme en su casa y coger el dinero en caso de que siguiera allí. No todo, lo justo para sacarnos de la pensión. Ya se lo pagaría, pensé. Se lo habría devuelto. No podía pensar en otra cosa. Estaba desesperado.

«¿Y por qué leches no me llamaste —quiere decirle—, o te fuiste a vivir con tu madre?» Se mira las manos mientras Kyle se enciende un cigarro.

—Fui al barrio en autobús. Cuando estaba cerca de la casa me puse unos guantes que me agencié en un supermercado. Estaba convencido de que la señora S. estaría en clase, pero al llegar vi el coche en la entrada. Me imaginé que llegaba tarde y decidí esperar y buscar el dinero en la casa cuando se fuese. Sabía que no se lo llevaría con ella, que lo tendría escondido en alguna parte, en un libro o debajo del colchón, algo fácil. —Se detiene y no mira a su padre, sino al hospital—. Me colé por el lateral de la casa para mirar por la ventana. Era bastante baja y el pestillo no estaba echado. Sabía que iba a ser fácil colarse. Pero a ella no la vi. Pensé que era raro que siguiera allí; nunca llegaba tarde a clase, o al menos las noches que yo iba. Me quedé unos minutos intentando decidir qué hacer.

—¿Y qué pasó con el perro? —le pregunta Jack, que se muerde entonces la lengua.

—Estaba dentro, en la casa, ladrando como un loco, pero no por mí. Estaba pasando algo que yo no veía; me agaché por los setos que hay entre el patio y la casa de los vecinos mientras esperaba a que saliera. Pero no pasó nada.

»Entonces oí que la señora S. chillaba algo desde la cocina, y luego un segundo después gritó: "¿Qué estás...?". Y luego se oyó un estrépito, algo rompiéndose, y el perro ladró como un loco y me escabullí en el patio de al lado y me escondí. "Mierda", me dije. Lo único que quería ya era largarme, así que esperé dos o tres minutos.

—¿A qué hora fue eso?

Kyle se encoge de hombros.

—No sé... Estaba tan... Pero eran las siete pasadas, eso sí. La clase empieza..., empezaba, a las siete y yo había calculado llegar cuando ya se hubiese... El caso es que lo siguiente que vi es que se abría la puerta, pero muy lentamente, sin hacer ruido, y que alguien salía de la casa y se largaba. Al segundo el perro salió disparado y se fue corriendo por la calle.

237

—¿A quién viste salir, a un hombre o a una mujer?

Kyle se encoge de hombros.

—Estaba muy nublado, había neblina, y además estaba oscureciendo. Y encima iba con una sudadera con capucha.

—Mierda. —Jack se sienta en el banco—. ¿Y la altura? ¿La constitución?

—Es difícil de decir. —Kyle cierra los ojos—. No tengo claras ni la estatura ni la constitución. Mediana, diría yo. Pero fuera quien fuese, iba encogido, encorvado, así que tampoco sabría decirte. Creo que llevaba una sudadera gris y zapatillas de deporte.

—¿Y adónde fue?

—Había un callejón enfrente de la casa… Una especie de bocacalle. Y se fue por ahí.

—¿Y se montó en un coche?

—Sí, creo que incluso oí arrancar el motor. No recuerdo bien, estaba todo tan… —Kyle sacude la cabeza. Aparta la vista de las ventanas y se mira las zapatillas, gastadas y raídas por las punteras—. Esperé —prosigue, y Jack se le acerca más en el banco—. Me aseguré de que no había nadie y me colé por la ventana. Ella estaba ahí tirada. —Kyle se detiene y ahoga un sollozo—. La señora S. estaba tirada en el suelo al lado de la puerta. Se le había formado un charco de sangre debajo de la cabeza.

—¿Y qué…? ¿Intentaste salvarla? ¿Pedir ayuda? ¿Qué hiciste, por el amor de Dios?

Kyle sacude la cabeza; le ruedan lágrimas por las mejillas.

—Me agaché para ayudarla…, le comprobé el pulso, la zarandeé, para hacer algo, pero entonces oí que paraba un coche en la entrada. El marido, supongo. Vi el jarrón al lado de la cabeza. Se estaba…, Dios, estaba…

—¿Y luego?

—Vi el bolso tirado en el suelo, abierto, como si quien le hubiese partido la cabeza hubiera estado buscando algo. El dinero, pensé; alguien ha querido robarle. Pero allí estaba, en el sobre del banco. A la vista. Lo cogí sin pensar. Me lo metí en el bolsillo y me largué pitando.

—¿Por la ventana?

—Sí.

—¿Tenías todavía los guantes puestos? —Kyle asiente—. ¿Recuerdas algo más?

El chico menea la cabeza.

—No.

Se quedan unos minutos sin mediar palabra, mirando cada uno a un lado, evitando cruzar la mirada. Por fin Jack carraspea y dice:

—Mira, Kyle.

Se compró esas gafas de sol enormes para tapar el sol, para tapar el mundo cuando le apetecía, pero ahora da las gracias porque sean tan oscuras. Jack siempre ha pensado que está todo en ellos, en los ojos, lo que se piensa; y lo que ahora está pensando es que aunque su hijo haya dicho la verdad va a costarle lo suyo que crean su versión de los hechos.

—¡Un momento!

Jack levanta la vista.

—¿Qué?

—Lavanda, olía a lavanda.

—¿El qué?

—El salón, alrededor del cuerpo. Olía como el aceite corporal de lavanda que se echa Maryanne. Pero también a alcohol, a alcohol de bote.

—Tiene sentido. El alcohol borra las huellas dactilares.

Dana mencionó también un olor la primera vez que la interrogó. También recuerda ahora ver un paquete de toallitas antisépticas sobre la mesa de su salón cuando fue a devolverle el gato. Toallitas con aroma a lavanda, hay que joderse…

—Entonces ¿vas a detenerme? —Kyle juguetea con el anillo, el que Margie le compró con el dinero que le dio Jack cuando empezó el último curso del instituto, antes de que Joey muriera y de que sus vidas se truncasen, cuando terminar el instituto dejó de ser una prioridad—. Entiendo que tienes que cumplir con tu deber.

—¿Dónde está el dinero? —A Jack le gustaría creerlo; es más, quiere pensar que le creería aunque no fuese su hijo; quiere pensar que su historia es casi plausible—. ¿Es lo que le di a la…?

Kyle vacila y luego se lleva la mano al bolsillo y saca la cartera.

—Esto es lo que queda. Pero sí, el resto es lo del piso. —Le tiende un fajo de billetes—. Me pregunto qué iba a hacer la señora S. con tanto dinero.

Jack sacude la cabeza.

—¿Y qué me dices de tu amuleto de la suerte?

—Supongo que se me cayó cuando me colé por la ventana. —Vuelve a llevarse la mano al bolsillo, saca el elefantito y lo deja en el banco—. Perdona pero lo necesitaba.

—Pero ¿cómo…?

—Lo cogí de la mesa cuando volqué todas las cosas…, con la confusión.

—Eres bueno, aunque preferiría que no fuese así. ¿Para qué lo necesitabas?

—Para Maryanne, para que le diera suerte.

—¿Está bien? ¿Y el crío? Por Dios, hijo, sácame ya de este suspense. Cuéntame qué tal…

Kyle sonríe.

—Maryanne está bien. Los dos lo están… —Se levanta—. Eres abuelo —le dice, y Jack se pone también de pie.

Va a darle la mano pero en lugar de eso lo abraza y siente que se le dibuja una gran sonrisa en la cara y nota las costillas de su hijo contra el pecho. Al poco lo suelta, pero no del todo. Quiere seguir así, purgar todos los años en que no estuvo presente para ninguno de sus hijos. Le gustaría poner a salvo a Kyle, asegurarse de que no lo meten en la cárcel, de que no acaba de traer al mundo a otro hijo sin padre, de que no continúe una tradición que Jack empezó hace veinte años.

—¿Vas a detenerme? —le pregunta, y da un par de pasos hacia el hospital.

Jack lo mira largo y tendido, sacude la cabeza y contesta:

—Pero llámame si te acuerdas de algo más, de lo que sea. Y no te alejes.

Kyle vuelve a sonreír y le dice que, ahora que tiene un hijo, duda que se pierda del mapa. Se aleja hacia las puertas de cristal.

—¡Eh! —le grita Jack desde lejos—. ¡Enhorabuena, Kyle!

—¡Lo mismo digo! —le dice su hijo corriendo ya, con las zapatillas volando por el césped.

—¿Cuándo voy a conocerlo? —le grita Jack haciendo bo-

240

cina con las manos, pero Kyle se limita a encogerse de hombros sin ni siquiera volverse. Levanta el brazo a modo de breve despedida.

Puede que se haya vuelto loco, que esté tan cegado por la efusión paternal que no esté pensando con claridad, pero cree a su hijo. Pondrá de su bolsillo lo que falta del dinero de Celia y le pedirá a Kyle que se lo vaya devolviendo. Le dirá a Ronald que ha aparecido, que estaba escondido en alguna parte, detrás de un espejo del cuarto o guardado en el marco de una foto.

El sol está alto. En alguna parte de la planta de maternidad su nieto está acurrucado en una mantita azul mientras Margie le tira besos al moisés de la maternidad. En otra parte, tras un laberinto de pasillos, Dana hace acopio de todas las fuerzas que puede para abrir los ojos y mirar alrededor, para asimilar la insulsez blanca satinada de su mundo temporal, mientras, en un banco de hormigón rugoso —una nueva adquisición para esa placita de piedra y hierba espigada—, Jack mira al vacío, ajeno a las lágrimas que se le forman en el rabillo de los ojos. Murmulla un rápido gracias a Dios, al universo, a Maryanne y a Kyle, y les promete a todos que criará a su nieto él mismo antes de permitir que se sienta solo siquiera un momento.

# Capítulo 33

$\mathcal{H}$asta hoy Dana no ha recibido visitas aparte de la de Jamie, quien cogió el coche y condujo desde Boston la misma noche que ella llegó allí. Les pidió que no dejaran pasar a Peter de la recepción de la clínica nueva donde él insistió en llevarla y en disponerlo todo para trasladarla en cuanto la estabilizaran.

—Por favor —le rogó a la enfermera de la planta sobrepoblada, esa primera mañana, cuando le comunicaron su traslado—, yo prefiero estar en el Bellevue, en la ciudad. Estoy estudiando en la facultad, así que es más práctico que me quede aquí. Y mi novio…, solo puede verme aquí. Solamente puedo verlo cuando estoy aquí.

La enfermera le sonrió y le acarició la mano, para apaciguarla, como si fuera una cría.

—Lo siento mucho, bonita, pero tu marido quiere que estés cerca de casa.

—Yo no estoy casada. Es mi madre —contestó Dana, pero la enfermera no le respondió y se limitó a darle otra ronda de caricias de manos e irse por el pasillo.

Dana comprende ahora que fue Peter quien la trasladó. Recuerda que su madre murió; sabe que no está estudiando y que el poeta ya no forma parte de su vida, ni en el Bellevue ni en ninguna parte. Entiende que imaginó su visita.

—¿Dana?

Hay varios pacientes sentados a su lado en la zona abierta, donde un televisor chilla en una esquina. Por la estancia hay repartidas tres mesas rodeadas por sillas de respaldo recto y bordeadas a su vez por tres sofás grandes. Se sienta a una de las mesas y mira la pantalla de la pared. Alza la vista cuando recibe una visita.

—¿Detective Moss?

—¿Sabes quién soy?

—Claro que sí.

—¿Cómo estás?

—Mejor —dice, aunque tiene la lengua pastosa y arrastra las palabras. Le da un trago a la botella de agua.

—Te he traído una cosa. —El policía se lleva la mano al bolsillo y saca la medalla de san Cristóbal del retrovisor—. También te he comprado una cadena pero la he dejado en el puesto de enfermeras.

—Gracias. ¿Tenías miedo de que me estrangulara con el san Cristóbal?

Jack se mira los zapatos.

—Bueno, es que… son las normas.

Dana sonríe y lo mira.

—¿Has venido antes?

—No, aquí no.

—¿Al Bellevue?

El policía asiente. Dana se escruta los dedos y luego lo mira a la cara; pasa un minuto sin decir nada.

—Eras tú… —susurra.

—Sí, parecías creer…, tuve la impresión de que creías que era otra persona.

—Sí, te pareces a él.

—¿A él?

—Un antiguo conocido, un poeta.

Jack asiente.

—¿Te importa si me siento y te hago unas preguntas?

—No, claro que no. Me acuerdo de que tenía que pasarme por tu oficina…

—Eso es. —Jack retira la silla de enfrente, que chirría sobre el linóleo brillante—. Tu marido… —dice, y nota que Dana se pone tensa—, ¿sabías antes del día del asesinato que estaba liado con Celia?

Dana suspira.

—No, no tenía ni idea.

—Pero ahora sí lo sabes.

—Sí.

—¿Cuándo empezaste a pensarlo?

—El día que murió.

—¿Te lo dijo ella?

—En realidad no, pero estaba tan… ansiosa… por descubrir el pastel.

—¿El de él con su secretaria?

—Sí, con la fulana, como yo la llamaba; no sabía su nombre…, aunque todo eso es discutible, claro.

—No tanto. —Se inclina hacia ella—. Te equivocabas con lo de la foto. Ronald vino a verme al día siguiente de tu ingreso. Me contó que había encontrado otro teléfono… que su mujer tenía un segundo teléfono que apareció debajo de la alfombrilla del coche.

Dana bosteza y pregunta:

—¿Y qué?

—Pues que me dijo que la foto por la que tú le preguntaste sí que estaba en el teléfono…, en ese segundo móvil.

—Es mentira. Solo pretende…

—Ya sé que miente. Y se le da fatal, pero el caso es que es cierto que en algún momento vio la foto, porque la describió detalladamente y era igual que la que tú decías. De hecho me pidió que te lo dijera, que tal vez te ayudaría.

—Podría haberme ayudado. —Los ojos de Dana se vuelven hacia el televisor—. Estuve un tiempo convencida de que si encontraba la foto…, si podía asegurarme de que era real, significaría que yo estaba bien. —Sonríe—. Dios mío, la que lié para encontrar el dichoso teléfono…

Se concentra en el televisor, en las manos de los jueces del concurso, que aplauden; Jack se aclara la garganta y remueve unos papeles.

—¿Dana? —Aunque asiente sigue con la atención puesta en la tontería que ponen en televisión—. ¿Y cómo te sentó pensar que Celia estaba liada con tu marido?

—Me enfadé —confiesa y, a regañadientes, vuelve la vista hacia Jack—. Monté en cólera.

Y ahora es él quien aparta la mirada, no le queda más re-

245

medio. No esperaba lo que ha visto en sus ojos: algo tan intenso que podría consumirla, a ella y a todo lo que la rodea; por un momento parece que a la Dana divertida y de aspecto frágil la ha sustituido una extraña, una entidad rabiosa y glacial a la que no conoce ni quiere conocer.

Jack pulsa el botón del bolígrafo varias veces mientras hojea las notas.

—Cuando te vi en el Bellevue me dijiste que habías hecho algo horrible. En ese momento imaginé que era por los medicamentos que te habían dado o…

—¿Por un delirio? —dice con voz fría, más nítida pero a la vez gélida, más dura que la piedra.

Jack se encoge de hombros y responde:

—A saber.

Dana vuelve la vista a la pantalla, a un joven que canta sobre un escenario. Respira hondo y luego suelta el aire poco a poco. Juguetea con el cinturón de la bata. En la tele un joven negro canta con aire meloso ante un micrófono.

—Estabas enfadada.

—Sí. Acababa de enseñarme una foto de mi marido con otra mujer, era normal que estuviese cabreada.

—¿Con ella o con la otra?

—Supongo que con la fulana, más que nada.

—Entonces, ¿estás diciéndome que fue un poco como lo de matar al mensajero?

—Lo que estoy diciendo, creo… Mira, no sé ni lo que estoy diciendo. Estoy muy cansada. ¿Te importa si lo dejamos para otro momento?

Dana vuelve los ojos al televisor y deja las manos sobre el regazo.

—Sí. —Jack alarga la mano y le da una palmadita en el brazo—. Sí me importa, Dana, porque esto es crucial.

La otra suspira.

—¿El qué? ¿Qué quieres?

—¿Estabas enfadada con Celia o con la fulana?

—Con la fulana. Al principio. Pero también sabía… pensaba… luego… pensé…

Se le caen los párpados hacia abajo. Ya no mira la tele y el cuerpo se le encorva ligeramente hacia delante.

—Dana, ¿qué supiste luego?

Se le juntan las cejas y los párpados vuelven a caérsele. En la pantalla unos concursantes sostienen en alto unas cartulinas con nueves y ochos. El público aplaude. Una enfermera se dirige hacia ellos atravesando el suelo brillante; las zapatillas rechinan en el linóleo.

—¿Dana?

—Era todo bastante lioso... ¿Por qué le importaba tanto a Celia que Peter estuviese con la fulana? ¿Por qué iba a estar siguiéndolo y echándole fotos con el móvil, a no ser que...? No, supe que eran amantes o algo así, que estaban follando.

La última palabra sale en voz más alta, enfadada, y reverbera en la repentina calma de la sala de día. La enfermera se detiene ante la mesa y les dice:

—Hora de irse. Se acabó la visita.

—Vaya —dice Dana, que se levanta de la silla.

—¿Y qué me dices de las notas? —Jack se levanta a su vez—. Cuando salgas..., me gustaría que las viésemos juntos.

—Están aquí. Las tengo aquí conmigo.

Otra enfermera se acerca con el mismo rechinar de suelas de goma. Dana se encoge de hombros y dice:

—A lo mejor Peter tiene razón y las escribí yo. No estoy segura. Una estaba en la casa y la otra dentro del coche.

—¿Es tu letra?

—No, en realidad no. Aunque últimamente, en las últimas semanas no he estado haciendo nada normal. Y hace años..., cuando estaba en... la facultad..., me cambió la letra.

—Entonces, ¿las tienes aquí en el hospital?

—Sí, en el bolso, lo que pasa es que me han quitado las cosas. —Con cierta dificultad se incorpora y se tambalea unos segundos—. Gracias —dice, y también su voz vacila pero es más suave que antes: vuelve a ser Dana y no esa extraña inquietante—. Gracias por el san Cristóbal.

# Capítulo 34

$J$ack espera ante la puerta cerrada a que lo dejen salir, a regresar al coche para alejarse de un sitio de muros alegres y caras asustadas y medicadas. Cuando se vuelve, la enfermera está aún con unos rezagados, un hermano, un amigo o una pareja que todavía están sentados en un sofá esperanzador con cojines floridos mirando a los concursantes, quienes esperan el veredicto de otro cantante.

Se da la vuelta para ver a Dana pero esta no reaparece. La tiene en la cabeza, la imagen de esa figura triste y lenta que se ha alejado por el pasillo, de la sala de día y sus grandes cristaleras, sus cuadrados de luz solar menguante formando dibujos en el suelo y reflejándose por los laterales de los objetos, por sillas, mesas y sofás. Tiene esa imagen sellada a fuego en el cerebro. Aunque también otra, la de la rabia que ha visto en su mirada. Se pregunta dónde estará Peter. ¿Con la otra amante, la que todavía está viva?, ¿la fulana, como la ha llamado Dana? ¿Vendrá a verla ahora que la ha trasladado desde la ciudad, alejándola de donde le rogó a Jack la primera noche que la dejaran quedarse? «Qué cabrón», piensa, y como si sus pensamientos lo hubieran conjurado de la nada, de repente tiene a Peter delante, tan cerca que casi choca con él al salir por la puerta.

—Vaya, ostras, perdón. No te había visto. —Peter se sacude la chaqueta—. ¿Microbios?

—¿Qué dice?

—No, nada, era broma. Acabo de ver a tu mujer.

Peter asiente.

—¿Y cómo está?

—Pues no sabría decirte.

—¿Ha podido ayudarle en su investigación...? Porque, ¿qué es lo que está investigando ahora, detective Moss? ¿Sigue con el caso de la muerte de la señora Steinhauser?

—Es un caso de asesinato. Había quedado en mi oficina con tu mujer pero, como es obvio, no pudo acudir a la cita.

—Entiendo. —Peter pasa a su lado—. No vuelva a interrogarla sin un abogado presente.

—¿Tú mismo?

Peter mira hacia la puerta.

—No, yo no. En primer lugar porque no soy criminalista, soy tributario, y en cualquier caso no estoy seguro de poder... —Deja la frase sin terminar.

—¿De poder qué?

Peter se encoge de hombros y mira a Jack uno o dos segundos a los ojos.

—Ayudarla. No estoy convencido de que... —Calla y carraspea—. Soy abogado tributario —repite—. Dejémoslo ahí.

Cuando Jack llega al coche le vibra el teléfono, que ha dejado en el asiento delantero, y lo coge. «Tiene tres mensajes.» El primero es de Ann. Va a pasarse por la casa esa mañana. Tiene que recoger un par de cosas y además le gustaría que hablaran de unos cuantos asuntos —de dinero y de su casa nueva—, cuestiones prácticas. Aunque no es un mensaje muy personal por lo menos es su voz; lo oye varias veces y luego lo guarda.

El siguiente es de la fiscalía. Lenora. Otra vez en modo profesional, más fría que un témpano: «Si tienes un minuto me gustaría que hablásemos del caso. Podemos vernos mañana en cualquier momento, antes del mediodía o después de las dos. Ya me dices». Le deja su número, el móvil, se imagina; es distinto al de la oficina al que suele llamarla.

Y luego un mensaje de Kyle. El crío está enfermo. Con fiebre. Maryanne estaba mala cuando dio a luz y van a tenerlo unos días en observación en la UCI de neonatos. «Estoy aquí —dice al final del mensaje, con una voz que es apenas un susurro—. No voy a moverme de aquí pero no le he contado nada a Maryanne. Ni a Margie. Jack, por favor —dice con una voz extraña, preocupado—. Tengo que estar con Maryanne, al menos hasta que sepamos que el crío está bien...» El mensaje se para ahí. Kyle... Cielo santo.

Reclina el asiento y se queda mirando el cielo por el parabrisas. Pronto se hará de noche. Pronto una enfermera atravesará la sala de día y se posicionará en su puesto tras una ventanilla para administrar los medicamentos. Pronto Dana hará cola, extenderá la mano para que le den las pastillas, dos o tres. Pronto se le nublarán los ojos, volverá arrastrando los pies hasta su cuarto y se echará en la cama, con el san Cristóbal en la mesilla y los secretos de la noche en la que intentó volar dentro de la cabeza. En cierto modo Dana lo conmueve pero las cosas no pintan bien para ella en lo que al caso se refiere. Llama a la comisaría para conseguir una orden de registro con el fin de ver las notas que tiene en el bolso. Sin duda Lenora querrá que la ponga al día.

251

# Capítulo 35

Dana ve a Peter por el cristal mientras come la cena, una especie de pescado pochado que no identifica, insípido y aguado, unos trozos caldosos de brócoli y una tostada con mantequilla. Da un sorbo al agua y deja el plato en la bandeja para cuando pasen a recogerlo. Le han dejado que coma en la habitación porque Peter ha ido a verla. Está de pie, cambiando el peso de una pierna a otra en el reducido espacio al otro lado del cristal.

Dana suspira. Se pasa un cepillo por el pelo enredado y va al baño a echarse agua en la cara. Es la primera vez que ve a su marido desde el traslado, desde la noche en que impidieron que se tirara y él fue a verla al cubículo del Bellevue poco antes del amanecer. Se agacha para ponerse las zapatillas nuevas que le dejó en el puesto de enfermeras, junto con otros objetos personales en una bolsa de viaje; la pedrería falsa reluce en las punteras de pelo. Vuelve a suspirar y se dirige al vestíbulo para acomodarse en el sofá de flores que hay enfrente del televisor.

Cuando Peter se sienta a su lado, Dana siente que se le remueve algo por dentro, una agitación sutil por las entrañas. Quiere irse, huir. En la clínica ha aprendido a oír su cuerpo y su corazón; en los últimos días en la planta D le han enseñado a pararse, a estudiarse y comprender qué la hace sentirse de una forma u otra antes de que las circunstancias la superen y reaccione como no debe. Está trabajando todo esto en las sesiones con la doctora Ghea, los mecanismos para manejar su enfermedad.

En la terapia de grupo son cuatro hombres y tres mujeres

contándola a ella. A veces la que dirige la sesión es la doctora pero también está el doctor Tim. Una de las otras mujeres se hace llamar Tina, aunque Dana se pregunta si se lo habrá inventado, si en realidad tiene otro nombre menos ostentoso que utiliza en el mundo exterior… También ella intentó suicidarse. Igual que Dana, según dicen, aunque ha intentado explicarles en numerosas ocasiones que se equivocan, que ella no tiene nada que ver con ellos, que solo quería volar.

—Esto es lo que habría hecho si hubiera querido morir —dijo una tarde en la terapia. Levantó la muñeca en el aire y les enseñó la cicatriz, para que vieran la línea repujada y blanca que le cruza las venas.

—¿Por qué? —le preguntó un hombre, George, si no recuerda mal—. Está claro que tampoco funcionó muy bien la primera vez.

No le contestó porque no tenía respuesta. Bajó el brazo, pensó en lo que le había dicho y se preguntó si volar no sería otra forma de decir matarse.

Las paredes de la terapia de grupo están llenas de cuadros que le recuerdan a *Lunar*: asilvestrados y desinhibidos. Espirales y colores. Muchos son de pacientes de la planta D que estuvieron ingresados y los pintaron drogados en sus caballetes, de memoria o con fotografías que les llevaron los miembros de su familia, sus amigos o sus parejas. Pintaban lo que veían a su alrededor, esa cacofonía de visiones y sonidos, ese borrón intangible de cosas, los colores demasiado abigarrados, demasiado abrumadores y mareantes para ser reales, o lo que veían por la ventana: el invierno baldío, los árboles sin vida ni hojas, los hierbajos marrones del césped. Ha empezado a pintar en las clases de arte terapéuticas. Los cuadros no son los Van Gogh densos y palpitantes que pensaba que haría; son aguados y pequeños pero le gustan.

Se ve reflejada en Tina; oye sus pensamientos en las palabras de la mujer, y también en las de Melinda, la gruesa y triste Melinda, con los calcetines subidos hasta las rodillas y las mangas largas que le recubren los brazos pero no logran borrar los destellos ocasionales e inesperados de quemaduras de cigarro o de lápices clavados, de cortaúñas, que le atraviesan la fina piel de los muslos.

Y muy de vez en cuando Dana se ve reflejada en alguno de los cuatro hombres: tan distintos unos de otros, tan diferentes de ella, y aun así de algún modo idénticos, bailando en el precipicio, con la cara de *El grito* de Munch; con los que comparte eso brillante y desnudo que les quema por dentro como un meteorito, que les hace querer cantar o morir o —por fin lo entiende Dana—, volar.

—Hola, Peter.

No aparta la mirada; ya no la asusta que pueda leerle la mente y, aunque fuese así, le da lo mismo. Respira hondo y lo mira a los ojos.

—Buenas. ¿Cómo están tratándote?

—Bien.

—Eso está bien. Es…

—¿Cómo está Jamie? ¿Has hablado con…?

Peter asiente.

—Viene este fin de semana. ¿Te acuerdas de que estuvo aquí?

—Claro —dice Dana recordando la cara de su hijo, la mirada asustada y esa forma ansiosa de escrutarla en la cama diminuta de su cuarto, que parece una celda. Le entra un escalofrío y desea impedirle que venga, que la vea así, poder ahorrarle al menos ese suplicio. —Peter vuelve a asentir y deja el maletín en el suelo—. ¿Por qué estoy aquí?

—Intentaste saltar del puente George Washington. Ya lo hemos hablado.

—No, me refiero a que por qué estoy aquí y no en el Bellevue.

—Esta clínica es mejor.

—No, el Bellevue es muy bueno. Este está más cerca.

—Sí, claro, este está más cerca, mucho más cerca de casa.

—A ti te viene mejor.

—Supongo que sí, Dana. —Suspira.

—La primera noche hablamos y te pedí por favor que me dejaras quedarme allí.

—Estabas loca.

—Lo estoy.

—No, lo estabas. Pero como te trasladé aquí, ya estás bien.

—Dios, siempre haciendo de abogado.

Una parte de Dana casi se alegra de estar en ese sofá florido discutiendo con su marido. Le parece algo normal, de gente cuerda.

—Bueno, ¿y qué ha venido a hacer aquí nuestro querido detective?

—¿Moss?

—¿Acaso hay otro que yo no conozca?

—Puede ser —dice por discutir, aunque sin poner el corazón en ello.

—¿A qué ha venido?

—Me ha traído la medalla de san Cristóbal. Estaba en el coche.

—¿Y eso?

—Se la pedí yo —le responde, a lo que Peter asiente, antes de volver la vista a la pantalla—. ¿Cómo está *Lunar*?

—Hecho una auténtica fiera, y mucho menos feliz de lo que estaría en la naturaleza de donde lo sacaste.

—¿En la naturaleza de la salida de la autovía?

—Bueno, déjalo. Está bien, aunque necesita una novia.

—Proyección —dice, y Peter se queda mirando el *reality show* silenciado del televisor—. Creo que la pregunta más interesante es por qué estás tú aquí.

Su marido se vuelve y la mira por fin bajo la luz imperté-rrita de la zona de visita.

—Porque eres mi mujer, Dana, y yo tu marido. Eso es lo que hacen los matrimonios.

Dana se recuesta en los cojines del sofá y mira el televisor.

—Con eso no vale.

Peter se encoge de hombros.

—No puedo hacer más.

—Ya, pero no basta.

—Las cosas cambian…, la gente cambia.

—Ya lo sé.

—He arreglado el váter para que cuando tiremos de la cisterna no haya que…

—Estupendo, gracias.

Dana siente algo en el borde de la mente, una piedrecita

roja que destella entre los recuerdos embarrados del día que murió Celia.

—¿Y cómo te sientes?

—Bien.

Tienen poco que decirse. Desde que Jamie se fue, apenas tienen de qué hablar. Y allí en el hospital, bajo esas luces francas y vivas, donde no pueden esconderse, se desmoronan el uno sobre el otro. La televisión destella en la esquina; el público ríe ante una mujer vestida con un pareo que pone mala cara, pero la miran porque no les queda nada que decirse.

Se concentra en la cosa roja y deja que las voces rellenen el hueco entre ambos; asiente cuando Peter dice adiós y fuerza una sonrisa al darle un beso en la mejilla e irse. Lo acompaña a la puerta y espera a que la enfermera le abra. Mientras, sin embargo, se concentra en el rojo brillante, el sonido de la cisterna de un váter, la manera en que salió disparada del salón de Celia y fue a orinar al baño del pasillo la tarde que murió su amiga; recuerda apoyarse en la encimera del lavabo para no perder el equilibrio, tan borracha que parecía moverse en un sueño, tan borracha que lo había olvidado. Solo ahora que Peter le ha hablado de váteres rotos se ha acordado del puntito rojo que le llamó la atención en el paisaje ordenado y gris del baño principal de Celia. Recuerda haber reconocido, pese a la neblina que la rodeaba esa tarde, el alfiler de corbata de su marido, el del rubí, el que ella misma le había regalado hacía tres años por su cumpleaños.

Se deja caer en el sofá de la sala de día deseando que Peter no hubiera ido a verla, y que no hubiera escogido precisamente ese día para ser un buen marido y arreglar el puñetero váter. De no haberlo hecho tal vez nunca habría recordado lo que vio en el baño de Celia: el alfiler de corbata de su amante. ¿La empujó el descuido de Peter por el precipicio? ¿El evidente desprecio por su regalo la impulsó a volver al salón de Celia y matarla? ¿La han tenido allí metida en la planta D solo para que recordara en una mañana insulsa o en una noche de insomnio que volvió a la entrada dando tumbos y le abrió la cabeza a su vecina adúltera?

# Capítulo 36

*P*romete ser un día interesante: desayuno con Lenora y cena con Ann. Esa mañana Jack se ha esmerado en el vestir; se ha tomado su tiempo para afeitarse y echarse una buena dosis del *aftershave* que le regaló Ann las pasadas Navidades. «Estás hecho un figurín», se ha dicho ante el espejo recordando el CD de autoayuda de Ann, el que ponía a veces cuando iban de viaje. «Infúndete energías todas las mañanas —decía—. Mírate al espejo y transmítete fuerza con las palabras.»

Le sorprendió cuando la primera ayudante del fiscal le sugirió que desayunaran juntos. Había pensado pasar por su oficina en algún momento de la mañana, pero cuando la llamó desde el aparcamiento del hospital para quedar a una hora concreta lo pilló con la guardia totalmente bajada.

—¿Podrías escaparte para tomar algo rápido? —le preguntó—. Así matamos dos pájaros de un tiro. Y no es que te esté llamando pájaro, ya me entiendes.

—Me hago cargo. ¿Dónde y cuándo?

No lo dudó ni un segundo.

—¿En el centro? ¿En el E. Claire's a las diez y media? —le sugirió, y a él le pareció bien. La vería allí. Buscaría en Google dónde estaba el local.

Al llegar por la mañana se ha encontrado con la orden de registro y las notas del bolso de Dana sobre la mesa. Aunque ha hecho varias copias, está mirando los originales, con esas florituras en tinta azul cadete que le recuerda a la que usaban en clase de lengua, perforando los cartuchos, las puntas finas de las plumas, las chicas y sus notitas en azul cadete: los «búscame después de clase», las notas de amor arrugadas en los bolsillos traseros. El color le evoca el colegio católico, la hermana Gina yendo de un lado a otro de la pizarra con el hábito revoloteando tras ella como las plumas de la cola de un cuervo. Mira la hora.

Nunca ha oído hablar del E. Claire's, que resulta ser un local pequeño y concurrido, de esos que a Ann le encantan y que a él le dan la sensación de ser un monstruo de tres cabezas. Está lleno de mujeres y hombres con cara de prisa, apiñados junto a la puerta, saliendo y entrando. Tiene la frente sudada. Todo el mundo está alegre y resplandeciente; todos con manga corta y el pelo reluciente, como un desfile de gatos persas. De pronto se siente abotargado y sombrío en sus ropas de trabajo. Se guarda la placa en un bolsillo y se pasa la mano por el pelo. El aire está cargado de olores, con aromas de perfumes y *aftershaves* caros que colisionan entre sí.

Mira a su alrededor. Todo el mundo es delgado, como Dana, igual que bailarinas. Se queda mirando la puerta, y el gentío se hace ligeramente a un lado para dejarlo pasar, como las bailarinas en un ensayo, con los pies en punta y los gemelos musculosos. Seguramente lo son, decide Jack. Del Metropolitan.

—¿Mesa para uno?

Una mujer con mallas rosas y una camisola con un estampado recargado se inclina hacia él para oír su respuesta entre la algarabía.

—He quedado con alguien —le grita, y la mujer da media vuelta con gran elegancia en sus mallas rosas y sus tacones altos. Tiene el pelo largo y liso; da piruetas por la entrada mientras reparte cartas a una pandilla de adolescentes que acaban de entrar.

—¿Jack? —Lenora aparece por detrás de la camarera y avanza hacia él entre el gentío; lleva el pecho embutido en una camisa blanca de encaje. Tiene la cara impecable y lozana—. He cogido mesa al fondo.

La mujer de la camisola sonríe a Jack y él se abre camino para llegar hasta Lenora, que le tiende la mano.

—Me alegro de que hayas podido venir.

—Y yo —miente Jack.

Van avanzando en fila india por un pasillo estrecho. Las hileras de mesas están sobrepobladas con risas burbujeantes, brazos delgados y morenos, *smoothies*, uñas pintadas y crepes con azúcar glas.

La que ha escogido Lenora es una pequeña al fondo del bar. Ella se sienta primero, de espaldas a la cocina y de cara a la puerta, a la camarera de la camisola y a los clientes que llegan. Jack se sienta enfrente y mira la carta, bastante exigua a su parecer para tanto bombo y platillo. Repasa los nombres rápidamente, todas esas chorradas de «Juntos y revueltos» y «Pobres pero ricos».

Una camarera aparece con una libreta y Lenora pide el «Ménage bocabajo», que resultan ser dos simples huevos y una rebanada de pan tostado.

—¿Lo tienes ya?

Jack carraspea y dice:

—Lo mismo, y un café.

—Yo quiero otro. El mío con leche pero sin azúcar.

—Vale, ¿entonces un Negro zumbón y un Vaca lechera sin nada?

Lenora asiente y la camarera vuelve a la cocina.

—Vaya sitio…

—Se pasan un poco pero el servicio es muy rápido.

Jack deja las gafas sobre la mesa, al lado de la carta y se pone la servilleta de tela en el regazo.

—Bueno, ¿de qué querías hablarme?

—De tu caso. Necesito que me pongas al día.

Rehúye la mirada de la ayudante del fiscal y estudia la lista de cafés que hay al dorso de la carta.

—¿Qué pasó con las huellas?

—Son interesantes, sobre todo las que encontramos en el dormitorio.

—¿Y eso?

—Pues verás, estaban las de Celia, por supuesto. —Coge la tostada, que han traído junto con los huevos y los cafés entre una fanfarria de cubertería y platos festivos y coloridos—. Y las huellas del marido estaban por todas partes, pero luego había un montón más de su amante… Perdón. De su supuesto amante —añade.

Lenora sonríe. Se acerca más sobre la mesa y la presencia de sus pechos se hace aún más palpable.

—Me gustaría ver el informe del laboratorio. ¿Me lo podrías traer mañana a la oficina?

—Sí, claro. —Jack mira el plato de Lenora, que apenas lo ha tocado—. ¿No tienes hambre?

—Siempre. —Sonríe—. Intento vigilar mi peso. —Le da un mordisco pequeño a la tostada—. ¿Qué piensas de la vecina?

—¿De cuál?

—Dana Catrell. Salió en las noticias…, ¿cuándo fue?, ¿hace una semana o así? No sé si la viste…

—No, no la vi. —Jack hace ademán de coger la servilleta y la ve tirada debajo de la silla, sobre la alfombra de colorines—. Pero me llamó su marido —dice acercando la servilleta con el zapato—. Se había quedado dormido y… me llamó para ver si yo podía… averiguar qué había pasado.

—¿Y qué es lo que había ocurrido?

—Que la habían mandado al Bellevue.

—Qué horror. —Lenora sacude la cabeza—. ¿Sigue siendo la última que vio a Steinhauser con vida?

—Por ahora sí.

No le menciona que Dana volvió a la escena del crimen; aunque no tiene pruebas, está convencido de que ella escribió las notas que pidió por orden judicial al hospital. Hará que los forenses lo comprueben y, de estar en lo cierto, se lo contará todo a Lenora.

—Según el marido, tiene un historial de enfermedad mental. Muy volátil, por lo visto. Y sin duda tenía los medios y la oportunidad para matar a su vecina si le dio por ahí.

—¿Y el móvil?

Lenora se encoge de hombros.

—Podría ser cualquier trivialidad, si esta mujer es capaz de perder la cabeza hasta el punto de querer saltar del puente en medio de un atasco. —Vuelve a picar de los huevos y les da otro bocado—. O podría haber… pasado sin más. Si Steinhauser dijo o hizo algo que la pusiera furiosa, pudo buenamente coger lo primero que pilló y… —Vuelve a encogerse de hombros—. En fin… aunque también es posible que no tenga nada que ver. Es solo que el intento de suicidio ha hecho que me fije en ella. La gente es capaz de hacer cualquier cosa cuando se siente culpable. En fin…, qué tragedia todo…

—Desde luego. —Jack mira la servilleta que ha conseguido apartar de su alcance bajo la mesa—. Hay otro par de sospechosos importantes: dos de los vecinos, entre ellos el marido de la difunta, que no sabría reconocer una verdad ni aunque le mordiera. Pero de momento no tenemos pruebas concluyentes para detenerlo.

Jack no enseña sus cartas. Siempre es así pero en este caso, con su hijo implicado…, y todo el tirón mediático que ha generado, con Lenora observándolo como un halcón y posando antes las cámaras; si quiere utilizar el caso para medrar en su profesión, lo normal es que salga corriendo a contárselo a la prensa. Demasiado en demasiado poco tiempo podría hacer que el caso le estallara en las manos.

—Sé que quieres acabar con esto cuanto antes pero necesito estar del todo seguro. No quiero dar ningún paso en falso.

—Lo sé. —Le pone la mano en el brazo—. Y te respeto por ello, de veras. Sé que eres franco, Jack. Y no me gustaría que fuese de otra forma.

Sonríe y rebusca algo en el bolso.

—Déjame que pague yo. —Jack echa mano a la cartera.

—No seas tonto. Ya pagarás la próxima vez. —Vuelve a tocarle el brazo y deja la mano unos segundos más de la cuenta—. Te he invitado yo.

Deja escapar una risa bonita. «Robusta», le dirá a Rob cuando vuelva a la oficina dos horas más tarde. «Tiene una risa robusta», cuando su compañero vuelva con los restos de un Krispy Krimy en el labio superior y bromee con Jack sobre el E. Claire's, deleitándose con cada palabra y cada detalle.

Lenora firma la cuenta y Jack se levanta mientras ella coge un espejo de bolso para retocarse el carmín y le pregunta si está bien así.

—Estás muy bien —le dice—. Como siempre.

Y es cierto, es la mujer con la que todo hombre soñaría, y tal vez ese sea el problema, piensa Jack a veces, en ocasiones como esa: cuando ella le da a entender que si le tirara los tejos no saldría huyendo. A lo mejor es demasiado perfecta, ambiciosa y pagada de sí misma. Pese a todo recuerda cómo se abrió con él el otro día y le contó esas cosas de su pasado, esa vulnerabilidad. Quizá Ann tenga razón: le atraen las almas descarriadas.

Se levantan y avanzan el uno al lado del otro. Esperará un poco más de tiempo para contarle lo que sabe. Por el bien de todos. Se limpia las manos en la servilleta que ha cogido de la mesa y huele ligeramente a Lenora, su perfume, el jabón o lo que quiera que le hace pensar en flores cuando la ve.

Se separan en la entrada.

—¿Jack? —le dice cuando está a unos metros de él; el policía se detiene en el umbral. La luz cae sobre ella y refleja su sombra—. Nos vemos mañana en mi oficina.

—Allí estaré.

Se vuelve y empuja la puerta, con miedo a que pueda verlo al través si se queda más tiempo bajo la luz del día que entra por las ventanas. No ha mencionado a Kyle; no puede decirle nada de lo que le contó su hijo sin exponerlo como un ladronzuelo que se coló en la casa de la víctima, le robó el dinero mientras estaba muriéndose en el suelo, y encima insiste en que no la mató. «Sí, claro. Y voy yo y me lo creo...», piensa.

Respira hondo. Mañana conseguirá una orden para volver por última vez a casa de los Steinhauser. Examinará hasta la última pelusa o caspa con tal de encontrar algo que ayude a exonerar a su hijo.

# Capítulo 37

*S*on las nueve pasadas cuando Jack llega a su casa. Se deja caer en la cama de la habitación que, a efectos prácticos, Ann ha desvalijado esa mañana. Las «unas cuantas cosas sueltas» que mencionó que recogería incluían objetos aleatorios e inesperados: la colcha de Bloomingdale's, la mesa de la granja de su abuela, la lámpara antigua de la mesita de noche. Hasta la almohada ha desaparecido. Ahora el cuarto es poco más que una cama y una mesilla, la de él, porque Ann también se ha llevado la suya. Tuvo que contratar a una empresa de mudanzas, le contó en la cena, y se pregunta cuánto va a costarle el expolio marital. Cierra los ojos para no ver la desolación del cuarto, de la casa y del matrimonio difunto.

Cuando en la manzana de al lado se dispara la alarma de un coche, se levanta, se quita la ropa y vuelve a la cama. Por lo menos no se ha llevado las sábanas. Pero mañana será otro día, así que a saber qué otras «cosas sueltas» se llevará cuando vuelva y llene bolsas y maletas con trozos de su matrimonio muerto y las meta en el asiento trasero del coche.

*Molly* le roza la mano con el hocico, y Jack se echa a un lado en la cama sin colcha y le da una palmadita al colchón.

—Sube, bonita —le dice, pero la perra se limita a suspirar y a estirarse sonoramente en el suelo al otro lado del cuarto—. ¿Echas de menos a Ann? —le pregunta, y *Molly* aporrea la alfombra con la cola.

La cena no ha ido bien. Ann estuvo cordial pero distante y Jack se pregunta si se habrá echado un novio. Estaba distraída, mirando la hora a cada tanto durante toda la velada.

—¿Tienes planes? —preguntó—. No me gustaría retenerte.

Pero le dijo que no, que en realidad estaba preocupada porque empezaba un trabajo a la mañana siguiente, por si no dormía bien y blablablá. Quiere creerla pero, aunque hubiera un amante esperándola en su piso nuevo —que Jack todavía no ha visto—, eso es asunto de Ann; él ya no tiene nada que decir al respecto. Cierra los ojos a la palidez de su cara, a la palidez de la cena y del dormitorio que apenas reconoce ya, y cae en una modorra intermitente y sin sueños.

Cuando se levanta todavía es de noche. Se da la vuelta y mira el reloj en el suelo al borde de la cama. Las cinco y cuarenta y cinco. Ese año el verano ha acabado pronto, sin previo aviso ni transición. Un día hizo calor y a la noche siguiente el termómetro no subió de los once grados. Da las gracias porque haya pasado el bochorno estival, aunque ahora tiene frío con solo unas sábanas azules finas para combatirlo. Se las pega al cuerpo, mueve los pies helados bajo *Molly* y recuerda que la perra se subió a la cama en algún momento de la noche, cuando fuera asomó el frío y se coló por las paredes permeables. En la cena Ann mencionó de pasada que echaba mucho de menos a *Molly* pero en eso Jack ha decidido imponerse. Puede llevarse los relojes, las colchas y las lámparas antiguas; ha sido un mal marido y se tragará sus palabras sin quejarse. Pero no piensa ceder con la perra.

Consigue salir de la cama y darse una ducha, de la que sale con la cara roja y el pelo de punta como un césped sin cortar. Enciende la cafetera, mete un trozo de pan en la tostadora y hace un revuelto de tres huevos en la plancha que a Ann se le ha olvidado llevarse. Sonríe recordando la mañana anterior, los cuerpos elegantes apretujados en los pasillos del E. Claire's, las cejas enarcadas y las uñas pintadas de plateado, la blusa de encaje de Lenora, sus pechos.

Tiene una llamada perdida en el móvil. «Kyle. 20.56.» ¿Dónde estaba a esa hora?, ¿todavía con Ann?, ¿intentando aún que volviera a casa con él? Al final puso toda la carne en el asador, antes de levantarse de la mesa, llegar a los coches e irse cada uno por su lado. Casi le suplicó.

—Por favor, intentémoslo por lo menos una semana. Aunque sea dos o tres días, joder…

Pero se negó.

—Ya lo hemos intentado. Durante veinte años. Por lo menos yo. Tú... no tanto.

¿O iba ya de vuelta en el coche, con la radio atronando en el interior acolchado del Crown Victoria? *Blackbird*. Una elección muy apropiada, pensó en ese momento, y subió el volumen y cantó a coro: «Mete en la maleta todas mis preocupaciones...».

Introduce el código y oye el mensaje: «Hola, papá. —Kyle habla en voz baja, como si estuviera en una habitación llena de gente y lo que va a decirle fuera secreto. Carraspea y vacila en la palabra "papá", duplicando las aes—. Me he acordado de una cosa de esa noche. Se me había olvidado pero, cuando he cerrado los ojos hace un minuto, lo he visto cristalino. El que entró en la casa de Celia tenía un sedán último modelo en el callejón. Era oscuro... negro o gris. Tal vez azul. No puedo decirte mucho más pero estoy seguro de haberlo visto. Espero que te ayude. —Hace una pausa y luego dice—: Adiós».

*«Bye bye, blackbird.»*

Llama a Lon Nguyen desde el teléfono del despacho y le pide que vaya a verlo en cuanto pueda.

—Puede venir a la oficina o llamarme, como prefiera. Lo antes posible. —Le deja sus números, pero mira el reloj y cambia de opinión—: Mejor... me paso yo por su calle. Salgo ahora para allá, de modo que puede llamarme al móvil.

Hace una parada en la sala de descanso para coger un donut. Rob está reclinado en una silla esperando a que salga el café de la máquina de la esquina, que gime y eructa hasta que por fin escupe el peor café del mundo; parece barro, dice todo el mundo, sobre todo las mujeres de la oficina, que ponen cara de asco, sonríen y dicen: «Hombres», porque suele ser Rob quien lo hace. O él o Jack.

—¿Donuts? ¿Tú? ¿Qué va a decir Ann?

Su compañero le guiña un ojo al agente nuevo que hay en la otra punta de la sala.

—Ah, pues no sé —dice masticando—. ¿Que a ver si me atraganto y me muero?

—¿Eh?

—O... te voy a desplumar; quiero la perra y, por cierto, ya puestos, cómete unos donuts a ver si te mueres y te dan por culo.

—Vaya. —Rob deja de masticar—. Joder, Jack, lo siento mucho.

—Sí, bueno, en fin... —Jack coge otro donut y lo envuelve en una servilleta—. Uno para el camino...

—Puedo ir contigo si quieres. Hemos tenido suerte en el caso de la adolescente desaparecida. Nos dieron un soplo y la encontramos en Manhattan con su novio el maltratador. Ya ha vuelto a casa, aunque a saber por cuánto tiempo.

—Estupendo. Bien hecho, socio. Disfruta el donut. —Se despide con la mano—. Ya me las apaño solo.


Aparca en el camino de entrada. Está soleado pero fresco, corre aire. Las hojas empiezan a cambiar de color en los árboles de enfrente de la casa y el jardín parece distinto. Ronald se volverá loco cuando vea el desaguisado, piensa Jack. Abre la puerta del coche y sale al césped antaño verde e inmaculado, con el aroma de las rosas y las hortensias de su dueño, pero lleno ahora de maleza que ahoga la hierba y trepa por los arriates. Le gusta más así, con las serpentinas tomando la acera, las gardenias decadentes con sus flores azules diseminadas por la hierba, una alfombra insólita e improvisada, las malas hierbas colándose por las grietas de la acera. Un cuadro casi pintoresco, piensa. Y es irónico que ahora que no vive nadie parezca más un hogar. Tal vez nunca vuelva a vivir nadie, o al menos no Ronald. Por lo que ha dicho, lo duda mucho.

Pasa cuidadosamente por debajo de la cinta amarilla y entra por la puerta de la calle. Se queda un par de minutos en el salón. Hace fresco; el polvo revolotea y baila en los rayos de sol que entran por la cristalera tras el sofá. La habitación está inerte y helada; no hay vida ni energía. Mira a su alrededor pero no ve nada que no haya visto antes.

Llevado por las palabras de su hijo, Jack se encamina hacia la parte trasera: a la cocina donde, si Kyle le dijo la verdad, Celia le gritó a la persona que entró por la puerta de la calle, la que en última instancia la asesinó. Los platos siguen en el lavavajillas. Junto al fregadero hay varios estropajos, así como una botella de sangría en la encimera, aunque ni rastro de sangre. Ni una gota…

Mira el suelo. Salvo por las huellas de barro, sigue limpio a pesar del paso del tiempo y de las botas, tacones y calcetines que sin duda lo han atravesado o se han detenido donde ahora está Jack, escrutando la habitación, que se le antoja más insólita si cabe por lo ordenada y lo despejada que está, un decorado de cine sin actores.

Le suena el teléfono.

—Al habla Moss. —Ann solía decirle que le parecía muy melodramático lo de responder así al teléfono, muy de poli de televisión, de personaje de serie.

—Soy Lon Nguyen.

—Ah, hola.

Lon Nguyen respira en el auricular. Jack se apoya en la encimera que hay bajo la ventana.

—Verá, es que cuando vine el otro día vi en otra calle del barrio un cartel de vigilancia nocturna.

—Sí.

—¿También entra su calle?

—¿Que si entra?

—¿Es usted miembro de la patrulla de vigilancia nocturna?

—Sí, yo soy capitán de mi calle.

—Estupendo, eso es estupendo…, los grupos de vigilancia han ayudado mucho a reducir el crimen.

—No siempre.

—No. —Jack se agacha—. No siempre. De modo que ese día, el de la muerte de Celia Steinhauser…

—Sí.

—¿Se fijó en si había algún coche?

—Estamos en un barrio residencial. Hay muchos.

—No, pero me refiero a si vio alguno que no suela aparcar por aquí.

—No. Aunque… hubo uno… —La voz se apaga.

—¿Diga? ¿Qué clase de coche?

—No lo sé.

—¿Y el color?

—No estoy seguro. Era oscuro.

—¿El qué? ¿El coche o la…?

—Ambos.

—¿De qué tamaño era el coche?

—No sé. Tamaño medio, diría yo. Pero lo raro no era el coche sino el sitio donde estaba aparcado. No estaba delante de una casa.

—¿Dónde entonces?

Jack se concentra en una mota pequeña que ve junto a la hornilla. Desea de todo corazón que Nguyen verifique lo que le ha dicho Kyle y que su hijo le haya contado la verdad.

—En un callejón.

—¿En cuál?

—El que está enfrente de la calle de Celia.

—¿Cuándo?

—No estoy seguro, pero lo vi antes de que llegara la ambulancia. Al conductor no llegué a verlo.

—¿Nada?

—No, nada de nada.

—¿Por qué no me lo ha dicho antes?

—Se me olvidó. Acabo de caer en la cuenta ahora que lo ha dicho.

—Gracias. —Jack se pone en pie—. Sigan ustedes con esa vigilancia nocturna.

—Sí —dice Nguyen—. ¿Eso era todo?

—Sí, eso es todo. Gracias de nuevo. Ha sido de gran ayuda.

Vuelve a mirar el trocito de mugre, que sigue ahí porque estaba debajo de la hornilla. No lo habría visto de no haberse agachado justo en ese sitio, si no hubiera cogido el teléfono por segunda vez. Pero aun así tendrían que haberlo visto al peinar la casa. Estos chicos… No es la primera vez que esa unidad la fastidia. Se enfunda unos guantes de látex que lleva en el bolsillo trasero, cruza la habitación y se arrodilla. Pasa la mano bajo la hornilla. Al principio no tiene claro qué es. Lo posa en la palma de la mano y escruta el trozo irregular: un fragmento de uña.

Se levanta con mucho cuidado para que no lo vuele el viento. Tiene el brazo extendido como si la uña fuera a levantarse y arañarlo. No le quita ojo hasta que coge una bolsa de pruebas, la mete dentro y la cierra.

Υ

Está aparcado en el centro mirando la bolsa con el trozo de uña. Sabe que lo más probable es que no signifique nada, salvo que en algún momento Celia se rompió la uña mientras cocinaba; que quizá simplemente se la arrancó con la puerta de un armario o con el abrelatas; es posible que se la enganchase con un trapo o con un hilo suelto del delantal; o que el perro pasase a su lado y, al alargar la mano para cogerlo, se le quedara pillada en el collar. Las posibilidades son infinitas, y le parecerá estupenda la que resulte ser, siempre que la uña no sea de su hijo. Llama por radio a la comisaría para decirle a Rob que volverá después de comer.

—He quedado con Lenora en la fiscalía.

—Qué suerte la tuya.

—Sí, mucha.

Jack se pasa la mano por el pelo y recuerda la sensación de la mano de ella en su brazo el día anterior…, más cálida de lo que había supuesto. Se arregla el cuello de la camisa y sale del aparcamiento.

—¿Detective Moss?

Lenora está en el umbral que da al vestíbulo. Parece mucho más profesional que el día del E. Claire's. Lleva puesta una blusa gris con encaje por las muñecas y una falda negra, que se le ciñe por las piernas cuando se vuelve para hacerle señas de que pase.

—Gracias —le dice a la secretaria que lo ha seguido, y casi al instante se tropieza con el marco de la puerta.

«Mierda. Guarda la compostura», se dice.

—Toma asiento. —Hoy Lenora es la profesionalidad en persona. O casi, porque le sonríe—. Disfruté mucho el *brunch* de ayer, aunque asumo que el E. Claire's no es de tu estilo.

—Estaba bien. Los bollitos de canela estaban ricos.

—Me da que tú eres más de bares de barrio.

Se sienta a la mesa.

—Sí, como el Joe's, que está aquí al lado. ¿Cómo lo has adivinado?

Se ríe y la garganta se le hunde al echar la cabeza hacia atrás; tiene la piel suave y reluciente bajo el sol que entra por la ventana.

—Bueno, una no llega a ayudante del fiscal sin ser observadora. De hecho he visto ese local. No está lejos.

—Exacto.

Le da vueltas a la carpeta que tiene en el regazo; le avergüenza pensar en lo que contiene, allí en la oficina de Lenora, impregnada de su perfume. De pronto lo ve todo como un asunto íntimo, las huellas de Peter en la cama de la vecina, esa aventura atrapada en los papeles que tiene en la mano. Ve el dedo de Lenora pasar por los bordes de las pruebas, por los detalles, los gemidos y los movimientos, la lujuria, el sudor y la risa, el pelo enmarañado y las piernas entrelazadas, la pasión documentada en los contenidos del sobre que tiene en las rodillas.

—¿Están ahí las huellas del laboratorio?

—Sí. —Jack le pasa la carpeta—. Las huellas del vecino están por toda la cama de la fallecida.

—¿Dónde?

—En el cabecero, en los pies, los postes… de los dos… hasta en los barrotes…

—¿De quién son?

—De Peter Catrell.

No dice nada y su cara tampoco, aunque en su cuerpo se registra el impacto de las palabras, la sorpresa, y Jack se pregunta si el muy capullo la tenía también engañada a ella, si le habrá decepcionado que no sea quien ella pensaba.

—Tú lo conoces, ¿verdad?

—Sí. —Sonríe—. Por sus clientes, un par de ellos. Trabajamos en el caso Whitman hace un tiempo y luego de nuevo hace unas semanas…

—¿Te sorprende que sus huellas estén en la cama de la muerta?

Se le curvan los labios en una media sonrisa.

—No mucho. Él… Digamos que no me sorprende mucho.

—Hojea el informe—. Vaya capullo. ¿Es sospechoso?

—Sí.

—¿Y el móvil?

Jack se encoge de hombros.

—¿Celia era un estorbo, una amenaza para su matrimonio? Hay una foto incriminatoria en alguna parte…

—Ilumíname.

—Es un poco complicado.

—Tengo tiempo.

—Yo no. Pero, resumiendo, Celia hizo una foto de Catrell en una situación comprometedora con su secretaria.

Se levanta y se acerca a la mesa, donde está Lenora con los resultados de las huellas.

—Entiendo. —Vuelve a meter las huellas en el sobre—. Jack.

—Dime.

—¿Puedes dedicarme un par de minutos más?

—Claro. ¿Qué puedo hacer por ti?

—El fiscal… Bueno, Frank Gillan…, tú lo conoces. El caso es que va a retirarse. ¿Te lo comentó?

—No, la verdad es que no. —Vuelve a sentarse en la silla frente a Lenora—. Mencionó que… Vaya… Me apena oírlo —comenta, y es cierto—. Frank lleva media vida siendo el fiscal, no será lo mismo sin él.

273

Lenora asiente y le dice:

—Soy candidata a ocupar su puesto. No te lo he dicho antes porque quería asegurarme de que se iba…, de que lo dejaba de verdad. —Se inclina hacia delante y baja la voz como si la mesa estuviera intervenida y estuviera a punto de divulgar secretos de estado—. Por eso he estado tan… Tú ya sabes lo que pienso de Frank y de su política…, de su actitud…, de lo que ha pasado con las cifras de criminalidad del condado. Me gustaría tener la oportunidad de cambiarlo, de darle la vuelta a las cosas. —Se recuesta en su sillón y se aclara la garganta. Le da vueltas a los anillos que lleva en el dedo índice—. Voy a desayunar con el juez y su círculo el miércoles que viene; me gustaría que hablase bien de mí cuando vea al gobernador.

—Llévalo al E. Claire's y lo tendrás en el bote.

—¡Ese es el plan! ¡He reservado y todo!

—¿En serio piensas llevarlo allí?

Asiente.

—Un almuerzo temprano, antes del jaleo del mediodía. El

servicio es estupendo y alegre. Bastante pasable. Además nos van a juntar unas mesas para el grupo.

—Bueno —dice el policía haciendo ademán de levantarse—, te deseo toda la suerte.

—Espera —dice, y Jack vuelve a sentarse—. Supongo que Rob te habrá dicho que ya ha aparecido la chica.

—Sí.

—¿Tienes pensado arrestar a alguien por el caso Steinhauser?

—Sí —responde mirándola a los ojos.

—¿A la mujer de Catrell?

Asiente.

—Convendría que fuera cuanto antes.

—¿Y eso? ¿Sabes algo que yo no sé?

—No, yo no... La verdad es que cerrar el caso de Ashby Lane me haría una candidata mucho más plausible para el puesto de Frank. No quiero meterte presión...

«Pero me la estás metiendo.» Se muerde la lengua y asiente.

—¿Y que arreste a Dana Catrell...?

—Sería un buen primer paso.

—¿Estás ordenándome que...?

—No, claro que no. Solo estoy sugiriéndote que hagas un arresto cuanto antes.

—Vale. De momento la señora Catrell está ingresada y no creo que vaya muy lejos. Por cierto, el marido, Peter... Tú eras su coartada..., o una de ellas, por lo menos..., el día que Celia murió.

Lenora frunce el ceño.

—Podría ser. Nos vimos los tres. Frank también estaba. He olvidado la fecha exacta, tendría que mirarlo en la agenda. Lo que sí recuerdo es que quedamos a primera hora de la tarde, así que no sé en qué podría beneficiarle nuestro encuentro. —Se levanta y le tiende el sobre a Jack—. Muchas gracias por habérmelo traído. Si volvemos a tener una comida de trabajo te prometo que será en el Joe's.


En el laboratorio pregunta por el técnico que conoce.

—Estoy buscando a George. Tengo que hablar con él.

—Está dentro.

Una recepcionista a la que no ha visto antes hace una pompa con el chicle, la succiona y mastica con sonoros chasquidos.

—Esperaré aquí.

Jack se sienta en una silla dura de plástico; el sitio es puro chasis; el vestíbulo diminuto no tiene ni una ventana: es un mundo muy distinto al de Lenora.

—Vale.

La chica masca un poco más el chicle mientras hojea una pila de folios.

—¿Andáis liados?

—Siempre. —Vuelve a hacer una pompa de tamaño mediano, color barro, y la estalla—. Sale dentro de un minuto. —Las palabras explotan en una ronda de chasquidos estridentes al tiempo que se abre la puerta y aparece George. La chica se levanta de un brinco, se despereza y tira el chicle en una papelera—. Hora de comer —dice con voz joven y quejumbrosa.

—Necesito un favor —le explica Jack a su amigo en cuanto la secretaria se va y su charla por el móvil se pierde por el pasillo; el ascensor anuncia su llegada y la voz desaparece tras las puertas—. ¿Es nueva?

—Sí. —George sonríe—. Está cubriendo una baja. Es un caso...

—¿Podrías analizarme esto lo antes posible?

—¿Para qué? ¿ADN?

—Sí.

—¿El caso Steinhauser?

Jack asiente.

—Si me lo haces, te debo una.

—¿Una qué? —pregunta George, que coge la bolsa.

—Una lo que sea.

—Si me traes a una recepcionista, estamos en paz. Preferentemente mayor de doce años y que no masque chicle.

—Hecho.

—¿De verdad?

—Pues claro —dice Jack, que cruza los dedos y los besa en señal de juramento—. Mira a ver si coincide con alguno de los que ya teníamos.

—Voy a ver qué puedo hacer por ti. Llamaré a un par de personas que me deben favores…

—Gracias. Ah, George, ¿podrías hacerlo discretamente?

—Claro —le asegura, y se va a la habitación del fondo mientras Jack sale por la puerta y recorre el pasillo.

Ya en el ascensor la voz de la suplente de George retumba entre plantas y Jack piensa en Lenora paseando sus tacones por la oficina, despampanante y decidida.

# Capítulo 38

*D*ana se sienta en la camita de la pequeña habitación que ha sido su hogar esos últimos días. Ha hecho la maleta: unas cuantas prendas de vestir, el cepillo de dientes, objetos de aseo básicos y tres novelas que no ha tocado. Lo ha metido todo en la maleta que Peter le trajo el segundo día de estancia y que le dejó en el puesto de enfermeras mientras ella vagaba entre mundos y se esforzaba por volver al planeta Tierra. Se había negado a verlo.

Está sentada en la cama con la bolsa a un lado, mirando la pared.

Ahora está esperándola en la entrada. Le ha pedido a la enfermera menuda de cara agradable que lo retenga allí. «Necesito un minuto para despedirme», le ha dicho, aunque no es verdad. Por la noche ya se despidió de los pocos que quiso despedirse.

Le ha dado su número a tres pacientes: a un hombre y a dos mujeres del grupo de terapia. Le gustaría saber de ellos, les ha dicho. Tomarse un café, ponerse al día cuando les den el alta… Sabe sin embargo que no la llamarán, que no volverá a saber de ellos, y que, si por casualidad o un golpe de suerte se los cruza por la calle, en una cafetería o esperando el metro en el andén, mirarán a otro lado, como si no la conocieran y fuera otra extraña más de la calle. No será nada personal. Y al mismo tiempo lo será tanto como desgarrar unos trocitos de sus corazones, sus cerebros o pulmones. «Lo que pasa en Las Vegas, se queda en Las Vegas…», murmura, se pasa los dedos por el pelo y suspira.

No tiene ninguna gana de ver a su marido, y menos aún allí en la habitación, para que desbarate sus progresos con sus risas sarcásticas y sus comentarios capciosos con su sola presencia. No quiere que la ayude con la maleta ni le abra la puerta del coche. Quiere que se vaya. Si no fuera por los tranquilizantes, cogería el coche y se iría hasta el fin del mundo con tal de escapar de él. Ahora, sin embargo, serena y medicada como está, lo único que quiere es echarse en la cama y pensar en las cosas que ha vivido, la expansión y la contracción del mundo que la rodeaba, la forma en que sus filtros se fueron haciendo cada vez más finos hasta desaparecer del todo y en que el tiempo y el espacio fluyeron y se descompasaron. Quiere que la calma y la soledad absorban la certeza de que su marido ya no la quiere. Una idea dolorosa cuando menos pero que para Dana, que se ha apoyado en Peter muchas veces a lo largo de su vida de casados, que ha recurrido a él en sus horas bajas para verter en su oído somnoliento todas las imágenes estrafalarias que conjuraban sus insomnios, es especialmente desconcertante, sobre todo ahora. A Dana se le está acabando el tiempo. Los fármacos han surtido efecto y han logrado bajar el volumen de su cabeza pero no han borrado los acontecimientos de las últimas semanas.

Sabe que Jack Moss la arrestará dentro de poco; lo vio en sus ojos cuando le llevó la medalla de san Cristóbal a la clínica. En su visita a la sala de día, lo oyó en la ligera vacilación, en el temblor de su voz entrecortada, lo supo por la manera en que la observó mientras ella volvía a su habitación, sin saber que veía su reflejo en el cristal de la ventanilla de las enfermeras; la manera en que sacudió una vez la cabeza y cruzó los brazos sobre el pecho. No puede permitirse perder tiempo. Eso es para otra gente o para ella en otro espacio-tiempo. Ahora sonreirá y asentirá, la paciente modelo, agradecida y grácil. Empalagosa, si hace falta. Pero en cuanto salga, dejará los medicamentos que la atontan, que le quitan la energía y refrenan sus pensamientos. Necesita hasta la última pizca de fuerza y de impulso, y todo el valor que pueda reunir. Solo por un tiempo. Ha tenido oportunidad de descansar, de recuperarse y reagruparse, como decía su madre. Se ha unido con cinta adhesiva y ruega por que no se rompa.

La foto del teléfono podía parecerle trivial hace solo unos días; cuando Moss le contó lo que había dicho Ronald apenas parpadeó. Fue por las medicinas, cree ahora; hacían que todo le pareciera trivial, lo que, por otra parte, es el objetivo. Pero ahora, con ese gran regalo que le ha dado Ronald, jugándose el tipo y ganándose el papel de marido celoso en esa inquietante obra de teatro, ha empezado a confiar en sus intuiciones y su memoria. O casi. Siguen estando las grandes lagunas de esa tarde y, aunque sabe que solo puede confiar hasta cierto punto en su memoria, eso no significa que no matara a Celia: solo que tuvo un buen móvil como el que más.

No juzga a Peter. Prefiere no hacerlo. No es porque se acostara con su amiga, ni porque se lo ocultara..., o por lo de la misteriosa fulana. Ahora es consciente de que él ha jugado con sus percepciones, de que la llevó a la locura, deliberadamente o no. Pero no lo odia ni siquiera por esas cosas concretas y evidentes. La razón no está en esos esto y lo otro que puede señalar y decir: «Esto es lo que me has hecho. ¿Lo ves? ¡Y esto! ¡Y lo otro!». Es lo que no puede señalar, lo que no acierta a ver, lo que sabe que acecha tras la forma y la textura de las cosas. Es el gris en el que ha convertido su vida lo que la hace odiarlo. No es lo que Peter le ha dado o ha dejado de darle durante esos años; es lo que le ha quitado: los colores, la música y los sabores, la dulzura de las cosas, los orbes brillantes que ha moldeado hasta convertirlos en pequeños borrones.

Entiende también lo del poeta, que es un símbolo. Ahora sabe que no es a él al que ansía sino a la chica que lo amaba. Y sus sesiones con la doctora Ghea le han permitido reconocer que para la gente como ella el espacio entre la felicidad y la locura es muy estrecho y sutil, un alambre sobre el vacío, un equilibrio entre luz y oscuridad que luchará toda su vida por encontrar y, cuando lo haga, por mantenerlo.

Se siente en carne viva, vulnerable y frágil, sin capacidad para sobrellevar la muerte de Celia, que tiene como una roca en la boca del estómago. En las sesiones solo lo mencionó de paso: Celia era su vecina, le dijo a la doctora Ghea; que a veces lo ocurrido la perseguía. Tenía esa tarde realmente borrosa; había bebido mucho, dijo en cierto momento, y rio y entrelazó las manos y las soltó, y eso la tenía muy preocupada. Miró a la doctora Ghea de reojo, para darle la oportunidad de que la interrogara, como en un juicio, pero esta se limitó a apuntar algo en su libreta y a preguntarle por qué había escogido la palabra «perseguir». «Bueno, es que, por lo que sé, podría haberla matado yo», respondió pero riendo, y se levantó y atravesó la sala para ir a buscar un vaso de agua.

Ni la doctora Ghea ni Dana volvieron a mencionarlo. Hablaron de otras cosas menos deprimentes, de temas esperanzadores y felices, y se alegró de que el momento pasara sin pena ni gloria, ese conato de confesión; pero al mismo tiempo se sintió defraudada porque la doctora no percibiera sus demonios, sus fantasmas, la culpa, porque no sacara un bote de la bata y le diera una pastilla para arreglarlo todo.

Se levanta. Coge la maleta y sin mirar atrás va a la entrada, donde Peter la espera para llevarla a casa. Se ceñirá al plan y no permitirá que la rabia que siente hacia su marido nuble su pensamiento ni que la ira la haga descarrilar.

# Capítulo 39

Aunque ha llamado para avisarlo, Jack Moss parece ligeramente sorprendido al verla en la puerta.

—¿Moss?

—Pasa, pasa —dice levantándose y haciéndole señas de que entre.

Le habla con demasiada jovialidad para la ocasión y Dana clava la vista en los pies, que tiene plantados en el suelo sucio y rayado. Su padre hablaba así, desde detrás de la mesa del despacho o en la pequeña madriguera del desván donde escribía. «Entra en casa», decía girando la silla para mirar hacia la puerta. «Entra en casa», aunque ya estaba dentro o en su despacho del centro, a kilómetros de la casa. Siempre lo decía en voz alta y animada, como si estuviera dando una fiesta y tuviera el temor de que no se presentase nadie. Esas bienvenidas demasiado entusiastas de su padre eran una advertencia: le decían que volvería tarde esa noche, que la casa olería a ginebra desparramada, que pronto habría trocitos de poemas desperdigados por la alfombra.

—Gracias por recibirme.

No se sienta. Sin los medicamentos que la atontan, vuelve a estar inquieta, lúcida y dispersa, caminando por una línea delgada y tenue.

—Cómo no. —Jack hojea un montón de folios que tiene en la mesa y saca un sobre amarillo: «Copias. Dana Catrell»—. Siéntate.

—Estoy bien así. Sé que no me tenía en la agenda y solo quería…

—No pasa nada, de verdad. Anda, descansa un poco, y haz el favor de tutearme. Estas son las copias. Los originales están en el expediente.

Dana asiente y se decide a sentarse... en el borde de la silla.

—Entonces, ¿qué? ¿Estás mejor?

—Sí, bien. Mejor que nunca.

—¿De verdad?

—No. Ay, Dios...

—¿Cómo está *Lunar*?

—Bien.

—Bueno, ¿para qué querías que te las devolviese?

Dana se encoge de hombros.

—¿Por qué me siento desnuda sin ellas?

Jack levanta la vista y sonríe. Así y todo Dana sabe que planea arrestarla; y apenas le importa, si no fuese por Jamie. Por su hijo hará lo que pueda por estar por encima de los acontecimientos.

—Las tenía guardadas en un sobre —comenta Dana—. Una carta dirigida a mí misma, con su sello y todo.

—Sí, ya lo vi.

—Supuse que como es un delito federal alterar el correo nacional, la gente sería menos propensa a...

—Muy inteligente —dice Jack, que ya no sonríe.

—Paranoica, más bien.

Jack se encoge de hombros y dice:

—Pura semántica. ¿Te importa si te hago un par de preguntas ya que estás aquí?

—¿Importa que me importe?

—No mucho. —Le dedica una sonrisa breve y falsa y vuelve a recostarse en la silla—. ¿Llegaste a averiguar quién era la fulana?

—No, estaba convencida de que era la secretaria de Peter pero la conocí ayer en su oficina, cuando fui a hablar un par de asuntos con él. Se llama señorita Bradley. Muy dulce y recatada, pero no es la mujer de la foto, no es la fulana.

—¿Estás segura? La gente cambia mucho. Puede ser muy distinta de lo que aparenta en el trabajo.

Dana juguetea con la correa del bolso.

—No sé, parecía tan... solícita... que daba coraje.

—Tampoco es tan difícil cambiar eso.

—Tenía puesto un…

—¿El qué?

—Una cosa grande y turquesa de punto en la cabeza, con flores bordadas de distintos colores. Me fijé en eso, era muy bonito. Pero le cubría todo el pelo.

—Así que podría ser la… de Peter.

—Por lo que yo sé la fulana es una clienta. Pero ahora mismo tengo otras prioridades. Y Peter se ha…

—¿Se ha qué?

—Ido.

—¿Y estás bien?

Jack se inclina ligeramente hacia delante. Se nota que no se lo esperaba.

—Todo lo bien que puedo estar en general.

Jack juguetea con una montañita de clips que tiene en la mesa.

—En fin. —Dana se levanta y se encamina hacia el pasillo—. El tiempo vuela. —Otro dicho de su padre que aparece de la nada.

—Dana…

—Ya lo sé —dice volviéndose en la puerta—: estaré localizable.

—Bien, pero en realidad iba a decirte que me alegro de verte ya repuesta.

Mientras atraviesa corriendo el pasillo se pregunta si Jack Moss le ha preguntado por la fulana porque le preocupa que la reconcoman tanto los celos que se vuelva loca y vuelva a matar. Una asesina en serie de amantes de su marido. Oculta algo, o lo intenta. No la ha mirado a los ojos, apenas ha levantado la vista mientras trasteaba con los clips. Es probable que tenga que ver con las notas que prácticamente le ha servido en bandeja. Debe de pensar que las escribió ella, igual que Peter, «y como yo también empiezo a creer», comprende. Una vez más piensa en Jamie, que tuvo que volver de Boston para ver a su madre arrastrar los pies y las palabras por la planta de psiquiatría, encerrada a cal y canto y aferrada a la medalla de san Cristóbal, y está decidida a mantener la compostura por él.

Deja el sobre en el asiento de delante y mira alrededor del

283

aparcamiento. Es casi de noche; en su impulso por recuperar las notas, ha llegado más tarde de lo que tenía pensado. En esos momentos desearía no haber mencionado las dichosas notas. ¿En qué estaba pensando, joder? Ahora están en un expediente a la espera de que las utilicen en su contra, para demostrar que es una lunática que garabatea feas amenazas crípticas contra sí misma en tinta azul cadete... un color que suele echarla para atrás y que no le gusta usar. De hecho ni siquiera recuerda haber comprado una pluma tan cara; la encontró en el cajón de la mesita de la entrada cuando estaba buscando pistas, y se imaginó que sería de Peter o, más probablemente, de un cliente. Y luego se le olvidó preguntarle al respecto, aunque la dejó encima de la mesa para acordarse.

Se queda por un momento mirando el naranja rabioso del atardecer. Quería las notas para compararlas con los fragmentos del manuscrito que consiguió salvar del brote maniaco que tuvo en la facultad. Tiene la casa llena de cosas que ha escrito a lo largo de los años; al fin y al cabo se licenció en filología inglesa. Pero esas notas amenazantes son distintas; están escritas en una letra diminuta, como no ha escrito nada salvo aquel manuscrito, los cientos de hojas que llenó en una escritura cada vez más pequeña conforme pasaban las semanas, mientras su locura se hacía fuerte y se adueñaba de su cerebro como un cáncer.

Cuando volvió a casa y dejó las medicinas que la volvían apática y le quitaban la inspiración, repasó todos los cuartos, todas las cajas en busca del manuscrito, hasta que al final llamó a Peter, así de decidida estaba. Y, por irónico que parezca, la ayudó; le recordó dónde había puesto las cosas que había cogido de la casa de su madre cuando esta murió, en la incursión liberadora por las cosas de su niñez.

Arranca el coche; el sol se esconde tras un tramo de césped. Sale del aparcamiento y, sin que nadie la vea, se despide con la mano de la oficina de Jack.

«Entra en casa —vuelve a pensar—. Entra en casa», la voz de su padre, un eco por el túnel del oído. Una advertencia. La lluvia aporrea el parabrisas como piedrecitas, y tira de la noche hacia abajo como si fuera un gran telón negro. Aprieta el acelerador pero el Toyota derrapa ligeramente por una calle mojada y Dana levanta el pie y frena. En la calle estrecha el coche de detrás la deslumbra con los faros y tiene que volver a acelerar, pero solo un poco, lo justo para satisfacer a quienquiera que le va pisando los talones, demasiado cerca para una carretera mojada. Por el retrovisor solo ve las luces brillantes, los faros altos que la ciegan. Mira por el espejo lateral y ve el perfil de un sedán; hay demasiada luz y la noche está demasiado oscura y lluviosa: no ve la cara.

—Para el carro —grita, su voz un alfiler cayendo al suelo entre la lluvia pertinaz y el destello de luces.

Mira por el retrovisor y ve que el coche vuelve a acelerar y a ponerse a centímetros del Toyota, y entonces piensa en la nota: «Lo pagarás caro, puta loca asesina».

El coche de atrás pita, pero en un único bocinazo seco, y luego vuelve a acelerar y a avanzar como un meteorito hacia ella por el retrovisor. Dana hunde el pie en el acelerador y se queda mirando los faros, que cada vez son más fuertes y brillantes en el espejo. Nota el golpe cuando el coche de detrás la roza, un ligero impulso, ¿o será la tormenta? ¿Una rama? A Dana se le acelera el corazón. La lluvia cae a raudales. Mira atrás por la carretera pero es demasiado tarde. Un rayo relampaguea en un raudo y cegador zigzag que ilumina una rama justo delante de ella, y Dana vuelve el volante, en un giro violento, y las ruedas derrapan y resbalan, perdiendo agarre, y hacen que el Toyota gire en redondo. Da un volantazo hacia el otro lado pero sigue derrapando, en aquaplaning por la carretera encharcada. El coche se sale del asfalto y pasa rozando las ramas de un árbol y un pequeño seto hasta detenerse de un frenazo en una zanja al lado de la carretera. Dana apenas ve que el coche de delante frena también en seco y se detiene en la autovía. Los faros viran de vuelta a la carretera cuando un segundo coche aparece por detrás y se baja de él una pareja en medio del aguacero. Dana hace dos llamadas, una a la grúa y otra a Jack Moss.

La pareja insiste en esperar. Si no es seguro estar allí, menos aún para una mujer sola, le dicen. Y más en una noche así, y con la criminalidad que hay últimamente. Esperan dentro del coche de la pareja; los limpiaparabrisas se mecen adelante y atrás; las luces encendidas son un faro para la grúa, un alivio en la oscuridad de la noche pasada por agua.

285

Coge el teléfono al segundo tono.

—Al habla Moss.

—Creo que alguien acaba de intentar matarme —le dice Dana, castañeteando los dientes a pesar de que no hace frío.

—¿Quién es?

—Dana Catrell. No sabía a quién…

—¿Dónde estás?

Oye el chirrido de una silla y se lo imagina en el despacho, trabajando hasta tarde, en su oficina seca y agradable.

—En una zanja. Pero estoy bien. Vamos, que no estoy herida ni nada. La grúa viene de camino.

—¿Qué ha pasado? —La silla vuelve a rechinar.

—Pues que… lo que te he dicho. Alguien ha intentado echarme de la carretera. Estaba lloviendo, la carretera resbalaba y el coche se ha acercado cada vez más, hasta que me ha dado en el parachoques, un toque solo, y luego ha aparecido una rama justo delante de mí y…, supongo que he girado para evitarla y el coche se ha salido de la carretera.

—¿Y el coche de detrás?

—Pues se paró pero luego vino otro y el primero se largó.

—¿Has llamado a la policía?

—Te estoy llamando a ti.

Oye remover algo, y se pregunta si estará jugueteando con los papeles o con la montañita de clips.

—¿Puedes describir el coche?

—No. Estaba lloviendo muy fuerte y las luces se reflejaban en el retrovisor.

—Mira —dice, y la silla es un chirrido de fondo—, a lo mejor solo ha sido algún imprudente que quería adelantarte e intentaba que acelerases.

—Ya.

—¿Lo ves posible? Si tenemos en cuenta lo que ha pasado últimamente, tal vez estés un poco susceptible.

—Sí. Bueno, mira, está llegando la grúa.

—Un momento. Tenemos que volver a hablar, Dana.

—¿Cuándo? —Recoge las cosas, abre la puerta del coche y el corazón le brinca y se le hunde en las costillas—. Tengo la agenda bastante apretada.

—Mañana.

—¿Quieres que me pase por la comisaría y pregunte por...?

—No, mañana no estaré en la oficina. Tengo que hacer trabajo de campo. ¿Por qué no nos vemos en el E. Claire's? ¿Lo conoces?

—Sí. ¿Y ese sitio?

—Es el primero que se me ha ocurrido.

—Hum... Es como bajar por la madriguera del conejo blanco para ir a tomar té...

—Ajá. —Carraspea.

—¡Eh! —dice haciendo señas al conductor de la grúa, que está echando marcha atrás para colocarse delante del Toyota—. Está bien, estupendo. Tienen unos bollitos de canela muy ricos. ¿A qué hora?

—A las diez y media.

Dana se queda en el coche viendo cómo la grúa recula adelante y atrás posicionándose para el rescate. Vaya día de locos, un auténtico disparate. Lo ve pasar en la cabeza como una película mala. Por mucho que diga Moss, sabe que lo ocurrido en la carretera no ha sido ninguna casualidad. Tiene otra vez los sentidos alerta, mucho más que los de él, piensa; está volviendo a funcionarle la intuición. El conductor del coche no era un desconocido ni nadie que llegaba tarde a cenar. La forma en que la ha embestido por detrás, contra el parachoques, las luces furiosas de los haces altos de luz que la cegaban, la bocina que perforaba la lluvia y la noche como un gruñido. Algo muy personal. No, esta vez Moss se equivoca.

El conductor de la grúa amarra un gancho gigante al Toyota. La pareja de buenos samaritanos se despide calurosamente desde la ventanilla del coche y vuelve a la carretera mientras Dana les grita un gracias por encima del zumbido constante del remolque. Está en la cuneta embarrada, apretando con fuerza el bolso y el sobre con las copias de las notas de la oficina de Moss.

La recorre un escalofrío; tiene las manos pegajosas y sudorosas y el corazón le aporrea el pecho. Por el rabillo del ojo ve un coche parado a un lado de la carretera pero cuando se vuelve para mirar no hay nada.

# Capítulo 40

Cuando Dana llega al bar del centro Jack Moss ya está esperándola en la acera delante del E. Claire's; una elección extraña, vuelve a decirse mientras lo ve mirar nervioso de un lado a otro de la calle con esas gafas de sol, tan oscuras que le recuerdan a Ray Charles. Ha elegido su atuendo con esmero: una falda vaporosa y un top pegado con un cinturón *obi* estampado en la cintura y sandalias de tiras con tacones. Aunque le da miedo pensar en la razón de la cita, casi se alegra de estar allí. Jack Moss le transmite seguridad, como una especie de puerto en la tormenta sin fin que es la muerte de Celia. Lleva el pelo suelto, que se le ha rizado por el frescor del otoño y la humedad de la lluvia omnipresente; se levanta una bocanada de aire con el agua y agacha la cabeza y se abraza para parapetarse del frío.

Jack está en la puerta de la entrada; el E. Claire's está menos concurrido de lo habitual. Se lo ve inquieto, mirando el móvil, entre los clientes potenciales, todos acicalados y delgados, mientras Dana vacila y se detiene un momento para respirar hondo; cuando cruza de acera se siente invisible en el océano de brazos y pañuelos en movimiento.

—¿Moss?

—Buenas. Uau, estás…, no te había reconocido. Bonita faja.

—Las mujeres lo llamamos *obi*, pero gracias, Moss.

—¿Lista?

—Claro. Lo estoy si tú lo estás.

Acto seguido ambos se abren camino entre la clientela *fashion* y florida del E. Claire's.

Pide más de lo que piensa comer: beicon canadiense, huevos revueltos y un historiado bollito de canela.

—Un Abracadahuevo —anuncia a la camarera— y una taza de té verde.

El policía no parece pensárselo mucho; masculla la comanda y la camarera tiene que inclinarse ligeramente para oírlo mejor.

—¿Cómo? ¿Puede repetírmelo? Hay mucho ruido…

Jack ladra la chorrada, un Negro zumbón y la montaña de tortitas con plátano: un Annabanana.

—Bueno, ¿qué piensas de las notas?

—Creo que la pregunta sería si las escribiste tú. ¿Tú que crees?

—Pues creo que podría haberlo hecho pero el caso es que no lo recuerdo. Por eso las quería, para compararlas con algo que escribí cuando estaba en la facultad, la vez que tuve una especie de crisis nerviosa… Escribía mucho por entonces, un manuscrito…, con una letra muy pequeña en todas las páginas. He encontrado algunas… de las que no tiré por la ventana… y quería ver si era la misma letra.

—¿Y es así?

Dana se inclina hacia delante y se cruza de brazos.

—Bueno, es difícil de decir, pero a mí no me lo parece, salvo por el tamaño.

—También me gustaría una muestra de tu caligrafía, si no te importa. Se la mandaré al forense para que la compare.

—Claro. Ten.

Le tiende un papel que encuentra en el fondo del bolso, uno de tantos con los nombres que garabatea en notas sueltas.

Jack le da un trago al café cuando llega su Negro zumbón y se guarda el papel en el bolsillo.

—Entonces, ¿quién pudo haber entrado en tu casa?

—Todo el mundo. Di un *brunch* para la calle entera.

—¡Uau!

—Estaba un poco maniaca. Ni siquiera conocía a la mitad de la gente que vino. Y encima me pasé la mayor parte del tiempo metida en la cocina, de modo que podría haber sido cualquiera…

—¿Incluiste algún Abracadahuevo en el menú?

—No. Huevos revueltos de mala manera y salchichas falsas frías.

—Ñam, ñam —dice Jack picando de las tortitas—. ¿A lo mejor algún vecino horrorizado por la comida?

—Es posible. Salvo porque luego encontré la otra nota en el asiento delantero del coche. A ver, que la comida no estaba tan, tan mala.

—Vale.

—Pero no suelo cerrarlo.

—¿El coche? ¿Y eso?

Dana se encoge de hombros.

—Me encanta este sitio, el ambiente que tiene.

—¿De verdad?

—Bueno, no, en realidad no. La gente es un poco estirada, si te soy sincera. Yo no vendría por mi cuenta. Me ha extrañado que a ti te gustara tanto.

—¿A mí? Pero si lo odio. Pensaba que a ti te gustaría.

—¿En serio?

—Bueno… —Jack se limpia la boca con una servilleta estampada—, no, supongo que no. Es el primero que me vino a la cabeza.

—Lo que dice mucho de ti.

—Desde luego.

—¿Vienes mucho por aquí con tu… con tu mujer?

Jack sacude la cabeza mientras mastica.

—He venido solo una vez con una mujer de la fiscalía y me sentí como atrapado en una obra de Broadway de la que no podía salir. —Se inclina sobre la mesa—. Creo que los clientes eran todos de la compañía de danza del Metropolitan.

Dana ríe.

—Entiendo.

—Y por cierto, mi mujer me ha dejado —comenta Jack, pero entonces un grupo entra por la puerta formando un gran bullicio.

Se vuelve para mirar, igual que el resto del bar. La camarera avanza por la entrada con la carta, con gran afectación y como disculpándose.

—Por aquí, señoría. Siento que haya tenido que esperar.

Aunque en realidad no ha esperado nada. Ni tampoco ella.

Dana no ve con quién habla la camarera, que acomoda al grupo en tres o cuatro mesas juntas, aportando un considerable ruido al ya presente en el local. Las voces altas, el frufrú de las prendas, el tintineo de los vasos de agua que se llenan y se sirven y las risitas ocasionales eclipsan por un momento el estruendo del resto de clientes.

—¿Una fiesta de máscaras? —Dana le da otro mordisco a la tostada—. ¿Un baile? A lo mejor son los bailarines del Metropolitan en persona.

—Qué va, no están lo suficientemente delgados. Creo que son el juez Warren y su cuadrilla de... ¡Ah, ahí está Lenora!

—¿Lenora?

—La primera ayudante del fiscal de la que te he hablado. La que...

—Ah, sí, la culpable de que estemos aquí con complejo de gordos y de horteras.

Jack se ríe.

—Yo tal vez. Tú no tanto.

—No, te equivocas en eso. Creo que todo el que no sea anoréxico se sentiría... Eh, un momento. ¿Cuál es Lenora?

Jack se vuelve en el asiento.

—La segunda por el fondo. A la izquierda de la mesa.

—¿Seguro?

—Totalmente. ¿Por qué?

—No me la esperaba —dice Dana con el corazón acelerado—. Vamos, aquí, me refiero. No era lo que me esperaba. ¡Es ella! Es la de Peter, la fula... ¡Es la mujer del teléfono de Celia!

—¿Estás segura? —le pregunta, aunque no parece sorprendido.

Dana comprende entonces por qué Jack la ha hecho ir allí y por qué, de todos los bares posibles, ha escogido ese y no otro.

—Sí. La foto no se veía muy bien y el pelo lo tiene muy distinto. Pero es su cara. Sí, segurísima.

Dana se queda mirando al otro lado de la sala mientras Lenora se inclina hacia delante, con unos ojos grandes tras unas gafas que no llevaba en la foto. Tiene un aspecto muy profesional, en nada parecido a como la había imaginado por el retrato del teléfono, con Peter mirándole el escote. Hoy va vestida como manda su oficio, con un caro traje de ante color aceituna y una blusa negra asomando por debajo.

Terminan el desayuno pero, después de la entrada en escena de Lenora, el ambiente se ha enrarecido: ahora que Dana sabe por qué están allí ya no se lo pasa bien. Están tensos, y el buen humor y los chistes no son más que un salivajo en una plancha. Chisporroteado, fritos. Dana medita sobre lo que significa que la fulana de Peter sea la tal Lenora White, la ayudante del fiscal. Se recuesta en el asiento y revuelve con el tenedor la comida que queda en el plato.

—Bueno, Moss, entonces ¿vas a arrestarme o qué?

Se le ha agriado el humor; la mañana se ha vuelto monótona y apagada.

Jack deja unos billetes en la mesa.

—Solo quería ponerme al día contigo…, por lo de ayer con el coche y las notas…

—¿Eso es todo?

—Por ahora. Ah, y además así tenía una excusa perfecta para volver al E. Claire's.

Dana se levanta.

—Vamos a acercarnos.

Quiere ver a la mujer de cerca, escrutar la cara que ha puesto patas arriba toda su vida y ha acabado con su matrimonio. Quiere conocer a la fulana que se ha acostado con su marido Dios sabe cuántas veces, que le lloriqueó al oído cuando él susurraba en el baño, con la voz rebotando en los azulejos, la que le hizo parar a cada tanto cuando volvían de la costa de Nueva Inglaterra, con la mano amortiguando sus palabras de necia, y precipitando a Dana a la locura.

—¿Cómo? ¡¿Ahora?!

—Sí. Tengo derecho a conocerla después de todo lo que ha pasado —contesta Dana, que se abre paso por la sala concurrida y bañada por el sol con Moss a su lado, que va encorvado como si no hubiera en la tierra un sitio peor, esa sala de té estampada en flores, por donde camina hacia la mesa de la fulana con la mujer de su amante.

Los pasillos son estrechos, un hervidero de camareras y gente guapa, donde sin duda Lenora se siente como en casa.

Está sentada recatadamente a la mesa del juez, con las manos juntas sobre el mantel y la atención fija en lo que quiera que el juez Warren esté diciendo, soltando, gritando casi, al otro lado de la mesa. Dana ve que Jack alarga la mano para llamar su atención, no sin cierto reparo.

—Hola —la saluda tocándole el hombro recubierto de ante falso.

—¡Jack!

—Me había quedado con ganas de más.

—¿De más Ménage bocabajo? —Mira a Dana por un momento y le dice tendiéndole la mano—: Hola, soy Lenora White.

—Sí, ya lo sé. Yo soy la mujer de Peter. He oído hablar mucho de ti.

La ayudante del fiscal no muda el gesto en lo más mínimo, aunque se le pone la cara de un blanco espectral, con motitas rosas por el cuello.

—Cosas buenas, espero.

—Digamos simplemente que me alegra poder por fin poner cara a la… bueno, a la… —Olisquea el aire y añade—: Un perfume muy agradable.

—¿Perdona?

—El perfume, que me gusta. Peter se lo pone a veces.

Jack tose y dice hacia donde está el juez:

—Buen provecho.

Levanta la mano, se despide y se aleja de la mesa. Guía a Dana hacia la puerta cogiéndola del hombro y no la suelta hasta que la camarera se despide y la puerta vuelve a su sitio tras ellos.

Están en la acera delante del E. Claire's. Dana saca un Marlboro del bolso y lo enciende.

—No sabía que fumaras.

—Y no fumo, normalmente. Solo en las urgencias.

—¿Y esto lo es?

—Claramente.

Jack mira hacia el cielo.

—Parece que va a llover —comenta, aunque por una vez está despejado y unas nubes blancas surcan el mar de azul. Dana no lo contradice ni se molesta en mirar.

—Lo sabías.

—¿El qué?

—Por favor… Con esa parte del cerebro no tengo problemas. Sabías que era la fulana de Peter. Y por eso me has traído aquí.

—Pensé que podía serlo.

—¿Por qué? ¿Por qué estás haciendo esto?

—Lo siento.

Jack da un paso hacia ella pero Dana retrocede.

—Está claro que quieres marearme la cabeza, así que, ¿qué quieres que te diga? ¿Que es guapa? Y lista, seguro. Y que puede sobrellevar una comida en el E. Claire's sin tener que tomar Xanax… Pues claro que Peter la preferiría a mí. ¿Qué más puede querer un hombre?

—Bastante más, créeme. Perdona si te ha parecido una emboscada citarte aquí. No quise avisarte para ver tu reacción… Para no enturbiar las aguas.

Dana le da una última calada al cigarro y apaga la colilla en la acera con el tacón de la sandalia.

—Bueno, no pasa nada. —Hace un aspaviento con la mano—. Ha añadido drama, un teatro con cena incluida. ¿Qué sería el E. Claire's sin un poco de humor negro? De todas formas me alegra comprobar que es real, que existe de verdad.

Jack ríe pero la risa le sale forzada y parece más una tos.

—Oye, ¿quieres que te acerque a casa? Tengo el coche aquí al lado.

—No. —Mira más allá de él, hacia el cielo—. Pero gracias. Creo que me dedicaré a…, no sé, a dar una vuelta. A lo mejor voy a comprar una pistola, le pego un tiro a Lenora y luego vuelvo a casa en autobús. —El policía no responde; parece nervioso. Se pregunta si la habrá creído—. No, ya en serio, quiero hacer un par de cosas por aquí, pero me reservo ese paseo en coche para otro día.

—Reservado queda. Y gracias por venir, Dana. Siento si te he hecho sentir… No quería molestarte, de verdad —le dice, y ella agita la mano en un movimiento que no tiene mucho sentido—. Me lo he pasado bien pese a todo…

—Yo también.

Dana se vuelve y se aleja por la acera. Nota que la observa

hasta que desaparece entre la muchedumbre enfundada en tra-
jes, tweeds, tacones, medias y vaqueros pegados y todas las
cuadrículas de acera que los separan. Cuando llega a la esquina
se da la vuelta y lo ve en el mismo sitio; Jack la saluda con la
mano y la deja en alto hasta que Dana se vuelve y cruza.

# Capítulo 41

$J$ack está en la comisaría cuando lo llaman del laboratorio. Han recibido los análisis. Muy pero que muy interesantes, en palabras de George. ¿Podría pasarse esa misma mañana? Por la tarde no estará en la oficina pero hasta las dos puede pasarse.

Se dirige al laboratorio con algo más que aprensión. Se pregunta por qué George le ha dicho eso, por qué se lo ha expuesto así. Cree saberlo; está seguro al noventa y nueve por ciento de que su corazonada merecerá la pena, pero sigue estando ese uno por ciento que le hace tomarse su tiempo para llegar al laboratorio. Si el trozo de uña es de Kyle no le quedará más remedio que arrestar a su propio hijo. La sola idea lo pone malo, en una reacción visceral. El crío —le han puesto Joey— sigue en la UCI de neonatos pero afortunadamente mejora con los días, según le ha dicho su hijo, cada vez está más fuerte; es más, le ha contado que los doctores creen que podrán llevárselo hoy mismo a casa. Kyle no se ha movido del hospital, salvo para ir a su nuevo trabajo en el aserradero. No puede ir a la cárcel, Jack se siente incapaz de separarlo de su hijo recién nacido. Pero ya es demasiado tarde: puso el balón en juego cuando dejó su bolsita de ADN en manos de George y ahora tendrá que esperar a ver los resultados, paso a paso.

Cierra el Crown Victoria, se despereza y respira hondo antes de entrar y pedirle a la suplente mascachicle que le diga a George que está esperándolo. Su reacción inicial al recibir la llamada a primera hora de la mañana fue esperar hasta después de mediodía, para que George no estuviera. Habría preferido descubrir por sí mismo lo que al técnico le ha parecido tan interesante, digerir los resultados en la intimidad, él solo. Pase lo que pase, el caso es complejo, y lo ha sido desde que encontró las huellas de Kyle en el coche de Celia, y desde que Dana entró en su oficina y se encaramó en el filo de la silla de madera como un pajarillo atrapado en una jaula.

No ha llamado a Lenora para avisarla de que tiene los resultados. Todavía no. Se pregunta si lo habrá hecho George. Ella tiene más mano; sin duda sus órdenes le ganan de pasada a la tímida petición de confidencialidad de Jack. Y hay que reconocer que es muy guapa. No le extrañaría nada verla cuando abra la puerta del laboratorio, pero el vestíbulo está tan oscuro, estrecho y vacío como siempre.

—Gracias —dice cuando George sale y le da el sobre naranja, sellado y sin nada escrito—. Te lo agradezco.

—No ha sido tan complicado. Ya teníamos el cadáver de Steinhauser y los análisis practicados. Celia tenía arañazos en el brazo.

—¿Sí? —Jack va ya camino de la puerta. Quiere abrir los análisis en la intimidad de su coche, con la radio apagada y el aire acondicionado en la cara. Le gustaría tomarse su tiempo para descubrir lo que pasó esa tarde misteriosa en Ashby Lane, y está seguro de que los análisis rellenarán las lagunas, contestarán a la mayoría de sus preguntas, sino a todas—. Bueno…

Tiene la mano en el pomo; la suplente masca sonoramente desde detrás de la mesa. George se adelanta con los ojos relucientes por la intriga.

—Sí. Así que lo que hemos…, bueno, lo que han analizado ha sido la uña que me trajiste. El tejido de debajo era de Steinhauser, de Celia, de la víctima. Tenías razón… Porque doy por hecho que eso era lo que creías cuando me la trajiste, ¿no? —Jack asiente—. Además la víctima tenía tejido epidérmico bajo tres de sus uñas que coinciden con el ADN de la uña que me trajiste.

—No me jodas… —Jack calla un instante; sigue con la mano en el pomo pero George está acercándose.

—Sí, pero escucha, ahora viene lo mejor.

Es un conejo atrapado en un cepo; George está casi rozándolo, tan cerca que puede olerle el aliento. Tiene los ojos muy abiertos y relucientes.

—¿Quieres sentarte? —Le señala hacia la silla de plástico duro del McDonald's.

—Qué va, no, estoy...

—Como quieras. —George se vuelve y hace un redoble de tambor sobre el mostrador de formica, que no suena—. Tanto el tejido epidérmico bajo las uñas de Steinhauser y la uña que me trajiste coinciden con el ADN de la servilleta. Así queeeee... a no ser que cogieras cualquier servilleta que te encontraras por ahí, me da que tienes a tu asesino. Era una servilleta, ¿verdad?

—Sí. Y no me la encontré por ahí. Gracias de nuevo, George. ¿Necesitas que te devuelva los análisis después de haberlos...?

—Tengo copias. Puedes quedártelos.

Jack da entonces media vuelta, camino de la puerta interior, de la suplente que tamborilea sus uñas largas y moradas en la mesa mientras lo estudia con sus ojos repintados y él sigue con la mano paralizada en el pomo y la otra con el sobre sin abrir. Una gran pompa rosa surge de los labios de la chica y por un segundo casi le tapa la cara antes de estallar en un sonoro pop, rompiendo el encanto, el hechizo que ejerce el momento, esas noticias y esa oficina sobre Jack. Se da la vuelta y se aleja por el pasillo sin detenerse hasta que atraviesa las puertas exteriores y llega al coche. Sobre su cabeza una nube se desgarra y escupe lluvia sobre el naranja puro e inmaculado del sobre moteándolo con lunares oscuros.

Se para a comprar dos hamburguesas, la mitad de una para *Molly*. Nunca va a casa a comer pero hoy es un día especial. Quiere estudiar los análisis y, al fin y al cabo, la ocasión lo merece: por la tarde cerrará el caso, al menos su parte. Lo que pase luego dependerá de la fiscalía y del tribunal.

Se toma su tiempo para quitarle el envoltorio a las hamburguesas grasientas, muy consciente del babeo de *Molly* bajo la mesa de la cocina. Come despacio, muy lentamente, todo lo contrario de lo que suele hacer en las raras ocasiones que se molesta en almorzar, engullirlo todo en un santiamén. Se demora en hasta en el último detalle de los papeles del laboratorio; quiere tenerlo todo bien claro antes de dar el siguiente paso. Se prepara una taza de café y se toma su tiempo, recreándose.

Cuando termina de comer y casi se sabe de memoria los análisis, una vez que ha dejado salir y volver a entrar a *Molly*, y ya no hay nada que lo retenga en casa, se monta en el coche y se queda un momento tamborileando con los pulgares en el volante. Cuando ha escuchado la tercera canción y la información del tráfico, busca el teléfono de Lenora en el móvil y presiona la flechita verde de «Llamar», infinitamente agradecido de escuchar el buzón de voz.

—Buenas, soy Jack Moss. Nos vemos en el Joe's a las... —Mira la hora—... a las dos y cuarto. Es importante.

Se queda escuchando otras tres canciones y luego pone marcha atrás, se incorpora a la calle y se dirige al bar.

Lenora no lleva puesta la blusa de encaje sexy del día que desayunaron en el E. Claire's, ni tampoco el traje de ante ni las gafas y los tacones. Viste una falda negra sencilla y una camisa blanca. Se le antoja casi recatada cuando la ve entrar por la puerta del bar con el flequillo tapándole un ojo.

—Buenas, Jack.

Se sienta a la mesita que ha escogido al fondo del local, que no es tan grande, solo ocho o nueve mesas y la barra.

Siempre está lleno pero nunca hasta arriba. El Joe's es el típico sitio donde la gente que pasa por la calle entra para tomarse un café, y aunque es el mejor de la zona, Jack no recuerda haber tenido que esperar para coger mesa.

—Muy buenas, Lenora.

Deja la taza en la mesa y clava los ojos en la pared de detrás de la ayudante del fiscal. No quiere cruzar la mirada con ella.

—Siento llegar tarde. Estaba en una reunión cuando me has llamado.

—Claro, no pasa nada.

—Me alegro de que por fin hayamos venido aquí —dice, y Jack se limita a asentir.

Cuando cogió la servilleta de Lenora el día que desayunaron en el E. Claire's, actuó llevado por una corazonada. En un primer vistazo la firma en el recibo no se parecía mucho a la letra diminuta de las amenazas de Dana; fue la ligera exageración de las curvas de las es y de las tes lo que le llamó la atención. Y casi con toda probabilidad lo habría pasado por alto de no haber sido porque había estado mirando con lupa las notas del bolso de Dana justo antes de salir para su cita con Lenora. Por fin la mira a los ojos y deja la taza vacía en la mesa rayada.

—¿Por qué mataste a Celia Steinhauser?

Lenora coge la pequeña cuadrícula de papel que tienen por carta y se pone las gafas.

—No me gusta esa clase de bromas, Jack. ¿Cómo se te ocurre decir una cosa así? Qué locura… Estás loco, Jack, me voy. Voy a levantarme y a salir por esa puerta y haré como si nunca hubiera oído lo que acabas de decir.

—Déjalo, Lenora. Tengo pruebas forenses que lo demuestran.

La mujer aparta la mirada, deja la carta sobre la mesa y se queda mirándola como si no entendiera bien lo que pone. La cara le cambia; parece asustada y está a punto de echarse a llorar.

—¿Extraoficialmente?

—Supongo que no es realmente extraoficial. Ya no.

—Un café —le pide Lenora al camarero—. Con leche y sin azúcar. —Lo observa volver a la cocina—. Supongo que no hay razón para no contártelo —comenta, y la cara se le recompone una vez más, calmada y suave como la seda—. En realidad no tuve opción. Esa mujer estaba colgada. Pregúntale a Peter Catrell; es experto en colgadas… entre Celia y su mujer, que está desquiciada.

—A Catrell no le pediría ni la hora.

Lenora deja las gafas en la mesa, al lado de la carta, y se queda mirando el vacío, las sombras del local, y parece muy joven sin su cara de fiscal; podría ser una universitaria cualquiera vestida con ropa de adulta.

—Me equivoqué. Me he dejado la piel para llegar adonde estoy…, para tener el trabajo que tengo. —De pronto su acento sureño es más marcado; sus raíces asoman a la superficie—. Fue una equivocación horrible liarme con Peter.

Jack asiente; al menos en eso coinciden. El camarero trae el café de Lenora y vuelve a irse.

—Nos pilló juntos. Celia. Me pareció una auténtica loca espiando a Peter de esa manera, husmeando, siguiéndolo y haciéndonos la foto ese día en el Gatsby's. Es posible que estuviéramos dándonos un beso, no lo recuerdo bien. Yo solo quería borrar la dichosa foto del teléfono antes de que la colgara en Internet, de que saliera en el telediario de las seis, de que llamara a mi oficina y acabase con mis posibilidades de…

—¿Y por qué iba a hacer eso?

—¿Para vengarse? ¿Por celos? Era evidente que estaba perdidamente colgada de Peter y habría sido una noticia muy suculenta: la primera ayudante del fiscal, de East Jesus, Alabama, acostándose con un conocido abogado casado. ¿Por qué no iba a hacerlo? Yo habría perdido todo aquello por lo que he trabajado, la oportunidad de…

—Quedarte con el puesto de Frank.

Lenora asiente.

—Es un pusilánime. En el departamento todo el mundo piensa lo mismo. Yo quería convertir la fiscalía en una institución respetada. Quería…

El camarero vuelve con más café y Jack tapa la taza con la mano y lo rechaza con la cabeza.

—Me dijo el día que… me dijo en su casa que pensaba escaparse con él. ¡Con Peter! ¿Te lo puedes creer? Creía que él la quería, incluso después de haberlo visto conmigo, después de hacer la foto del demonio, seguía pensando que…

—¿Él lo sabe?

—¿El qué?, ¿que era una vengativa? ¿Que estaba como una regadera? Supongo que sí. Vamos, a no ser que sea más subnormal de lo que yo creía…

—Me refiero a lo tuyo. ¿Sabe lo que hiciste?

—No. —Levanta la mirada y por un momento la cruza con Jack para luego posarla en la mesa de al lado, donde tres hombres charlan animadamente, pisándose la conversación. Lenora bosteza—. Él creía que había sido su mujer. Pensaba que yo ni siquiera me había dado cuenta de que Celia nos había hecho la foto con el teléfono en el restaurante. Se lo tiene tan creído que supongo que pensó que yo estaba tan absorta en él que no vi nada, que conseguí ignorar de algún modo a su vecina loca haciéndose la paparazzi sobre esos zapatos horribles.

Jack se echa hacia atrás y dice:

—Mira, creo que no deberías decir nada más.

—¿Por qué no? Fue en defensa propia.

Remueve el café a pesar de que la leche está ya bien mezclada, de que no tiene necesidad. Levanta los ojos y arquea las cejas.

—Me atacó con un cuchillo de carnicero, balanceándose en esos tacones absurdos. Borracha, dando tumbos. Totalmente fuera de sí... Supongo que pensó que era Peter cuando llegué. «¡Tú!», gritó al verme. Parecía realmente sorprendida. «¿Tú?». —Le da un sorbo al café—. Está rico.

—Estabas en su casa, Lenora.

Da otro sorbo y deja la taza con cuidado sobre la mesa.

—Yo solo quería el teléfono. Se lo dije. Lo único que tenía que haber hecho era darme el...

—¿Cómo sabías dónde vivía?

—La seguí. La vi merodear por la puerta del restaurante el día que hizo la foto. Acosándolo. Acosándonos. Di la vuelta a la manzana cuando Peter creyó que volvía a la oficina y la vi con él en el aparcamiento, los dos allí gritando y Celia zarandeando el teléfono. Estaban tan distraídos con su pelea que no me vieron. Peter estaba medio borracho y ella tan cabreada que no creo que se diese ni cuenta de toda la gente que había mirándolos. Yo estaba convencida de que alguien acabaría llamando a la policía. Se le había ido la cabeza del todo. Al final Peter se fue. Se montó en el coche y se largó sin más. Celia se quedó un rato y cuando se fue la seguí, durante todo el camino de vuelta hasta su vida pretenciosa y la seguridad de su barrio residencial. —Sonríe—. Por eso sabía dónde vivía. Volví unos días después.

El sol se cuela por la cristalera y los ilumina incluso en aquel rincón del fondo que Jack ha escogido por la privacidad y la oscuridad. Suspira y le mira las uñas, pintadas con laca perlada.

—¿Forcejeasteis en la cocina?

—Sí, intenté cogerle el cuchillo. Estaba totalmente...

—Y te rompiste una uña.

—Supongo. Ya estaba yéndome, iba camino de la puerta. Pensé en hablar con Peter para que la calmara y le hiciera ver que estaba comportándose como una loca..., pero me siguió por el salón, tambaleándose en sus zapatos imposibles. Tenía el cuchillo e iba a embestirme... así que cogí lo primero que pillé y...

—Será mejor que no digas más...

—Fue todo muy rápido. En un visto y no... —Chasquea los dedos—. No era mi intención...

—¿A qué hora fue?

Lenora se encoge de hombros.

—No llevaba reloj. Me compré uno de pacotilla y ya se sabe, lo barato sale caro: se me rompió la correa.

Jack siente que la barriga se le hunde hasta las rodillas; experimenta una fuerte decepción y se pregunta si debería haber encajado antes las piezas, si Lenora no le distrajo con sus... encantos. De todas formas es una lástima. Inteligencia, belleza, lo tiene todo. O lo tenía. Aunque pudiera alegar defensa propia se le ha acabado la carrera. Y para eso vive. Se pone en pie. No quiere mirarla a los ojos, de modo que aparta la vista.

—Tenemos que irnos. Tengo que llevarte a la comisaría.

Lenora asiente. Tiene la taza cogida con las dos manos, como calentándoselas. Juguetea con la cucharilla, mira alrededor unos instantes y luego apura el café y se levanta. Se alisa la falda y se pasa las manos por el pelo pero Jack sigue sintiendo una inquietud, algo indefinido que lo perturba. Es un perfeccionista, muy meticuloso. Le gustaría tener más cerrada la secuencia de los hechos: saber con exactitud cuánto tiempo pasó entre que Lenora se fue y llegó la ambulancia. ¿Perdió Ronald unos minutos preciosos? ¿Dudó en llamar a urgencias llevado por la rabia, el miedo o, qué leches, las ganas de venganza? ¿Se quedó mirando a su mujer agonizante y se fue a la cocina a hacerse un café?, ¿a echarse una copa? Jack suspira. Nunca lo sabrá con certeza. Sin embargo al final fue Lenora quien asestó el golpe mortal, y si Ronald tiene sus fantasmas, tal vez no tengan nada que ver con el caso.

—Bueno, ¿y dónde está el teléfono de Celia, a todo esto? —le pregunta cuando ya van de camino en el coche y le ha leído sus derechos. No se molesta en esposarla y ni siquiera la ha hecho sentarse detrás. Ella conoce el procedimiento y sabe que es mejor no empeorar las cosas resistiéndose. Lo peor es que era muy buena en su trabajo.

—Borrado. Destruido, tanto la foto como el teléfono, por lo que yo sé.

—Bien.

Tiene la cara pálida, aunque ligeramente gris, como unas sábanas sucias o la nieve en la ciudad.

—¿Volviste luego a Ashby Lane? ¿A enredar a Dana?

—Era mi caso. Lo habría sido... Volví un par de veces para hacer un poco de trabajo bajo cuerda. Peter me presionaba. «Ven a ver qué puedes averiguar», no paraba de decirme. «Esa mujer vivía en la misma calle que nosotros.» Me limité a hacer mi trabajo. —Se encoge de hombros—. Cuando a Dana se le ocurrió la tontería de dar el *brunch*, me colé entre los vecinos, me paseé por su salón, charlé con una inglesa... Y planté unas cosas aquí y allá mientras Peter estaba en la cocina dorándole la píldora a su mujer y convenciéndola de que yo había ido a dejarle unos papeles.

—¿Que plantaste unas cosas aquí y allá?

Lenora echa la cabeza hacia atrás como si hubiera olvidado que se ha cortado el pelo.

—Pasé las manos por debajo del sofá, le metí una notita en el libro, dejé una pluma en la mesita de la entrada, esas cosas. Y fui a la calle, al jardín, un par de veces.

—¿Te vio alguien?

—Ella, Dana. O al menos eso creo. Una vez en el jardín trasero. Y luego otra vez me vio el vecino desde la ventana; salió en mi búsqueda una noche en medio de un aguacero..., un tipo bajito con chubasquero. Y luego cuando Dana se metió en una zanja.

—¿La echaste de la carretera?

—¡No! Yo estaba... He de admitir que estaba siguiéndola y me puse un poco..., bueno, en realidad, me pegué bastante,

305

pero fue culpa de ella, todo culpa de Dana. Se asustó como
una loca, perdió el control del volante y se salió de la carretera. Alguien paró a ayudarla y yo llamé para dar aviso. Una
llamada anónima pero lo importante es que lo hice.

—¿Y Peter alguna vez te...?

—Nunca me vio. —Produce una media risa amarga que
recuerda el chasquido de una rama—. Ni cuando estábamos
juntos me vio nunca.

Recorren en silencio un par de calles. Fuera la penumbra
se ha instalado en el cielo y se cierne sobre el asfalto. Otra
vez lloviendo, aunque Jack se alegra, lo agradece; va con su
humor de hoy. Mira de reojo el perfil de la cara perfecta y
lisa de Lenora.

—¿Y por qué lo de las notas?

—¿Desde cuándo es un delito escribir notas? Yo lo consi-
dero más bien un arte que se está perdiendo y no un delito.
¿Un chicle? —Saca un paquete de Dentyne Ice y le ofrece.
Jack sacude la cabeza. Lenora tiene los ojos inexpresivos y
duros como ascuas; alarga la mano, enciende la radio y mueve
el dial hasta que encuentra una cadena de música rock, que
se extiende por el coche—. ¿Te molesta?

—No, está bien.

Se vuelve y mira por la ventanilla donde las gotas de lluvia salpican el cristal y resbalan hasta los charcos de la carretera. Sigue el ritmo de la música con el cuerpo. Es una canción nueva que Jack nunca ha escuchado y que podría
gustarle a Kyle. Sigue el ritmo con los dedos sobre la hebilla
del bolso. Cuando vuelve a mover la cabeza, Jack se fija en
que tiene los ojos cerrados. La observa por el rabillo del ojo,
cómo empieza a resquebrajarse el hielo y se forman las fisu-
ras, precarias y delgadas como una membrana: la princesa de
porcelana haciéndose añicos sobre una montaña de helado.

Coge el teléfono y escucha el mensaje que ha estado demasiado ocupado para oír, el que le han dejado mientras estaba con George por la mañana, cuando estaba en el cubículo
poco ventilado de un laboratorio sin cobertura. Lo escucha
ahora mientras Lenora mueve la cabeza al ritmo del estridente rock electrónico, el flequillo bailándole sobre un ojo:
«Buenas —dice la voz de Kyle, que hace sonreír a Jack a pe-

sar de la locura de la tarde, del estruendo de la radio y del misterio resuelto de la bella e independiente ayudante del fiscal—. Este finde trabajo en el aserradero pero libro el domingo. Si quieres venir a cenar, por aquí hay un par de personas a las que les gustaría conocerte».

Y con el teléfono bien pegado a la oreja, oye a lo lejos el llanto de un crío y una mujer que canta. Maryanne, piensa, o Margie. En el asiento de al lado Lenora empieza a sacudir la cabeza con más fuerza y a pegarse contra la ventanilla, cada vez con más fuerza. Aparca a un lado el coche y llama por radio para que vengan a ayudarlo, a urgencias. Les dice dónde está mientras le dobla los brazos en la espalda a Lenora y piensa en Dana saliendo del coche e intentando volar.

# Capítulo 42

$\mathcal{D}$ana deja en el suelo la lata de cinco litros de dorado claro que compró ayer en el Home Depot. Partes de una pared del comedor están empapeladas a parches, y dos cuadrados ladeados de color melocotón de una antigua muestra de una lata de Martha Stewart vetean otra. Contempla el comedor, la pintura insulsa y tan desvaída que cuesta saber de qué color era. Trigo otoñal, cree, pero no está segura.

Se recoge el pelo con un pañuelo, echa a *Lunar* al porche trasero y se pone una sudadera encima de una camiseta sin mangas y unos vaqueros. Es un par viejo, y ya casi le sientan bien; no se le escurren por las caderas como hace unas semanas. Coge unos periódicos de la montaña que hay en la mesa de centro y los extiende sobre el suelo de madera del comedor, por la parte que va a pintar. Vuelve al salón y pone un CD; los acordes de Modest Mouse flotan por las habitaciones.

Peter odiaba su forma de pintar. «Tienes que poner cinta de carrocero», le decía al pasar por delante de los muebles apilados, las brochas y los periódicos esparcidos por el suelo, pero rara vez le hacía caso. Prefería ir moviendo las páginas con el pie para que las gotas cayeran encima. La forma de Peter, esa manera metódica de poner la cinta y empapelar todo el suelo la enfurecía… Le llevaba demasiado tiempo y, para cuando terminaba los preparativos, ella ya se había aburrido del proyecto.

Hace fresco en la habitación ahora que se asienta el otoño. Será frío, han pronosticado en la televisión, pero a ella le gusta, y las mañanas gélidas, con escarcha en las hojas marrones, el olor a leña en las calles, el cielo despejado y denso, un muro de azul. Atraviesa el salón, pegando un saltito sobre la alfombra persa cuando por el otro lado de la cristalera cerrada pasa *Lunar*, con cara de sentirse atrapado y estar disgustado.

Hace semanas que Peter no pasa por casa. Sabe que acabará apareciendo para llevarse lo que queda, para recoger sus sobras: las huellas del marido que ya no es. Sabe que escogerá la peor hora, que abrirá la puerta y se colará dentro. Ya no es bienvenido, y no lo echa de menos. Si, en el frío de la madrugada, la cama se le antoja demasiado grande y vacía, si sintiera deseos de tener a alguien a su lado, ese alguien no sería Peter. A veces el poeta o, últimamente y de forma recurrente, Jack Moss. Pero si se levanta por la noche, suspira y pasa una mano por la almohada, temblando ante la llegada repentina del otoño, nunca se imagina allí a Peter.

Era como una película, diría con el tiempo Dana: cuando pudiera hablar del tema, cuando un pomo girando, unas pisadas por el porche o ver trozos de folios rotos no le hagan sentir un escalofrío por la espalda. La noticia que lanzaron en la primera plana del periódico y que ocupó todos los telediarios tuvo de todo, del *pathos* a lo patológico. Un reparto extenso y variopinto de personajes que se colaban por las noches en los salones de Nueva Jersey: la joven y hermosa ayudante del fiscal desgraciadamente perturbada que se golpea la cabeza contra la ventanilla del coche de policía, la menuda y frágil profesora de idiomas muerta en su vestíbulo, el abogado casado que manipuló a ambas mujeres a expensas de su pobre mujer demente, cuyo intento de suicidio, clamaban los periódicos, pasará a los anales, y lo más sorprendente, que no acabara en el fondo del Hudson porque no lo quiso así el destino. «Un cruce entre *Mujeres desesperadas* y *Ley y orden*», decía un titular.

La noticia salió a la luz tras el almuerzo de Dana en el E. Claire's, justo después de encontrarse con la misma mujer que más tarde comparecería ante el juez esposada y con un vendaje asomando bajo el flequillo. Jamie estaba en casa pasando el fin de semana cuando todo se descubrió en las noticias de las once, y cogió el mando para silenciar al presentador, para proteger a su madre de los detalles de la vida de su marido que se desplegaban a todo color en la pantalla plana.

—No pasa nada —le dijo suspirando—. Ya lo sé.

Y era cierto que ya sabía gran parte gracias a Moss; conocía los titulares aunque no los detalles: no sabía los porqués pero sí los quiénes, los cuándos y los dóndes de lo sucedido.

A Jamie tampoco le sorprendió verlo mientras chateaba con su nueva novia por teléfono. Peter, quien no le había dicho nada a su mujer, tuvo al menos la decencia de ir hasta Boston, a la residencia de su hijo, para ponerlo al tanto de su desafortunado vínculo con la asesina que acaparaba todas las portadas, de su ligero desliz, casi tangencial, con ella. Lo que Jamie pronto vería en las noticias y lo que por desgracia tergiversarían para la opinión pública no eran más que chismes, le dijo a su hijo; los sabuesos de la prensa rara vez se enteran de nada.

Dana se dedicó a tirar todo lo que compró con Celia en los mercadillos: un escritorio pequeño, una mesita para el teléfono y tres taburetes. Se prometió no ir al funeral, promesa que acabó rompiendo, aunque solo cuando las cámaras enfocaron la iglesia episcopaliana del centro y después de dejar que tres llamadas de Moss fueran a parar al contestador. Solo entonces cambió de opinión, se puso corriendo una falda negra, una blusa beige discreta y las sandalias de tiras negras con tacón que a Celia le habrían encantado. Se fue a la iglesia con el relente del otoño temprano soplando por las ventanillas abiertas y Rajmáninov sonando en la radio del coche. Cuando logró esquivar a los cámaras de fuera, se sentó en un banco del fondo de la iglesia y escuchó una sarta de elogios y tributos a una mujer a la que nunca había llegado a conocer, comprendió entonces Dana.

Ronald cumplió su palabra. No ha vuelto por Ashby Lane. Han puesto la casa en venta; el césped está recién cortado, aunque amarillento, han podado y descabezado las pocas flores que quedaban y han pintado los postigos con un azul claro de lo más insípido. No ha vuelto a ver a Ronald desde el funeral, cuando hablaron de camino al coche, con las cenizas de su mujer en una bonita urna plateada, los dedos temblándole sobre el dibujo intrincado de la tapa. A veces a Dana la asalta un pensamiento, un recuerdo, cree, aunque no está segura. Teniendo en cuenta su estado mental cuando Celia murió, el borrón de sangría en que se convirtió ese día, nada de esa tarde es seguro al cien por cien. Con todo, a veces casi siente el capó del coche de Ronald pasando por delante de su casa y se sorprende lanzando las manos hacia él; casi siente el calor... la tibiez. El calor de un motor encendido que se enfría con el tiempo.

Abre la lata y vierte el líquido dorado claro en el cubo del rodillo. Coloca con los pies unos trozos de periódico bajo el rodapié blanco y pinta con el rodillo la deslucida pared color visón.

Da un paso atrás para evaluar el tono. Fuera cae con fuerza la lluvia; las ventanas se han cubierto de gris y el cielo está del color del polvo. Pasa el rodillo en largos zigzags y va rellenando los huecos entre medias. Por la parte de la ventana la pared se ve cálida y alegre a la luz de la lámpara. Dana pinta y canta, a sabiendas de que, al menos por esa hora, en ese momento, ha encontrado el equilibrio del que hablaba la doctora Ghea, ese espacio pequeño y estrecho entre la oscuridad y la luz.

Alguien llama a la puerta y Dana sortea las sillas y los armarios esquineros, los platos de la familia de su madre, polvorientos y arcaicos que están apilados sobre la mesa del comedor, los Spode y los Havilland que nunca ha usado.

—Voy —grita, y se para a bajar la música.

No es Peter. No puede ser, él usaría la llave. Habría entrado sin más y la habría pillado allí moviendo la sección de deportes con los pies descalzos y moteados ya de pintura dorada; se habría quedado en la entrada con los brazos cruzados sobre el pecho y habría dicho: «¡Dana! Ya estás otra vez. Qué mal, qué mal... Siempre igual». O se habría metido en el dormitorio y se habría echado en la cama, encajada entre unos tabiques junto a la cómoda. Se echaría y esperaría. Le daría un susto, acechando como una sombra en la penumbra del día lluvioso. «Ay, no quería asustarte pero, bueno, al fin y al cabo sigue siendo mi casa. ¿Adónde quieres que vaya?»

Respira hondo y abre la puerta de la entrada: Jack Moss está en el porche empapado, con las zapatillas en el borde del felpudo y la gabardina abierta con los faldones revoloteando en el viento. Las gotas le resbalan por la visera de la gorra de los Mets que lleva puesta y vuelan en el aire.

—¿Moss?

—Buenas. —Sonríe de oreja a oreja.

—Pasa.

Se hace a un lado en la entrada diminuta, donde están el paragüero japonés y la alfombra de flores rojo oscuro. Jack está chorreando en el umbral; el agua cae en círculos y forma un charco en el suelo.

—Dame. Pásame la gabardina.

—Perdona.

Se la da y se queda mirando el suelo mojado y los charcos de lluvia en la alfombra de flores.

—No pasa nada. —Dana le señala el comedor, la pared pintada y los trozos de periódico por el suelo—. ¿Qué te parece?

—Me gusta. Es alegre. —Entra hasta el umbral del salón.

—Siéntate. ¿Quieres una taza de café?

—No, no, solo he venido un minuto.

—Mira. —Sonríe y se sienta a su lado en el sofá—. Si has venido a detenerme, ahora no me viene nada bien.

—Ah, ¿y eso?

—Por la pintura, ¿no lo ves? Me temo que vas a tener que venir más tarde.

—¿Cuándo? —Parece hablar en serio pero entonces se ríe como si hubiera comprendido—. Nunca es buena hora para arrestar a nadie.

—Hay horas mejores que otras. De camino al E. Claire's podría ser un buen momento.

—O a la consulta del dentista. Bueno, ahora en serio.

Hace ademán de levantarse, escurriéndose hacia el borde del sofá.

—Vale, en serio.

—Hay un puesto libre en el laboratorio forense.

—Ajá.

—¿Te interesaría?

—No lo sé. —Dana se pone la mano bajo la barbilla—. ¿Debería?

Jack se encoge de hombros.

—Si quieres puedo acompañarte y te enseño el sitio.

—Vale, claro.

—¿La semana que viene? ¿El martes, por ejemplo?

313

—Me parece bien.

—¿Después de comer?

—Hummm. —Tamborilea sobre las rodillas—. Eso depende.

—¿Ah, sí? ¿De qué?

—De adónde vayamos. ¿Al E. Claire's?

—¿Adónde si no?

—A cualquier otra parte del mundo... ¡del universo sideral!

—¿Bromeas?

—No. Ya he dejado el Xanax.

—Bueno, a ver qué se me ocurre. —Se levanta y añade—: ¿Te echo una mano?

—¿Con qué, con la pintura?

—Sí. Si quieres puedo poner cinta en el rodapiés antes de que...

—Qué va, pero gracias de todas formas. Yo tengo mi sistema.

—Entiendo. Mi ex solía..., bueno, mis dos ex... —Calla, respira y se cala la gorra—. ¿Cómo lo llevas?

Dana se mira las manos y ve a *Lunar*, que corretea de un lado a otro tras la puerta.

—No va mal. Voy día a día. Hoy es uno bueno.

Jack asiente.

—Te mereces tener una ristra larga de días buenos.

Van juntos hasta la puerta; sus cuerpos se rozan por un momento en la estrechez de la entrada y luego se separan.

—La próxima vez puedes saludar a *Lunar*.

—Un gato bonito.

—No mucho, pero acabas cogiéndole cariño.

—Pues sí. —Saluda hacia el otro lado de la casa al gato frenético que salta del respaldo de un sillón de ratán—. Aburrido desde luego no es —comenta y empuja la mosquitera.

—En esta casa no nos aburrimos. —Dana ríe.

La lluvia ha amainado, no es más que un chirimiri ya, y sabe que es el preámbulo a más frío. Se queda en el umbral con los brazos cruzados sobre el pecho mientras Jack corre hasta el coche. Lo despide con la mano cuando este se vuelve y la saluda con la gorra empapada; le cae un riachuelo en el regazo que le hace gritar un «mierda» y echa marcha atrás para incorporarse a la calle.

Dana aspira el aire fresco. Hace más frío. Echa la cabeza hacia atrás y mira el cielo nublado y gris y las relucientes hojas del otoño. El viento sopla y produce un sonido prolongado y suave en el aire, metiéndose por los huecos entre las cosas, entre las cocheras y los pequeños patios laterales y los cubos de la basura caídos. Le aparta el pelo de la frente y le remueve el pañuelo de un lado a otro. Vuelve a respirar, cierra los ojos y el viento se le cuela por todos los poros, por cada centímetro de su cuerpo, pero sin consumirla. Cuando pasa el vendaval, sigue de una pieza en su porche delantero, con las manos volviéndose para abrir la puerta y los pies salpicados de dorado.

ESTE LIBRO UTILIZA EL TIPO ALDUS, QUE TOMA SU NOMBRE
DEL VANGUARDISTA IMPRESOR DEL RENACIMIENTO
ITALIANO ALDUS MANUTIUS. HERMANN ZAPF
DISEÑÓ EL TIPO ALDUS PARA LA IMPRENTA
STEMPEL EN 1954, COMO UNA RÉPLICA
MÁS LIGERA Y ELEGANTE DEL
POPULAR TIPO
PALATINO

\* \* \*

\* \*

\*

*LA SOMBRA DE LA MEMORIA*
SE ACABÓ DE IMPRIMIR
UN DÍA DE OTOÑO DE 2015,
EN LOS TALLERES GRÁFICOS DE RODESA
VILLATUERTA (NAVARRA)

\* \* \*

\* \*

\*